TAMTE DNI, TAMTE NOCE

CALL ME BY YOUR NAME

Tytuł oryginału: Call Me by Your Name

Opracowanie typograficzne i skład: Marzenna Dobrowolska
Redakcja: Paulina Potrykus-Woźniak
Korekta: Magdalena Geraga

Druk i oprawa: Abedik

ISBN: 978-83-63960-96-4

Wydawnictwo Poradnia K Sp. z o.o.
00-544 Warszawa, ul. Wilcza 25 lok. 6
e-mail: poradniak@poradniak.pl
www.poradniak.pl

Zapraszamy do naszej księgarni internetowej:
www.poradniak.pl

Poradnia K

André Aciman

Tamte dni, tamte noce

Przełożył Tomasz Bieroń

CZĘŚĆ I

Jeśli nie później, to kiedy?

— Później!

To słowo, ten głos, ta postawa.

Nigdy przedtem nie słyszałem, żeby ktoś się żegnał, mówiąc: „Później". Ostre, krótkie i zdawkowe, wypowiedziane z zawoalowaną obojętnością człowieka, któremu nie zależy, żeby jeszcze się z tobą zobaczyć albo porozmawiać.

To jest pierwsza rzecz, która przychodzi mi do głowy, kiedy o nim myślę, i do dzisiaj mam w uszach to „Później!".

Zamykam oczy, wypowiadam to słowo i jestem z powrotem we Włoszech, tak wiele lat temu, idę obsadzonym drzewami podjazdem, obserwuję, jak on wysiada z taksówki w wydętej, niebieskiej, rozpiętej pod szyją koszuli, okularach przeciwsłonecznych i słomkowym kapeluszu, wszędzie skóra. Nagle ściska mnie za rękę, podaje mi swój plecak, wyjmuje z bagażnika taksówki walizkę i pyta, czy mój ojciec jest w domu.

Może to się zaczęło właśnie wtedy: koszula, podwinięte rękawy, zaokrąglone pięty odklejają się i przyklejają do wystrzępionych espadryli, spragnione rozgrzanej żwirowej ścieżki prowadzącej do naszego domu, każdy krok jak pytanie: „Którędy na plażę?".

Tegoroczny gość wakacyjny. Kolejny nudziarz.

A potem, prawie odruchowo i odwrócony plecami do samochodu, macha wolną ręką i wypowiada niedbałe: „Później!" do innego pasażera, z którym prawdopodobnie umówił się na podział kosztów przejazdu z dworca. Nie dodał imienia. Nie złagodził tego szorstkiego pożegnania żadnym dowcipem. Współpasażer odprawiony jednym słowem: bezczelnym, ostrym, nieuszminkowanym — sam zdecyduj, mnie jest wszystko jedno.

Tylko patrzeć, pomyślałem, a tak samo pożegna się z nami, kiedy przyjdzie na to czas. Pożegna się rzuconym od niechcenia, opryskliwym „Później!".

Ale zanim to nastąpi, będziemy musieli go znosić przez sześć długich tygodni.

Poczułem się zastraszony. Nieprzystępny typ.

Choć już niedługo miał mi się spodobać. Od zaokrąglonego podbródka po zaokrągloną piętę. A potem, na przestrzeni kilku dni, miałem go znienawidzić. Tego samego człowieka, z fotografii którego, na złożonym kilka miesięcy wcześniej formularzu, wyskakiwała obietnica natychmiastowej zażyłości!

Moi rodzice przyjmowali w lecie młodych pracowników akademickich, zapewniając im możliwość doszlifowania maszynopisu przed publikacją. Każdego lata musiałem na sześć tygodni opuścić swój pokój i przenieść się do sąsiedniego, znacznie mniejszego, który należał kiedyś do mojego dziadka.

W miesiącach zimowych, kiedy wyprowadzaliśmy się z miasta, pokój ten stawał się schowkiem na narzędzia, magazynem i strychem, i pomieszczeniem, o którym krążyły pogłoski, że mój dziadek i jednocześnie mój imiennik dalej zgrzyta tam zębami w swoim wiekuistym śnie. Wakacyjni mieszkańcy nie musieli za nic płacić, mogli swobodnie poruszać się po całym domu, w zasadzie mogli robić, co zechcą, pod warunkiem, że przez mniej więcej godzinę dziennie pomogą mojemu ojcu uporać się z korespondencją i innymi papierami. Stawali się członkami rodziny. Po mniej więcej piętnastu latach takiej praktyki przywykliśmy do tego, że pocztówki i przesyłki z prezentami zasypują nas nie tylko w okolicach Bożego Narodzenia, lecz przez cały rok przychodzą od bezbrzeżnie oddanych naszej rodzinie ludzi, którzy podczas pobytu w Europie nadkładali drogi, żeby na parę dni zajrzeć z rodziną do B. i odbyć nostalgiczną wycieczkę po starych śmieciach.

Podczas posiłków często mieliśmy dwoje czy troje innych gości, czasem sąsiadów albo krewnych, czasem kolegów rodziców z pracy, prawników, lekarzy, ludzi bogatych i sławnych, którzy wpadali do mojego ojca w drodze do swoich domów letniskowych. Niekiedy otwieraliśmy nawet podwoje naszej jadalni przypadkowej parze turystów, którzy słyszeli o tej starej wilii i po prostu chcieli rzucić na nią okiem. Byli absolutnie zachwyceni, gdy zapraszaliśmy ich, by zjedli z nami i opowiedzieli nam wszystko o sobie, a Mafalda, poinformowana w ostatniej chwili, na szybko coś gotowała. Mój ojciec, który prywatnie był człowiekiem powściągliwym i nieśmiałym, uwielbiał, kiedy młody, robiący błyskawiczną karierę ekspert w jakiejś dziedzinie animował rozmowę w kilku językach, podczas gdy gorące słońce lata, wespół z kilkoma kieliszkami *rosatello*, zsyłały na słuchaczy popołudniowe odrętwienie. Nazywaliśmy ten rytuał „obiadowym znojem" — nie potrzeba było wiele czasu, żeby wakacyjni goście przejmowali od nas tę nomenklaturę.

Może to się zaczęło niedługo po jego przybyciu, w trakcie jednego z tych wlokących się niemiłosiernie obiadów, kiedy siedział obok mnie i wreszcie mi zaświtało, że mimo opalenizny nabytej podczas jego krótkiego pobytu na Sycylii tego samego lata, kolor wnętrza jego dłoni jest taki sam jak kolor jasnej i miękkiej skóry jego podeszew, szyi i spodniej części przedramion, które rzadko były wystawiane na słońce. Prawie jasnoróżowe, połyskujące i gładkie jak podbrzusze jaszczurki. Prywatne, dziewicze, nieopierzone, jak rumieniec na twarzy sportowca albo jutrzenka po burzowej nocy. Dowiedziałem się w ten sposób różnych rzeczy, o które nie śmiałem zapytać.

Może to się zaczęło podczas tych niekończących się godzin poobiednich, kiedy wszyscy wylegiwali się w domu i na zewnątrz w kostiumach kąpielowych, i wszędzie można było się o kogoś potknąć, zanim ktoś nareszcie zasugerował, żebyśmy poszli na skały popływać. Krewni, kuzyni, sąsiedzi, znajomi, znajomi znajomych, koledzy oraz ci, którym przyszło do głowy zapukać do naszych bram i zapytać, czy mogą skorzystać z naszego kortu tenisowego — każdy mógł się poopalać, popływać i pojeść, a jeśli chciał zostać dłużej, to także skorzystać z domku gościnnego.

Może to się zaczęło na plaży. Albo na korcie tenisowym. Albo podczas pierwszego wspólnego spaceru w dzień jego przyjazdu, kiedy zostałem poproszony o oprowadzenie go po domu i okolicy, po czym krok po kroku zdołałem go zaciągnąć za bardzo starą żeliwną bramę, na niezabudowane tereny rozpościerające się aż po porzucone tory kolejowe, które kiedyś łączyły B.i N. „Czy jest tam gdzieś opuszczona stacja kolejowa?", spytał, wyglądając zza drzew, pod rozpalonym słońcem. Uznałem, że próbuje zachować się stosownie w rozmowie z synem właściciela. „Nie, nigdy nie było stacji. Pociąg po prostu zatrzymywał się na żądanie". Sprawiał wrażenie autentycznie zaciekawionego. Tory wydawały się takie wąskie. To była kolejka z dwoma wagonami i insygniami królewskimi, wyjaśniłem. Teraz mieszkają w niej Cyganie. Od czasu, kiedy moja matka spędzała tutaj wakacje jako dziewczyna. Cyganie ściągnęli dwa wagony z torów i przetransportowali w głąb lądu. Chciałby je zobaczyć? „Później. Może". Uprzejma obojętność, tak jakby dostrzegł mój niepotrzebny zapał do przypodobania się mu i chciał odepchnąć mnie od siebie.

Zabolało mnie to.

Powiedział, że chciałby raczej otworzyć konto w jednym z banków w B., a następnie złożyć wizytę tłumaczce zaangażowanej przez włoskiego wydawcę jego książki.

Postanowiłem zabrać go tam na rowerze.

Na kołach rozmowa przebiegała nie lepiej niż na nogach. Po drodze stanęliśmy, żeby się czegoś napić. W tabaccheria-barze było zupełnie ciemno i pusto. Właściciel zmywał podłogę silnym roztworem amoniaku. Czym prędzej wyszliśmy na zewnątrz. Samotny kos, siedzący na śródziemnomorskiej pinii, zaśpiewał kilka nut i natychmiast zagłuszyły go cykady.

Pociągnąłem długi łyk wody mineralnej z dużej butelki, podałem mojemu towarzyszowi, a potem jeszcze raz się napiłem. Wylałem sobie trochę wody na dłoń i przemyłem nią twarz, a następnie przeczesałem mokrymi palcami włosy. Woda była niewystarczająco zimna i gazowana, zostawiała po sobie nieugaszone pragnienie.

— Co się tutaj robi?

— Nic. Czeka na koniec lata.

— W takim razie co się tutaj robi zimą?

Uśmiechnąłem się na myśl o odpowiedzi, której miałem zaraz udzielić. Domyślił się i powiedział:

— Nie mów: czeka się na przyjście lata, racja?

Lubiłem, jak ktoś czytał w moich myślach. Podchwycił „obiadowy znój" szybciej niż poprzedni goście.

— Zimą robi się tutaj bardzo szaro i ciemno. Przyjeżdżamy na Boże Narodzenie. Poza tym miasteczko jest wymarłe.

— Co robicie tutaj w święta poza pieczeniem kasztanów i piciem ajerkoniaku?

Droczył się ze mną. Poczęstowałem go tym samym co wcześniej uśmiechem. Zrozumiał, nic nie powiedział, roześmialiśmy się.

Zapytał, co robię. Gram w tenisa, pływam. Wieczorami wychodzę. Biegam. Transkrybuję muzykę. Czytam.

Powiedział, że też biega. Wcześnie rano. Gdzie się tutaj biega? Głównie po promenadzie. Mogę mu pokazać, jeśli chce.

Zaczynałem go lubić, a teraz poczułem się tak, jakbym dostał w twarz:

— Później, może.

Czytanie umieściłem na końcu listy, ponieważ z jego dotychczasowej złośliwej i aroganckiej postawy wywnioskowałem, że ma podobne priorytety. Kilka godzin później, kiedy się dowiedziałem, że właśnie skończył pisać książkę o Heraklicie i że „czytanie" prawdopodobnie stanowi całkiem znaczący element jego życia, uświadomiłem sobie, że muszę jakoś sprytnie przeredagować swój komunikat i dać mu do zrozumienia, że mamy pokrewne zainteresowania. Tym, co najbardziej zbiło mnie z tropu, nie były jednak wyszukane zabiegi, by się zrehabilitować, lecz nieproszony niepokój związany z tym, że od samego początku bez powodzenia usiłuję zjednać go sobie.

Kiedy mu zaproponowałem — bo wszyscy goście byli zachwyceni tym pomysłem — że zabiorę go do San Giacomo i wejdziemy na sam szczyt dzwonnicy, którą nazywaliśmy

„Teraz można już umrzeć", uznałem za błąd, że nie przygotowałem się na jedną z potencjalnych odpowiedzi. Widok miasteczka, morza, wieczności podbije jego serce, myślałem. Jednak nie. „Później!"

Mogło się to zacząć już po tym wszystkim, nie dostrzegałem tego. Widzisz kogoś, a jednocześnie tak naprawdę go nie widzisz, stoi za kulisami. Albo zauważasz go, ale między wami nie zaskakuje, nie łapiesz się na to, i zanim uświadomisz sobie, że ktoś jest obecny w twoim życiu i odbiera ci spokój duszy, zaoferowane sześć tygodni już prawie mija i on zaraz wyjedzie, albo nawet już wyjechał, a ty próbujesz dojść do ładu z czymś, co bez twojej wiedzy gotowało się przez wiele tygodni pod twoim nosem i nosi wszelkie znamiona czegoś, co zmuszony jesteś nazwać „Pragnę!". Jak mogłem to przeoczyć, zadajesz sobie pytanie. Poznaję pożądanie, kiedy je widzę — a przecież tym razem przemknęło zupełnie niezauważone. Skupiałem się na przebiegłym uśmiechu, który nagle rozświetlał jego twarz za każdym razem, kiedy czytał w moich myślach, podczas gdy tak naprawdę chciałem skóry, tylko skóry.

Przy kolacji, trzeciego wieczoru, wyczułem, że wpatruje się we mnie, kiedy omawiałem *Siedem ostatnich słów Chrystusa na Krzyżu* Haydna, które transkrybowałem na gitarę. W tamtym roku miałem siedemnaście lat i jako najmłodszy przy stole przywykłem do tego, że jestem ostatnią osobą, której się słucha, toteż wypracowałem nawyk upychania maksymalnej ilości informacji w minimalnej liczbie słów. Mówiłem szybko, co stwarzało wrażenie nerwowego potoku słów. Kiedy skończyłem wyjaśniać moją transkrypcję, poczułem na sobie uważne spojrzenie z lewej strony. Zachwyciło mnie to i pochlebiło mi. Najwyraźniej był zainteresowany — lubił mnie. Czyli mimo wszystko nie było aż tak trudno. Ale kiedy wreszcie odwróciłem się w jego stronę, napotkałem zimne, lodowate spojrzenie — wrogie, szkliste, graniczące z okrucieństwem.

Zupełnie mnie to rozbiło. Czym sobie na to zasłużyłem? Chciałem, żeby znowu był wobec mnie przyjazny, żeby śmiał się wraz ze mną tak jak zaledwie kilka dni wcześniej przy porzuconych torach kolejowych albo kiedy tłumaczyłem mu tego samego popołudnia, że B. to jedyne miasto we Włoszech, w którym nie zatrzymują się *corriera*, autobusy regionalnych linii z namalowanym Chrystusem. Parsknął śmiechem i rozpoznał zawoalowane odniesienie do książki Carla Leviego. Podobało mi się to, że nasze umysły najwyraźniej podróżują równoległymi torami, że błyskawicznie wyczuwamy, jakiego słowa zamierza użyć ten drugi, ale w ostatniej chwili się z tego wycofuje.

Zapowiadał się na trudnego domownika. Lepiej trzymać się od niego z daleka, pomyślałem. Tak niewiele brakowało, abym się zakochał w skórze jego dłoni, klatki piersiowej, stóp, które przez całe swoje istnienie nie dotknęły szorstkiej powierzchni — w jego spojrzeniu, które w innej, przyjaznej wersji spływało na ciebie jak Cud Zmartwychwstania. Tym spojrzeniem nie sposób się było nasycić, ale trzeba było patrzeć dalej, aby stwierdzić dlaczego.

Chyba odwzajemniłem się równie nieprzyjemnym spojrzeniem.

Na dwa dni nasze rozmowy nagle ustały.

Na długim wspólnym balkonie ograniczaliśmy się do zdawkowego „dzień dobry", „ładna pogoda" — do pustych pogawędek.

Potem, bez wyjaśnienia, odnowiliśmy stosunki.

Chcę dzisiaj przed południem pobiegać? Raczej nie. To może popływać?

Ból, który teraz odczuwam, poryw i dreszcz związany z poznaniem kogoś nowego, błogość wisząca w powietrzu na wyciągnięcie ręki, nieporadne poruszanie się pośród ludzi, których mogę źle zrozumieć, a nie chcę ich stracić, więc na każdym kroku muszę na nowo odgadywać ich intencje, desperacki spryt, z którym muszę podchodzić do każdego, kogo pragnę i w kim chcę budzić pragnienie, parawany, które stawiam, tak jakby między mną a światem było wiele warstw suwanych drzwi z papieru ryżowego, potrzeba odszyfrowywania czegoś, co tak naprawdę nigdy nie było zaszyfrowane — to wszystko zaczęło się tego lata, kiedy do naszego domu przyjechał Oliver. Wszystko to jest wyryte w każdej piosence, która tego lata była przebojem, w każdej powieści, którą przeczytałem podczas pobytu Olivera i po nim, na wszystkim, od zapachu rozmarynu w gorące dni po zapamiętały śpiew cykad popołudniami — zapachy i dźwięki, z którymi się wychowywałem i miałem z nimi do czynienia każdego lata mojego dotychczasowego życia, ale teraz zwróciły się przeciwko mnie i pod wpływem wydarzeń tego lata nabrały innego zabarwienia.

A może zaczęło się po pierwszym tygodniu jego pobytu, kiedy stwierdziłem zachwycony, że nadal pamięta, kim jestem, że mnie nie ignoruje, że dlatego mogę sobie pozwolić na luksus mijania go po drodze do ogrodu bez konieczności udawania, że go nie zauważam. Pierwszego dnia rano biegaliśmy razem — do B. i z powrotem. Drugiego dnia rano pływaliśmy. Następnego dnia znowu biegaliśmy. Lubiłem pędzić obok rozwożącej mleko furgonetki, która miała jeszcze przed sobą wiele ulic do pokonania, albo mijać spożywczy i piekarnię, szykujące się do otwarcia drzwi, lubiłem biegać wzdłuż brzegu i promenadą, kiedy nie było tam jeszcze żywej duszy, a nasz dom wyglądał jak daleki miraż. Lubiłem synchronizację naszych stóp, lewa — lewa, jednoczesne uderzenia o ziemię, odciski stóp na piasku, do których chciałem powrócić i potajemnie umieścić moją stopę w śladzie jego stopy.

Do naprzemiennego biegania i pływania przyzwyczaił się na studiach. Zapytałem żartobliwie, czy biega w szabat. Odparł, że zawsze ćwiczy, nawet kiedy jest chory, gdy trzeba, to w łóżku. Nawet jeśli minionej nocy spał z kimś nowym, wcześnie rano idzie pobiegać. Z jednym wyjątkiem: po operacji. Zapytałem, dlaczego musi się operować, i odpowiedź, której przedtem przyrzekłem sobie już nigdy nie prowokować, przyszła jak wyskakujący z pudełka diabełek na sprężynie ze złośliwym uśmieszkiem. „Później".

Może był zdyszany i nie chciało mu się za dużo mówić, albo wolał po prostu skupić się na pływaniu czy bieganiu. Może chciał w ten sposób nakłonić mnie do tego samego — zupełnie niewinnie.

Było jednak coś zarazem mrożącego i zniechęcającego w tym nagłym dystansie, który zakradał się między nas w najbardziej nieoczekiwanych chwilach. Czasami miałem poczucie, że on robi to umyślnie. Coraz bardziej dopuszcza mnie do siebie, a potem jednym szarpnięciem unicestwia wszelkie pozory bliskości.

Stalowe spojrzenie zawsze wracało. Pewnego dnia, kiedy ćwiczyłem grę na gitarze przy tak zwanym moim stoliku w głębi ogrodu, koło basenu, a on leżał w pobliżu na trawie, natychmiast rozpoznałem to spojrzenie. Patrzył na mnie, kiedy ja byłem skupiony na progach. W pewnym momencie uniosłem twarz, żeby sprawdzić, czy jemu podoba się to, co gram, i znowu to samo: przeszywające, okrutne, połyskujące ostrze natychmiast chowane z chwilą, kiedy ofiara je zobaczy. Poczęstował mnie bezbarwnym uśmiechem, jakby chciał powiedzieć: „Nie ma sensu tego dłużej ukrywać".

Trzymaj się od niego z daleka.

Chyba zauważył, że jestem roztrzęsiony i próbując mnie udobruchać, zaczął zadawać pytania związane z gitarą. Byłem zbyt nieufny, żeby odpowiadać szczerze. Z kolei on, słysząc, jak nieskładnie odpowiadam, zaczął podejrzewać, że jest gorzej, niż po sobie pokazuję.

— Daruj sobie tłumaczenia, po prostu zagraj to jeszcze raz.

— Myślałem, że tego nie znosisz.

— Nie znoszę? Skąd ci to przyszło do głowy? — Utarczka się ciągnęła.

— Po prostu zagraj, dobrze?

— Ten sam utwór?

— Ten sam.

Wstałem i poszedłem do salonu, zostawiając okna balkonowe otwarte, żeby słyszał, jak gram na fortepianie. Ruszył za mną, oparł się o drewnianą framugę i przez chwilę słuchał.

— Zmieniłeś to. To nie to samo. Co z tym zrobiłeś?

— Po prostu zagrałem to tak, jak zagrałby Liszt, gdyby się chciał tym pobawić.

— Proszę cię, bądź tak dobry i zagraj to jeszcze raz.

Lubiłem jego udawane zniecierpliwienie. Zacząłem grać od początku.

Po chwili:

— Nie do wiary, to znowu brzmi inaczej!

— Tylko trochę. Tak zagrałby to Busoni, gdyby zmienił wersję Liszta.

— Nie możesz zagrać Bacha tak, jak Bach to napisał?

— Ale Bach nigdy nie pisał na gitarę i być może nie napisał tego na klawesyn. Nie ma nawet pewności, czy to w ogóle jest jego utwór.

— Dobra, zapomnijmy o tym.

— OK, OK, po co się tak nakręcać. — Tym razem ja sfingowałem niechętną kapitulację. — Teraz będzie Bach w mojej transkrypcji, bez Busoniego i Liszta. Bach bardzo młody i oddany swojemu bratu.

Dokładnie widziałem, która fraza utworu poruszyła go za pierwszym razem i przy każdym kolejnym wykonaniu wysyłałem mu ją jako mały prezent, jako długą kadencję przeznaczoną specjalnie dla niego.

Flirtowaliśmy ze sobą — on z pewnością rozpoznał oznaki tego o wiele wcześniej niż ja.

Tego wieczoru napisałem w swoim dzienniku: „Przesadziłem, kiedy powiedziałem: Myślałem, że nie znosisz tego utworu. Chodziło mi o coś innego: Myślałem, że mnie nie znosisz. Liczyłem na to, że przekonasz mnie do czegoś wręcz przeciwnego — i na chwilę ci się to udało. Dlaczego nie uwierzę w to jutro rano?".

Czyli on bywa również taki, powiedziałem sobie po tym, jak odwrócił się z lodowatej na słoneczną stronę.

Mogłem równie dobrze zapytać: Czy ja też jestem takim dwustronnym medalem?

„Nie jesteśmy skomponowani na jeden instrument — ani ja, ani ty".

Byłem najzupełniej gotowy zaszufladkować go jako trudnego i nieprzystępnego, po czym spisać na straty. Wystarczyły dwa słowa, żeby moje nadąsanie i apatia przeistoczyły się w zagram dla ciebie wszystko, będę grał, aż każesz mi przestać, aż do obiadu, aż skóra z palców zejdźcie mi warstwa po warstwie, ponieważ lubię robić dla ciebie różne rzeczy, zrobię dla ciebie wszystko, powiedz tylko słowo, od pierwszego dnia cię polubiłem i nawet jeśli na moje kolejne oferty przyjaźni odpowiesz lodem, nigdy nie zapomnę, że odbyła się między nami ta rozmowa i że istnieją łatwe sposoby na przywrócenie lata pośród śnieżycy.

Zapomniałem odnotować, że lód i apatia potrafią błyskawicznie znieść wszelkie rozejmy i postanowienia podpisane w słoneczniejszych momentach.

Potem przyszło to lipcowe niedzielne popołudnie, kiedy nasz dom nagle opustoszał, zostaliśmy w nim tylko my, i moje wnętrzności szarpał ogień — ponieważ „ogień" był pierwszym i najłatwiejszym słowem, które nawiedziło mnie wieczorem, kiedy próbowałem jakoś to wszystko uporządkować na potrzeby mojego dziennika. Czekałem i czekałem w moim pokoju, przygwożdżony do łóżka w podobnym do transu stanie zgrozy i antycypacji. Ogień namiętności, nie ogień niszczący, lecz coś paraliżującego jak ogień bomb kasetowych, które zasysają z otoczenia tlen i sprawiają, że dyszysz, ponieważ zostałeś kopnięty w brzuch, a próżnia potargała całą tkankę płucną i wysuszyła ci usta, i masz nadzieję, że nikt się nie odezwie, ponieważ nie możesz mówić, i modlisz się, żeby nikt nie poprosił cię o poruszenie się, ponieważ twoje serce jest przytkane i bije tak szybko, że prędzej rozpryśnie się na szklane kawałki niż pozwoli, żeby coś innego przepłynęło przez jego zwężone komory. Ogień jak strach, jak panika, jak kolejna minuta tego samego, i umrę, jeśli on nie zapuka do drzwi, ale wolałbym, żeby nigdy nie zapukał niż zapukał teraz. Nauczyłem się zostawiać drzwi balkonowe otwarte i leżeć w łóżku w samych kąpielówkach, całe moje ciało w ogniu. Ogień jak błaganie następującej treści: Proszę cię, proszę cię, powiedz mi, że się mylę, powiedz mi, że wszystko to sobie wymyśliłem, ponieważ to niemożliwe, żebyś czuł to samo, ale jeśli czujesz to samo, to jesteś najokrutniejszym człowiekiem świata. To popołudnie, kiedy nareszcie wszedł do mojego pokoju bez pukania, jakby wezwany moimi modlitwami, i zapytał, czemu nie jestem na plaży z innymi, a mnie przyszła do głowy tylko jedna odpowiedź, której nie zdołałem jednak z siebie wydusić: żeby być z tobą. Żeby być z tobą, Oliver. W kąpielówkach albo bez nich. Być z tobą w moim łóżku. W twoim łóżku. Które w pozostałych miesiącach roku jest moim łóżkiem. Rób ze mną, co chcesz. Weź mnie. Spytaj mnie tylko, czy chcę, sprawdź, jaką otrzymasz odpowiedź, ale pod żadnym pozorem nie pozwól mi odmówić.

I powiedz mi, że to nie był sen, kiedy usłyszałem w nocy jakiś hałas pod drzwiami i nagle wiedziałem, że ktoś jest w moim pokoju, że ktoś siedzi u stóp mojego łóżka i myśli, myśli, myśli i w końcu zaczął się do mnie przybliżać, potem leżał nie obok mnie, tylko na mnie, a ja leżałem na brzuchu, i tak bardzo mi się to podobało, że zamiast zaryzykować jakiś ruch, który by pokazał, że się obudziłem albo zamiast pozwolić mu zmienić zdanie i pójść sobie, udawałem pogrążonego w głębokim śnie i myślałem: to nie jest sen, to nie może być sen, lepiej, żeby to nie był sen, ponieważ słowa, które przychodziły mi do głowy, kiedy zaciskałem powieki, brzmiały: to jest jak powrót do domu, jak powrót do domu po latach spędzonych pośród Trojan i Lestrygonów, jak powrót do miejsca, gdzie wszyscy są tacy jak ty, gdzie ludzie wiedzą, po prostu wiedzą — powrót do domu, podobny do momentu, kiedy wszystko wskakuje na swoje miejsce i nagle sobie uświadamiasz, że przez prawie dwie dekady majstrowałeś przy złej kombinacji. To wtedy postanowiłem przekazać ci bez jednego drgnienia, bez poruszenia choćby jednym mięśniem, że ustąpię, jeśli będziesz naciskał, że już ustąpiłem, jestem twój, cały twój, poza tym, że nagle zniknąłeś, i chociaż to wszystko wydawało się zbyt prawdziwe jak na sen, byłem przekonany, że począwszy od tego dnia wszystko, czego chcę, to żebyś zrobił dokładnie to samo, co w moim śnie.

Następnego dnia graliśmy debla i podczas przerwy, kiedy piliśmy przyrządzoną przez Mafaldę lemoniadę, objął mnie wolnym ramieniem, a potem delikatnie ścisnął moje ramię kciukiem i palcem wskazującym. Bardzo kumpelskie zachowanie, ale tak mnie zaczarowało, że się wyrwałem, ponieważ jeszcze chwila, a zwiotczałbym jak kukiełka na sznurkach, która zwala się w stos patyczków. Przeprosił skonsternowany i zapytał, czy nacisnął na jakiś „nerw albo coś" — nie chciał zrobić mi krzywdy. Musiał się poczuć zdruzgotany, jeśli podejrzewał, że sprawił mi ból albo dotknął w zły sposób. W żadnym razie nie chciałem go zniechęcać, ale zdołałem wyrzucić z siebie tylko coś w stylu „nie bolało" i chciałem zakończyć na tym sprawę. Pomyślałem jednak, że nie mogę zostawiać go z wrażeniem, że moją szorstką reakcję na oczach przyjaciół wywołało coś innego niż ból. Udałem więc człowieka, który usilnie, ale bezskutecznie próbuje powstrzymać grymas bólu.

Nie przyszło mi wtedy do głowy, że reagując paniką na jego dotknięcie, zachowałem się jak dziewica, którą po raz pierwszy dotknęła pożądana przez nią osoba: mężczyzna ten pobudził w niej nerwy, o których istnieniu nie wiedziała, wytworzył rozkosze nieporównanie bardziej rozstrajające od tych, do których przywykła w sytuacjach sam na sam ze sobą.

Nadal sprawiał wrażenie zaskoczonego moją reakcją, ale równie przekonująco udawał, że wierzy w ból mojego ramienia, jako że go nie ukrywałem. Pomagał mi w ten sposób wybrnąć z sytuacji i w żaden sposób nie okazywał po sobie, że ma świadomość każdego niuansu mojej reakcji. Teraz już wiem, jak doskonale potrafi interpretować sprzeczne sygnały, toteż nie mam wątpliwości, że już wtedy coś podejrzewał. „Zrobimy tak, żeby nie bolało". Sprawdzał mnie i przystąpił do masażu mojego ramienia. „Rozluźnij się", powiedział przy innych. „Kiedy ja jestem rozluźniony". „Jesteś sztywny jak ta ławka". „Pomacaj tutaj", powiedział do Marzii, jednej z dziewczyn, które stały najbliżej nas. „Całe pozawęźlane". Poczułem na karku jej dłonie. „Tutaj", polecił, mocno przyciskając jej dłonie do moich pleców. „Czujesz? Najwyższy czas, żeby się rozluźnił". „Najwyższy czas, żebyś się rozluźnił", powtórzyła.

Ponieważ nie umiałem mówić szyfrem, w ogóle nie wiedziałem, co mam powiedzieć. Czułem się jak głuchoniemy, który nie zna nawet języka migowego. Bajdurzyłem jak najęty, żeby tylko nie musieć mówić, co leży mi na sercu. Do tego ograniczał się mój szyfr. Dopóki starczało mi powietrza na wypowiadanie słów, z grubsza sobie radziłem. W przeciwnym razie milczenie prawdopodobnie by mnie zdradziło — dlatego wolałem gadać głupstwa niż nic nie mówić. Milczenie by mnie odsłoniło. Jednak moje rozpaczliwe próby jego przezwyciężenia przy innych obnażyły mnie jeszcze bardziej.

Moja bezradność zapewne przejawiała się na mojej twarzy pod postacią zniecierpliwienia i tłumionej wściekłości. Nie przyszło mi do głowy, że Oliver potraktuje moje emocje jako wymierzone w niego.

Być może z podobnych powodów odwracałem wzrok za każdym razem, gdy na mnie spojrzał: dla ukrycia faktu, jak wielkim obciążeniem jest dla mnie moja nieśmiałość. Ale że Oliver może to odebrać jako obraźliwe i od czasu do czasu zrewanżować mi się wrogim spojrzeniem — to również nie przyszło mi do głowy.

Jednak moja reakcja na uścisk Olivera zawierała w sobie coś jeszcze — i mogłem tylko mieć nadzieję, że tego nie zauważył. Zanim strąciłem jego ramię, uległem jego dłoni i prawie się o nią wsparłem, jakbym chciał powiedzieć — dorośli często mówią tak do kogoś, kto przechodzi za ich plecami i zaczyna masować im kark — „Nie przestawaj". Czy Oliver zauważył, że byłem gotowy nie tylko ulec, ale również wpasować się w jego ciało?

Również to uczucie trafiło wieczorem do mojego dziennika. Nazwałem je „omdleniem". Dlaczego omdlałem? Czy wystarczy, że on mnie dotknie, abym stał się zupełnie bezwładny i bezwolny? Czy takie jest znaczenie słowa „rozpłynąć się"?

I dlaczego nie chciałem mu pokazać, jak łatwo mnie do tego doprowadzić? Czy bałem się, że Oliver mnie wyśmieje, powie wszystkim albo zignoruje całą sprawę pod pretekstem, że jestem zbyt młody, żeby wiedzieć, co robię? A może odwrotnie: bałem się, że jeśli zacznie coś podejrzewać — co oczywiście oznaczałoby, że nadaje na tej samej fali — to się uaktywni? Czy chciałem, żeby się uaktywnił? Czy może wolałem całe życie spędzić w tęsknocie, pod warunkiem, że obaj będziemy kontynuowali tę grę w ping-ponga: nie wiedzieć, nie nie wiedzieć, nie nie nie wiedzieć? Siedź cicho, nic nie mów, a jeśli nie możesz powiedzieć „tak", to nie mów „nie", powiedz „później". Czy to dlatego ludzie mówią „może", kiedy mają na myśli „tak", ale liczą na to, że odbierzesz to jako „nie", a najchętniej powiedzieliby: „Proszę cię, zapytaj mnie o to jeszcze raz, a potem jeszcze raz."?

Kiedy sięgam pamięcią do tego lata, nie mogę uwierzyć, że na przekór wszelkim moim wysiłkom, żeby żyć z „ogniem" i „omdleniem", życie nadal obdarzało mnie cudownymi chwilami. Włochy. Lato. Wczesnopopołudniowe odgłosy cykad. Mój pokój. Jego pokój. Nasz balkon, który odgradzał nas od całego świata. Delikatny wiatr przywodzi do mojej sypialni tchnienia ogrodu. Lato, podczas którego nauczyłem się kochać wędkarstwo. Ponieważ on kochał. I bieganie. Ponieważ on kochał. I ośmiornice, Heraklita, *Tristana*. Lato, podczas którego nauczyłem się słyszeć śpiew ptaka, wąchać zapachy roślin albo czuć, jak w ciepłe, słoneczne dni spod moich stóp unosi się mgiełka, a ponieważ moje zmysły zawsze są rozbudzone, stopy automatycznie zmierzają ku Oliverowi.

Mogłem zaprzeczyć tak wielu rzeczom — że pragnę dotknąć jego kolan i nadgarstków połyskujących w słońcu lepkim lśnieniem, które widziałem u tak niewielu osób; że kocham jego białe tenisowe szorty, wiecznie jakby poplamione, w kolorze gliny, który z upływem tygodni stawał się kolorem jego skóry; że jego włosy, z każdym dniem coraz bardziej blond, każdego ranka chwytają słońce jeszcze przed jego całkowitym wyłonieniem się zza horyzontu; że jego wydęta niebieska koszula, coraz bardziej wydęta, kiedy miał ją na sobie w wietrzne dni na patio koło basenu, emanuje obietnicą zapachu skóry i potu, zapachu, o którym na samą myśl mi twardniał. Wszystkiemu temu mogłem zaprzeczyć. I uwierzyć w swoje zaprzeczenia.

Ale jego złoty naszyjnik i gwiazda Dawida ze złotą mezuzą na szyi powiedziały mi, że tutaj kryje się coś bardziej upragnionego od wszystkich innych rzeczy, których chcę od Olivera, ponieważ to nas ze sobą łączyło i przypominało mi, że istnieje sfera, w której różnice między nami się zacierają. Jego gwiazdę zauważyłem niemal od razu w pierwszym dniu jego pobytu u nas. Od tego momentu wiedziałem, że to, co mnie intryguje i każe mi dążyć do zaprzyjaźnienia się z nim, jest większe od wszystkiego, na co którykolwiek z nas może liczyć od drugiego, większe, a zatem lepsze od jego duszy, jego ciała czy samej ziemi. Patrzenie na jego szyję z gwiazdą i wymownym amuletem było patrzeniem na coś ponadczasowego, przedwiecznego i nieśmiertelnego we mnie samym, w nim, w nas obu, na coś, co się domagało, żeby to na powrót rozniecić i wyrwać z tysiącletniego snu.

Ku mojemu zaskoczeniu on najwyraźniej nie zauważał — albo go to nie obchodziło — że ja też noszę gwiazdę Dawida. Tak samo jak nie zauważał tego — albo go to nie obchodziło — jak moje spojrzenie wędrowało po jego kąpielówkach i usiłowało rozpoznać kontur tego, co czyniło z nas pustynnych braci.

Nie licząc mojej rodziny, przypuszczalnie był jedynym Żydem, którego noga kiedykolwiek postała w B. Ale w odróżnieniu od nas on od początku obnosił się ze swoim pochodzeniem. My nie rzucaliśmy się w oczy jako Żydzi. Nosiliśmy naszą żydowskość tak, jak ludzie to robią prawie na całym świecie: wsuniętą pod koszulę, ale nieschowaną pod nią. Moja matka nazywała to „żydostwem dyskretnym". Kiedy zobaczyliśmy, że ktoś nosi swoje żydowskie korzenie tak jak Oliver, kiedy wziął jeden z naszych rowerów i z rozpiętą pod szyją koszulą pojechał do miasta, przeżyliśmy szok, ale również zorientowaliśmy się, że możemy bez żadnych obaw zrobić to samo. Kilka razy próbowałem go naśladować, ale miałem zahamowania jak ktoś, kto próbuje czuć się naturalnie, chodząc nago po szatni, ale stwierdza, że jego własna nagość go podnieca. W mieście próbowałem reklamować moją żydowskość z tą milczącą nonszalancją, która wynika nie tyle z arogancji, ile z tłumionego wstydu. On zachowywał się zupełnie inaczej. Nie chodzi o to, że nigdy się nie zastanawiał nad byciem Żydem ani nad losem Żydów w katolickim kraju. Czasem rozmawialiśmy na ten temat podczas tych długich popołudni, kiedy obaj odkładaliśmy na bok pracę, a wszyscy inni domownicy i goście udawali się do swoich pokojów na parogodzinny odpoczynek. Oliver dostatecznie długo mieszkał w małych miastach Nowej Anglii, aby znać los jedynego Żyda w okolicy. Żydowskość nigdy jednak nie stanowiła dla niego problemu takiego jak dla mnie, ani nie budziła w nim trwałego, metafizycznego poczucia obcości wobec świata i siebie samego. Dla niego nie kryła nawet w sobie mistycznej, niewypowiedzianej obietnicy zbawczego braterstwa. I być może dlatego nie czuł się źle z tym, że jest Żydem i nie musiał nieustannie drapać się w tym miejscu, tak jak dzieci drapią strupek, bo chcą, żeby zniknął. Nie miał problemu ze swoją żydowskością podobnie jak ze sobą samym, ze swoim ciałem, ze swoją urodą, ze swoim archaicznym bekhendem, ze swoim doborem książek, muzyki, filmów, znajomych. Nie miał problemu z tym, że zgubił swoje ukochane pióro Mont

Blanc. „Kupię sobie nowe". Nie miał również problemu z krytyką. Pokazał mojemu ojcu kilka napisanych przez siebie stron, z których był dumny. Ojciec mu powiedział, że jego przemyślenia na temat Heraklita są błyskotliwe, ale wymagają silniejszego podbudowania, że musi zaakceptować paradoksalność myśli tego filozofa, zamiast ją zbywać kilkoma gładkimi frazesami. Nie miał problemu z ugruntowywaniem swoich przemyśleń, nie miał problemu z paradoksalnością. Trzeba znowu zasiąść za biurkiem — z tym też nie miał problemu. Zaprosił moją młodą ciocię na nocną *gita* — wycieczkę — we dwoje na naszej motorówce. Odmówiła. Nie miał z tym problemu. Kilka dni później spróbował ponownie, ponownie spotkał się z odmową i ponownie nic sobie z tego nie robił. Ciocia też nie miała z tym problemu i gdyby Oliver spędził z nami kolejny tydzień, prawdopodobnie nie miałaby problemu z wypłynięciem w morze na *gita* o północy, która przeciągnęłaby się do wschodu słońca.

Podczas pierwszych dni tylko raz miałem poczucie, że ten uparty, ale bezkonfliktowy, wyluzowany, niewzruszony i beztroski dwudziestoczterolatek, który z niczym nie ma problemu, w rzeczywistości jest niezwykle czujnym, chłodnym i mądrym sędzią charakterów i sytuacji.

Nic z tego, co mówił i robił, nie było nieprzemyślane. Każdego potrafił przejrzeć na wskroś, ale ową przenikliwość zawdzięczał właśnie temu, że pierwszą rzeczą, jakiej szukał u ludzi, było to samo, co zobaczył wcześniej w sobie i prawdopodobnie nie chciał, żeby inni się o tym dowiedzieli. Jak pewnego dnia ze zgorszeniem odkryła moja matka, był wybitnym pokerzystą, który parę razy w tygodniu wymykał się do miasta, żeby „zagrać kilka rozdań". Z tego właśnie powodu, ku naszemu zdumieniu, uparł się w dniu swojego przybycia, że musi założyć konto w banku. Żaden z naszych wcześniejszych gości nie miał rachunku w miejscowym banku. Większość była bez grosza przy duszy.

Wydarzyło się to podczas obiadu z udziałem zaproszonego przez mojego ojca dziennikarza, który w młodości parał się filozofią i chciał pokazać, że chociaż nigdy nic nie napisał o Heraklicie, to potrafi toczyć spory na każdy temat pod słońcem. Nie przypadli sobie z Oliverem do gustu. Mój ojciec powiedział później: Bardzo dowcipny człowiek — i diabelnie inteligentny.

— Naprawdę pan tak uważa, psorze? — przerwał mu Oliver, nie mając świadomości, że mój ojciec, chociaż niekonfliktowy, nie zawsze lubi, kiedy mu się zaprzecza, a tym bardziej mówi do niego „psorze", choć generalnie odpuszcza oba te grzechy.

— Owszem, tak uważam — potwierdził mój ojciec.

— Otóż ja nie mogę się z tym zgodzić. Odbieram go jako aroganckiego, nudnego, pozbawionego inwencji i grubiańskiego. Próbuje zaczarować swoich słuchaczy humorem, dużym wolumenem głosu i zamaszystymi gestami — Oliver odegrał bufonowatość tego człowieka — mającymi zastąpić w roli perswazyjnej argumentację, ponieważ jest do niej zupełnie niezdolny.

Ten numer z głosem to już całkowita przesada, psorze. Ludzie śmieją się nie dlatego, że jest dowcipny, tylko dlatego, że bardzo dobitnie sygnalizuje swoje pragnienie bycia dowcipnym. Jego humor jest niczym więcej, jak tylko próbą zjednania sobie ludzi, których nie potrafi przekonać za pomocą argumentów. Kiedy mówi ktoś inny, on zawsze odwraca wzrok, nie słucha, ćwiczy w głowie tekst, który zamierza powiedzieć, chce go jak najszybciej wygłosić, póki go pamięta.

Jak można wyczuć czyjś sposób myślenia, jeśli się go nie zna z autopsji? Jak Oliver mógł dostrzegać u innych tyle przebiegłych chwytów, jeśli sam ich nie stosował?

Zafrapował mnie nie tylko jego niezwykły dar odczytywania ludzi, szperania w ich wnętrzu i dogrzebywania się do dokładnej konfiguracji ich osobowości, ale również umiejętność odgadywania różnych rzeczy dokładnie tak samo, jak mógłbym je odgadnąć ja. To właśnie popychało mnie do niego z mocą, która wykraczała poza pożądanie, przyjaźń czy poczucie więzi wynikające ze wspólnej religii. „Może poszlibyśmy do kina?", wypalił pewnego wieczoru, kiedy wszyscy byliśmy razem, tak jakby nagle wymyślił rozwiązanie dla nudy w domu, która się przed nami rysowała. Oliver był wtedy jeszcze nowy i nie znał nikogo w mieście, toteż potencjalnych towarzyszy wyprawy do kina musiał szukać w naszym gronie. Zadał jednak to pytanie tak beztrosko i spontanicznie, jakby chciał zasygnalizować, że wcale nie ma ochoty iść do kina i równie dobrze może zostać w domu, żeby pochylić się nad swoim maszynopisem. Niedbały ton jego propozycji miał jednak posłużyć również jako werbalne puszczenie oka do moich rodziców, mówiące, że pomysł z wyjściem do kina nie budzi w nim szczególnego entuzjazmu, ale on chce to zrobić ze względu na mnie, ponieważ mój ojciec poskarżył się przy kolacji, że wyglądam, jakbym był nie w sosie.

Uśmiechnąłem się, nie z powodu samej propozycji, tylko przebiegłego manewru Olivera. On natychmiast to zauważył i odwzajemnił uśmiech, prawie autoironicznie, wyczuwając, że gdyby dał po sobie poznać, iż domyślił się, że przejrzałem jego podstęp, potwierdziłby swoją winę, ale zaprzeczanie temu w sytuacji, kiedy ja jednoznacznie zasygnalizowałem, że jego zabiegi nie uszły mojej uwagi, pogrążyłoby go jeszcze bardziej. Uśmiechnął się zatem, przyznając, że został przyłapany, ale również pokazując mi, że jest człowiekiem, który potrafi się przyznać i mimo to z przyjemnością obejrzeć ze mną film. Bardzo mnie to wszystko podekscytowało.

A może jego uśmiech był ripostą na mój sygnał, że przyłapałem go na fingowaniu pozbawionego wszelkich podtekstów charakteru jego propozycji — może Oliver chciał mi w ten sposób powiedzieć, że tak jak ja dostrzegam coś budzącego uśmiech w nim, tak on dostrzega coś budzącego uśmiech we mnie, a mianowicie przenikliwą, przebiegłą i podszytą poczuciem winy przyjemność z odnajdywania tylu niewidocznych powinowactw między nami. Być może nic tam nie było i wszystko to sobie wymyśliłem. Obaj jednak wiedzieliśmy, co zobaczył drugi. Tego wieczoru, kiedy jechaliśmy na rowerach do kina, czułem się tak, jakbym dostał skrzydeł — i nie próbowałem tego ukrywać.

Skoro więc byłem dla niego tak przezroczysty, czy mógł *nie* zrozumieć znaczenia mojej nagłej ucieczki przed jego dłonią? Nie zauważyć, że najpierw się w nią wcisnąłem? Nie wiedzieć, że nie chciałem, aby mnie puścił? *Nie* czuć, że kiedy zaczął mnie masować, niezdolność do odprężenia się była moim ostatnim schronieniem, moją ostatnią linią obrony, moją ostatnią maskaradą? *Nie* zrozumieć, że nie potrafię stawiać oporu, że nigdy nie będę chciał stawiać oporu, niezależnie od tego, co on zrobi i o co mnie poprosi? *Nie* wiedzieć, że kiedy siedziałem na moim łóżku w to niedzielne popołudnie, gdy oprócz nas dwóch nie było nikogo w domu, i patrzyłem, jak wchodzi do mojego pokoju i pyta, dlaczego nie jestem z innymi na plaży, to odmawiając odpowiedzi i wzruszając tylko ramionami, chciałem ukryć fakt, że nie jestem w stanie dobyć z siebie wystarczającej ilości powietrza, aby coś powiedzieć, że jeśli udałoby mi się wydać z siebie jakiś dźwięk, mogłoby to być desperackie wyznanie albo szloch — albo jedno i drugie? Od czasów dzieciństwa nikt nie wpędził mnie w taką sytuację. Ciężka alergia, powiedziałem. U mnie też, odparł. Zapewne cierpimy na to samo. Znowu wzruszyłem ramionami. Wziął do ręki mojego starego pluszowego misia i szepnął mu coś do ucha. Potem odwrócił misia twarzą do mnie i powiedział zmienionym głosem:

— Co się stało? Jesteś podenerwowany. — Z pewnością już zauważył, że mam na sobie kąpielówki. Czyżby zsunęły się niżej, niż pozwala przyzwoitość?

— Chcesz popływać? — spytał.

— Może później — odpowiedziałem jego ulubionym zwrotem.

— Chodźmy teraz.

Wyciągnął rękę, żeby pomóc mi wstać. Chwyciłem ją, obróciłem się na bok w stronę ściany, by nie widział mojej twarzy, i spytałem: „Musimy?", co tak naprawdę znaczyło: zostań. Zostań ze mną. Niech twoja dłoń wędruje, gdzie chce, zdejmij mi kąpielówki, weź mnie, nie narobię hałasu, nikomu nie powiem, stwardniał mi i ty o tym wiesz, a jeśli nie wiesz, wezmę twoją dłoń i wsunę pod swoje kąpielówki i pozwolę ci włożyć we mnie tyle palców, ile zechcesz.

Czy mógł tego wszystkiego nie zanotować?

Powiedział, że idzie się przebrać i wyszedł z mojego pokoju. „Spotkamy się na dole". Spojrzałem w dół i ku swojemu totalnemu przerażeniu zobaczyłem, że jestem mokry w kroczu. Czy on to zauważył? Idiotyczne pytanie. To dlatego chciał, żebyśmy poszli na plażę. To dlatego wyszedł z pokoju. Stuknąłem się pięścią w głowę. Jak mogłem być taki nieostrożny, taki bezmyślny, taki bezdennie głupi? Oczywiście, że zauważył.

Należało wziąć przykład z niego. Na moim miejscu wzruszyłby ramionami. Przedwczesny wytrysk? Nie ma problemu.

Absolutnie nie potrafiłbym sobie powiedzieć: Co z tego, że zauważył? Teraz już wie.

Nie przyszło mi do głowy, że ktoś, kto mieszkał pod naszym dachem, kto grał w karty z moją matką, jadł śniadania i kolacje przy naszym stole, a w piątki dla zabawy recytował hebrajskie błogosławieństwa, spał na jednym z naszych łóżek, używał naszych ręczników, zaprzyjaźniał się z naszymi przyjaciółmi, oglądał z nami telewizję w deszczowe dni, kiedy siedzieliśmy w salonie otuleni kocem, ponieważ robiło się zimno i czuliśmy się tak przytulnie, będąc razem i słuchając, jak deszcz drobi o szyby — że ktoś inny w moim bezpośrednim otoczeniu może lubić to, co ja lubię, chcieć tego, co ja chcę, być tym, kim ja jestem. Nie umiałem sobie tego wyobrazić, ponieważ nadal żyłem w złudzeniu, że poza tym, co przeczytałem w książkach, wywnioskowałem z pogłosek i podsłuchałem ze sprośnych rozmów, nikt w moim wieku nie chciał być zarazem mężczyzną i kobietą — z mężczyznami i kobietami. Zdarzało mi się wcześniej chcieć mężczyzn w moim wieku i spałem z kilkoma kobietami, ale zanim on wysiadł z taksówki i wszedł do naszego domu, wydawało mi się absolutnie wykluczone, że ktoś tak młody i niemający problemu z samym sobą może chcieć zaoferować mi swoje ciało tak bardzo, jak bardzo ja chciałem oddać mu swoje.

A przecież mniej więcej dwa tygodnie po jego przybyciu, każdego wieczoru chciałem tylko tego, żeby wyszedł ze swojego pokoju nie drzwiami na korytarz, lecz balkonowymi.

Chciałem usłyszeć, jak jego drzwi balkonowe się otwierają, usłyszeć na balkonie jego espadryle, a potem odgłos otwierania moich drzwi — nigdy ich nie zamykałem — i kroki Olivera, który już po tym, jak wszyscy położyli się spać, wślizguje się w moją pościel, rozbiera mnie bez pytania, sprawia, że chcę go bardziej, niż wydawało mi się to możliwe, żeby chcieć inną osobę, a potem delikatnie, lekko i z życzliwością jednego Żyda wobec drugiego wnika w moje ciało, łagodnie i miękko, wziąwszy sobie do serca moje słowa, które ćwiczyłem od wielu dni: Proszę cię, nie zadawaj mi bólu, co oznaczało: Zadaj mi tyle bólu, ile chcesz.

W ciągu dnia rzadko przebywałem w swoim pokoju. Od kilku lat zawłaszczałem okrągły stół z parasolem na tyłach ogrodu z basenem. Pavel, nasz rezydent z ubiegłego lata, lubił pracować w swoim pokoju i czasem wychodził na balkon, żeby spojrzeć na morze albo zapalić papierosa. Wcześniej był Maynard, który również pracował w swoim pokoju. Oliver potrzebował towarzystwa. Początkowo siadał przy moim stole, ale potem zaczął rozkładać na trawie duże prześcieradło i kłaść się na nim w otoczeniu luźnych kartek maszynopisu i swoich „rzeczy", jak to nazywał: lemoniady, kremu do opalania, książek, espadryli, okularów przeciwsłonecznych, kolorowych długopisów i muzyki, której słuchał w słuchawkach, przez co nie dało się z nim rozmawiać, jeżeli on sam nie podjął rozmowy. Czasami, kiedy schodziłem przed południem na dół z zeszytem w pięciolinię albo książkami, on już leżał na słońcu w czerwonych albo żółtych kąpielówkach i się pocił. Szliśmy pobiegać albo popływać, a po powrocie czekało na nas śniadanie. Potem nabrał zwyczaju zostawiania swoich „rzeczy" na trawie i kładzenia się nad basenem — nazywanym „niebem", co było skrótem od „Jak w niebie" — często mawiał po obiedzie: „Idę teraz do nieba" i dodawał: „Na *apricatio*", czyli kąpiel słoneczną. Taki zawodowy żarcik między łacinnikami. Droczyliśmy się z nim na temat niezliczonych godzin, które spędzał na wchłanianiu w siebie olejku do opalania, leżąc zawsze w tym samym miejscu nad brzegiem basenu. „Jak długo byłeś dziś rano w niebie?", pytała moja matka. „Bite dwie godziny. Ale dzisiaj po południu planuję wrócić wcześniej na znacznie dłuższe *apricatio*". Przebywając na „peryferiach raju", leżał na plecach z jedną nogą w wodzie, słuchawkami na uszach i twarzą zakrytą słomkowym kapeluszem — obraz człowieka, któremu niczego nie brakuje do szczęścia. Nie znałem tego uczucia i zazdrościłem Oliverowi.

— Śpisz, Oliver? — pytałem, kiedy nieruchome powietrze nad basenem zaczynało nam doskwierać.

Cisza.

A potem, prawie jak westchnienie, bez poruszania mięśniami, przychodziła odpowiedź:

— Spałem.

— Przepraszam.

Stopa w wodzie — mógłbym całować każdy jej palec. A potem kostki i kolana. Jak często gapiłem się na jego kąpielówki, kiedy kapelusz zasłaniał mu twarz? Oliver absolutnie nie mógł wiedzieć, na co patrzę.

Albo:

— Śpisz, Oliver?

Długie milczenie.

— Nie. Myślę.

— O czym?

Palce marszczą wodę.

— O interpretacji pewnego fragmentu Heraklita autorstwa Heideggera.

Albo, kiedy ja nie grałem na gitarze, a on nie słuchał muzyki w słuchawkach, ale na jego twarzy leżał słomkowy kapelusz, Oliver nagle przerywał milczenie.

— Elio.

— Tak?

— Co robisz?

— Czytam.

— Nie, nie czytasz.

— W takim razie myślę.

— O czym?

Marzyłem o tym, żeby mu powiedzieć.

— O prywatnych sprawach.

— Czyli mi nie powiesz?

— Czyli ci nie powiem.

— Czyli mi nie powiesz — powtórzył zamyślonym tonem.

Uwielbiałem, jak powtarzał coś, co przed chwilą ja powtórzyłem po nim. Kojarzyło mi się to z pieszczotą albo z gestem, który za pierwszym razem jest zupełnie przypadkowy, ale za drugim, a tym bardziej za trzecim razem staje się intencjonalny. Przypominało mi to ścielenie mojego łóżka przez Mafaldę — najpierw odwijała prześcieradło do tyłu, następnie z powrotem do przodu na poduszki, a potem jeszcze raz do tyłu na narzutę — w tę i we w tę, aż w końcu wiedziałem, że między te fałdy wciśnięte są znaki czegoś zarazem nabożnego i ustępliwego — jak uleganie porywowi namiętności.

Popołudniowe milczenie zawsze było zwiewne i nienachalne.

— Nie powiem ci — komunikowałem.

— W takim razie śpię dalej.

Znowu głęboka cisza. A po kilku chwilach:

— Jak w niebie!

Potem przez dobrą godzinę ani słowa od niego.

Nie znałem w życiu niczego piękniejszego niż siedzenie przy stole nad moimi transkrypcjami, podczas gdy on leżał na brzuchu i zaznaczał swoje uwagi na stronach odbieranych każdego dnia rano od signory Milani z B.

— Posłuchaj tego — mawiał od czasu do czasu, zdejmując słuchawki i przerywając ciężką ciszę tych długich, parnych letnich przedpołudni. — Słyszałeś kiedyś takie bzdury?

Przystępował do czytania na głos jakiegoś fragmentu, nie mogąc uwierzyć, że kilka miesięcy wcześniej sam coś takiego napisał.

— Czy według ciebie to ma sens? Dla mnie nie.

— Może miało, kiedy to pisałeś.

Zastanowił się chwilę, jakby ważył w myślach moje słowa.

— Od wielu miesięcy nikt nie okazał mi tyle zrozumienia.

Wypowiedział to niezwykle poważnym tonem, jakby doznał nagłego objawienia, i przypisał mojej wypowiedzi znacznie głębsze intencje od zamierzonych przeze mnie. Poczułem się nieswojo, odwróciłem wzrok i powtórzyłem niezbyt inteligentnie:

— Zrozumienia?

— Tak, zrozumienia.

Nie bardzo wiedziałem, co to ma wspólnego ze zrozumieniem. A może nie do końca pojmowałem, do czego to wszystko zmierza, i wolałem, żeby cała sprawa rozeszła się po kościach. Znowu cisza. Do następnej jego uwagi.

Uwielbiałem te chwile, kiedy Oliver przerywał milczenie między nami, żeby coś powiedzieć (nieważne co), zapytać, co myślę o X albo czy słyszałem kiedyś o Y. W naszym domu nikt nigdy nie pytał mnie o zdanie w jakiejkolwiek sprawie. Jeśli jeszcze nie wykombinował dlaczego — musiało to niedługo nastąpić — było tylko kwestią czasu, zanim podpisze się pod rozpowszechnionym poglądem, że jestem w rodzinie dzieckiem, które nie ma nic do powiedzenia. A przecież był u nas trzeci tydzień i pytał mnie, czy słyszałem o Athanasiusie Kircherze, Giuseppe Bellim i Paulu Celanie.

— Słyszałem.

— Jestem niemal dekadę starszy od ciebie, a jeszcze kilka dni temu o żadnym z nich nie słyszałem. Nie rozumiem.

— Co tutaj jest do zrozumienia? Tata jest profesorem uniwersytetu. Wychowywaliśmy się bez telewizora. Teraz rozumiesz?

— Wracaj do swojego brzdąkania! — burknął takim tonem, jakby rzucał mi w twarz zwiniętym w kulkę ręcznikiem.

Lubiłem nawet te momenty, kiedy mnie beształ.

Pewnego dnia, przesuwając po stole zeszyt, niechcący przewróciłem szklankę, która spadła na trawę. Nie rozbiła się. Oliver wstał, podniósł ją i postawił tuż obok moich kartek.

Byłemu mu tak wdzięczny, że nie umiałem znaleźć słów.

— Nie musiałeś — wydusiłem w końcu.

Odczekał chwilę, aby zasygnalizować, że jego odpowiedź niekoniecznie jest taka niezobowiązująca, jaka się wydaje.

— Zrobiłem to z chęcią.

Z chęcią, pomyślałem, zrobił to z chęcią.

Z chęcią — wyobraziłem sobie, że powtarza te słowa, życzliwy, kurtuazyjny, górnolotny, potrafił bowiem taki być, kiedy miał na to ochotę.

Dla mnie godziny spędzane przy okrągłym drewnianym stole w ogrodzie pod dużym parasolem, którego cień tylko częściowo zasłaniał moje papiery, z brzękiem lemoniady z lodem, odgłosem fal delikatnie ochlapujących gigantyczne skały w dole i dochodzącym z jakiegoś sąsiadującego domu stłumionym trzaskiem składanki muzycznej, która leciała na okrągło — wszystko to było wpisane w te przedpołudnia, kiedy modliłem się tylko o to, żeby czas stanął w miejscu. Niech lato nigdy się nie skończy, niech Oliver nigdy nie wyjeżdża, niech puszczana na okrągło muzyka wiecznie gra, proszę o bardzo niewiele i przysięgam, że o nic więcej nie poproszę.

Ale czego tak naprawdę chciałem? I dlaczego nie wiedziałem, czego chcę, skoro byłem najzupełniej gotowy bez ogródek wyrażać moje pragnienia? Być może moim najskromniejszym życzeniem było to, aby mi powiedział, że wszystko jest ze mną w porządku, że nie jestem mniej normalny od innych młodzieńców w moim wieku. Byłbym usatysfakcjonowany i nie prosiłbym o nic więcej, gdyby się schylił i podniósł z ziemi godność, którą bez najmniejszego wysiłku rzuciłem mu pod nogi.

Byłem Glaukosem, a on Diomedesem. W imię jakiegoś okultystycznego męskiego kultu dawałem mu moją złotą zbroję w zamian za jego spiżową. Uczciwa transakcja. Żaden z nas się nie targował, żaden z nas nie mówił o skąpstwie czy rozrzutności.

Nasuwało się słowo „przyjaźń". Jednak przyjaźń w potocznym rozumieniu tego pojęcia była obcym, jałowym zjawiskiem, na którym mi nie zależało. Zamiast tego prawdopodobnie życzyłem sobie — od momentu, kiedy wysiadł z taksówki do chwili pożegnania w Rzymie — czego wszyscy ludzie chcą od siebie nawzajem i co czyni życie znośnym. To on musiałby postawić pierwszy krok — ja być może drugi.

Istnieje prawo, które mówi, że jeżeli ktoś zakocha się na zabój, to druga osoba musi odwzajemnić to uczucie. *Amor ch'a nullo'amato amar perdona* — Miłość, co zawsze miłością się płaci[1], mówi Francesca w *Piekle* Dantego. Po prostu czekaj i nie trać nadziei. Nie traciłem nadziei, chociaż być może cały czas chciałem właśnie tego: wiecznego czekania.

Kiedy przy okrągłym stole w ogrodzie pracowałem nad transkrypcjami, nie myślałem o przyjaźni ani o niczym innym, zadowoliłoby mnie to, żebym zawsze mógł podnieść wzrok i zobaczyć go tam, razem z olejkiem do opalania, słomkowym kapeluszem, czerwonymi kąpielówkami i lemoniadą. Podnieść wzrok i zobaczyć cię tam, Oliver. Bo całkiem niedługo nadejdzie dzień, kiedy podniosę wzrok, a ciebie już tam nie będzie.

Późnym przedpołudniem często zachodzili do nas znajomi i sąsiedzi z okolicznych domów. Wszyscy gromadzili się w naszym ogrodzie, a potem razem wyruszaliśmy na plażę. Nasz dom stał najbliżej wody i wystarczyło otworzyć maleńką bramkę koło balustrady, zejść wąskimi schodami ze skarpy i byłeś już na skałach. Chiara, dziewczyna, która trzy lata temu była niższa ode mnie, a poprzedniego lata nie chciała się ode

[1] Dante Alighieri, *Boska komedia*, przeł. E. Porębowicz, PIW, Warszawa 1965, s. 44.

mnie odczepić, wyrosła na kobietę, która nareszcie opanowała sztukę niewitania się ze mną przy każdej możliwej okazji. Pewnego razu zajrzała do nas razem z młodszą siostrą, podniosła z trawy koszulę Olivera, rzuciła nią w niego i powiedziała:

— Dosyć. Idziemy na plażę, a ty idziesz z nami.

Nie oponował.

— Odniosę tylko te papiery. W przeciwnym razie jego ojciec — ponieważ w rękach miał papiery, pokazał na mnie ruchem podbródka — żywcem obedrze mnie ze skóry.

— Skoro już mowa o skórze, chodź tutaj.

Za pomocą paznokci Chiara delikatnie i powoli oderwała strzępek złuszczonej skóry z jego opalonego ramienia, które przybrało jasnozłocisty kolor pola pszenicy pod koniec lipca. Tak bardzo chciałem być na jej miejscu.

— Powiedz jego ojcu, że to ja pomięłam papiery. Zobaczymy, jak zareaguje.

Rzuciwszy okiem na maszynopis, który Oliver zostawił na dużym stole w jadalni po drodze na górę, Chiara krzyknęła do niego z dołu, że ona lepiej by przełożyła ten tekst niż miejscowa tłumaczka. Tak jak ja, dziecko emigrantów, Chiara miała matkę Włoszkę i ojca Amerykanina. Z obojgiem rozmawiała zarówno po angielsku, jak i po włosku.

— Umiesz też pisać na maszynie? — dobiegł nas głos z góry.

Usłyszałem, jak Oliver szuka w swoim pokoju innych kąpielówek, bierze prysznic, trzaska drzwiami, wysuwa i wsuwa szuflady, kopie buty.

— Jeszcze jak!

— Tak dobrze jak mówisz?

— Lepiej. I dałabym ci lepszą cenę.

— Potrzebuję pięć przetłumaczonych stron dziennie, do odebrania każdego dnia rano.

— W takim razie nie ubijemy interesu. Znajdź sobie kogoś innego — burknęła.

— Signora Milani potrzebuje tych pieniędzy — powiedział, schodząc do nas — wydęta niebieska koszula, espadryle, czerwone kąpielówki. Okulary przeciwsłoneczne i czerwone wydanie Lukrecjusza z serii klasyków Loeba, które wszędzie mu towarzyszyło. — Nie mam z nią problemu — dodał, wcierając w ramiona jakieś mleczko.

— „Nie mam z nią problemu" — przedrzeźniała go Chiara. — Ja nie mam problemu z tobą, ty nie masz problemu ze mną, ona nie ma problemu z nim…

— Przestań się wygłupiać i chodźmy popływać — skarciła ją siostra.

Dopiero po dłuższym czasie uświadomiłem sobie, że Oliver ma cztery osobowości, zależnie od tego, które włoży kąpielówki. Wiedza o tym, czego mogę się spodziewać, dawała mi złudzenie niewielkiej przewagi. Czerwone: odważny, nieelastyczny, bardzo dorosły, niemal szorstki i wybuchowy — trzymać się z daleka. Żółte: żwawy, przebojowy, dowcipny, uszczypliwy — nie ulegaj zbyt szybko, bo czerwień czai się tuż za rogiem. Zielone, które rzadko nosił: zgodny, chętny do nauki, chętny do rozmowy, radosny — dlaczego nie mógł być taki zawsze? Niebieskie: to popołudnie, kiedy wszedł z balkonu do mojego pokoju, dzień, kiedy pomasował mi ramię albo kiedy podniósł z trawy moją szklankę i postawił tuż koło mnie.

Dzisiaj był dzień czerwony: pośpiech, stanowczość, opryskliwość.

Wychodząc z domu, wziął z dużej miski owoców jabłko, rzucił wesołe: „Później, pani P." do mojej matki, która siedziała w ogrodzie z dwiema znajomymi (wszystkie trzy miały na sobie stroje kąpielowe), i zamiast otworzyć bramkę wąskich schodów prowadzących na skały, przeskoczył przez nią. Żaden z naszych wcześniejszych letnich gości nie zachowywał się tak swobodnie, ale wszyscy pokochali Olivera i jego „Później!".

— OK, Oliver, później, OK — odparła moja matka, starając się posługiwać jego żargonem.

Zaakceptowała nawet nową nomenklaturę, w ramach której nazywała się pani P. Słowo „później" miało w sobie coś gwałtownego. Nie mówił „do zobaczenia później", „na razie" ani nawet „ciao". „Później!" było mrożącym, ostatecznym jak koszykarski wsad pozdrowieniem masakrującym wszystkie nasze lukrowane europejskie grzeczności. „Później!" zawsze zostawiało ostry posmak nawet po ciepłych i serdecznych momentach. „Później!" nie kończyło sprawy w sposób uporządkowany i cywilizowany, tylko z hukiem zatrzaskiwało drzwi.

Ale „później!" było również metodą na uniknięcie czy też zbagatelizowanie pożegnań. Nie oznaczało, że się rozstajecie, tylko że zaraz znowu będziecie razem. Było odpowiednikiem słowa „sekundkę", rzuconego przez Olivera do mojej matki, która poprosiła go kiedyś o podanie chleba, a on był zajęty usuwaniem ości z ryby na swoim talerzu. „Sekundkę". Moja matka, która nie znosiła jego, jak to nazwała, „amerykanizmów", zaczęła mówić na niego *il kaiboy* — kowboj. Początkowo miało to krytyczny wydźwięk, ale szybko awansowało do roli spieszczenia, towarzyszącego drugiemu przezwisku nadanemu Oliverowi przez moją matkę w pierwszym tygodniu jego pobytu, kiedy przyszedł do jadalni świeżo spod prysznica, z zaczesanymi do tyłu lśniącymi włosami. „Lo star", powiedziała, co było skrótem od *il muvi star*. Mój ojciec, zawsze najbardziej wyrozumiały spośród nas, a zarazem najbardziej spostrzegawczy, rozgryzł „kaiboya". „*E un timido*, jest nieśmiały, dlatego tak mówi", stwierdził, kiedy poproszono go o wyjaśnienie szorstkiego „później!" Olivera.

Oliver *timido*? To była dla nas nowość. Czy to możliwe, że wszystkie grubiańskie amerykanizmy Olivera to tylko jaskrawy kamuflaż skrywający fakt, że Oliver nie wie — albo boi się, że nie wie — jak się elegancko pożegnać? Przypomniało mi to, że przez kilka dni odmawiał jedzenia jajek na miękko na śniadanie. Czwartego albo piątego dnia Mafalda orzekła, że Oliver nie może opuścić naszego regionu bez skosztowania naszych jajek. W końcu ustąpił, przyznając z odrobiną szczerego zawstydzenia, którego nigdy nie starał się ukrywać, że nie umie obrać jajka na miękko. „*Lasci fare a me*, signor Ulliva, niech pan to zostawi mnie", zaproponowała. Od tego dnia przynosiła signorowi Ullivie dwa jajka i dopiero po obraniu ich ze skorupki zaczynała obsługiwać innych.

Ale Oliver zjednał sobie Mafaldę znacznie wcześniej, trzeciego dnia rano, kiedy go spytała, czy pije do śniadania sok, a on odpowiedział twierdząco. Przypuszczalnie spodziewał się soku pomarańczowego albo grejpfrutowego, a tymczasem dostał dużą szklankę wypełnioną po brzegi gęstym sokiem morelowym. Nigdy wcześniej nie pił soku morelowego. Mafalda stała naprzeciwko niego z przyciśniętą do fartucha tacą i czekała na jego reakcję. W pierwszej chwili nic nie mówił. Potem, zapewne odruchowo, oblizał wargi. Mafalda była w siódmym niebie. Moja matka nie mogła uwierzyć, że ludzie wykładający na światowej sławy uniwersytetach oblizują wargi po wypiciu nektaru morelowego. Od tej pory każdego ranka na Olivera czekała szklanka soku.

Okazało się, że nie tylko nigdy wcześniej nie pił soku morelowego, ale również ogromnym zaskoczeniem była dla niego informacja, że drzewa morelowe rosną w naszym ogrodzie. Późnymi popołudniami, kiedy w domu nie było nic do roboty, Mafalda prosiła go, żeby wszedł na drabinę z koszykiem i zerwał te owoce, które prawie czerwieniły się ze wstydu, jak mówiła. Oliver żartował po włosku, pokazywał jeden z owoców i pytał: czy ten czerwieni się ze wstydu? Nie, mówiła, jest jeszcze za młody, młodość nie ma wstydu, wstyd przychodzi z wiekiem.

Nigdy nie zapomnę, gdy obserwowałem z mojego miejsca przy stole, jak Oliver w czerwonych kąpielówkach wchodzi na małą drabinę i strasznie długo zrywa najdojrzalsze morele. Po drodze do kuchni — wiklinowy koszyk, espadryle, koszula, olejek do opalania i tak dalej — rzucał mi bardzo duży owoc, mówiąc: „dla ciebie", w tym samym stylu, w jakim rzucał piłkę tenisową na drugą stronę kortu i mówił: „twój serwis". Oczywiście nie miał pojęcia, o czym myślałem kilka chwil wcześniej, ale twarde, zaokrąglone policzki moreli z dołeczkiem na środku przypominały mi o tym, jak ciało Olivera wyciągało się wzdłuż gałęzi drzewa, a jego zaokrąglona pupa powielała kolor i kształt owocu. Dotykanie moreli było jak dotykanie Olivera. Nie miał się o tym nigdy dowiedzieć, tak samo jak ludzie, od których kupujemy gazetę, a potem całą noc o nich fantazjujemy, nie mają pojęcia, że jakaś konkretna cecha ich twarzy albo opalenizna odsłoniętego ramienia będzie dla nas źródłem bezbrzeżnej rozkoszy, kiedy zostaniemy sami.

„Dla ciebie", podobnie jak „później!" czy „łap", miało w sobie coś spontanicznego i bezceremonialnego, co mi przypominało, jak pokrętne i skryte są moje pragnienia. Nigdy nie przyszłoby mu do głowy, że kładąc na mojej dłoni morelę, daje mi do potrzymania swoją pupę, albo że kiedy wgryzam się w ten owoc, wgryzam się zarazem w tę część jego ciała, która zapewne była jaśniejsza od reszty, ponieważ nie była wystawiona na *apricatio*, albo nawet w jego ruchelę, gdyby starczyło mi odwagi.

W rzeczywistości wiedział o morelach więcej niż my — szczepy, etymologia, pochodzenie, losy w basenie Morza Śródziemnego. Tego ranka przy śniadaniu mój ojciec wyjaśnił, że nazwa tego owocu — po włosku *albicocca*, po francusku *abricot*, po niemiecku *Aprikose* — podobnie jak „algebra", „alchemia" czy „alkohol" pochodzi z arabskiego i składa się z rzeczownika poprzedzonego przedrostkiem „al". Pierwowzorem *albicocca* było *al-birquq*. Mój ojciec, który nie potrafił rozstać się z tym tematem i musiał ukoronować swój występ małym referatem o nieco młodszym rodowodzie, dodał, że choć trudno w to uwierzyć, w Izraelu i w wielu krajach arabskich owoc ten nosi zupełnie inną nazwę: „miszmisz". Wszyscy, łącznie z moim starszym ode mnie bratankiem, mieliśmy ochotę zacząć klaskać.

Oliver pozwolił sobie jednak wyrazić odmienne zdanie na temat etymologii.

— Ach?

Ojciec nie posiadał się ze zdumienia.

— To nie jest arabskie słowo.

— Jak to?

Mój ojciec uciekł się do sokratejskiej ironii, która zaczyna się od niewinnego: „Co ty powiesz!", a następnie kieruje rozmówcę na niebezpieczne mielizny.

— To długa historia, więc proszę o odrobinę cierpliwości. — Nagle Oliver spoważniał. — Wiele łacińskich słów wywodzi się z greki. W przypadku „moreli" jest jednak odwrotnie, greka przyswoiła sobie to słowo z łaciny. W wersji łacińskiej brzmiało ono *praecoquum*, od *pre-coquere*, pre — gotować, czyli dojrzeć wcześniej, jak w angielskim *precocious*, które oznacza przedwczesną dojrzałość. Bizantyjczycy zapożyczyli *praecox*, co przekształciło się w *prekokkia* albo *berikokki* i w takiej postaci ostatecznie trafiło do arabskiego.

Moja matka nie umiała się oprzeć jego urokowi, zmierzwiła mu włosy i powiedziała:

— *Che muvi star*!

— On ma rację, bez dwóch zdań — mruknął pod nosem mój ojciec, tak jakby wcielił się w rolę pognębionego Galileusza, który mówi do siebie: „A jednak się kręci".

— Filologia klasyczna, Seminarium 101 — poinformował nas Oliver.

A ja cały czas miałem w głowie tylko „ruchela lachela, ruchela lachela"…

Pewnego dnia zobaczyłem Olivera na jednej drabinie z ogrodnikiem, pozyskującego wiedzę na temat szczepu Anchise, który doprowadził do tego, że nasze morele należą do największych, najdorodniejszych i najbardziej soczystych w regionie. Szczepy go fascynowały, zwłaszcza od kiedy odkrył, że ogrodnik potrafi godzinami dzielić się swoją wiedzą na ich temat z każdym, kto go o to poprosi.

Jak się okazało, Oliver wiedział o różnych potrawach, serach czy winach więcej niż my wszyscy razem wzięci. Nawet Mafalda była pod wrażeniem i niekiedy odwoływała się do jego opinii. Myśli pan, że powinnam lekko podsmażyć makaron z cebulą albo szałwią? Czy teraz nie smakuje trochę za bardzo cytrynowo? Zepsułam to, prawda? Trzeba było wbić jeszcze jedno jajko – jest za mało ścięte! Użyć nowego blendera czy pozostać przy moździerzu? Moja matka nie umiała się powstrzymać przed wbiciem paru szpileczek. Typowe dla *kaiboys*, powiedziała: na temat jedzenia wiedzą wszystko, ponieważ nie umieją odpowiednio trzymać noża i widelca. Arystokratyczni smakosze z chłopskimi manierami. Nakarm go w kuchni.

„Z przyjemnością", odpowiedziałaby Mafalda. I rzeczywiście pewnego dnia, kiedy signor Ulliva po wizycie u tłumaczki bardzo późno wrócił na kolację, siedział w kuchni, jadł spaghetti i pił ciemne czerwone wino z Mafaldą, jej mężem Manfredem i naszym szoferem Anchise – wszyscy próbowali go nauczyć pewnej neapolitańskiej piosenki. Był to nie tylko hymn narodowy ich spędzonej na południu młodości, ale również najlepsza rzecz, jaką mieli do zaoferowania, kiedy chcieli dostarczyć rozrywki królewskiemu gościowi.

Owinął sobie wszystkich wokół palca.

Zauważyłem, że Chiara również jest w nim zadurzona, podobnie jak jej siostra. Nawet zapaleni tenisiści, którzy od lat przychodzili każdego dnia wczesnym popołudniem przed wyprawą na plażę, zostawali znacznie dłużej niż zazwyczaj, licząc na to, że uda im się rozegrać szybki mecz z Oliverem.

Gdyby chodziło o któregokolwiek z innych naszych letnich rezydentów, byłbym z tego niezadowolony, ale fakt, że wszyscy go tak bardzo polubili, zapewniał mi niezwykłą, małą oazę spokoju. Cóż może być w tym złego, że lubię kogoś, kogo wszyscy inni lubią? Wszyscy do niego lgnęli, włącznie z moimi bliższymi i dalszymi kuzynami oraz bratankiem, który zatrzymywał się u nas na weekendy, a czasami na dłużej. Ponieważ uchodziłem za człowieka, który uwielbia znajdować w innych wady, czerpałem niejaką satysfakcję z ukrywania moich uczuć do Olivera za moją zwyczajową obojętnością, wrogością bądź zawiścią do wszystkich domowników, którzy potrafili mnie przyćmić. Wszyscy go lubili, więc musiałem powiedzieć, że również go lubię. Byłem jak mężczyźni, którzy otwarcie uznają innych mężczyzn za nieodparcie przystojnych, aby lepiej ukryć fakt, że gorąco pragną wziąć ich w ramiona. Wyłamanie się z powszechnej aprobaty zasygnalizowałoby innym, że mam jakieś ukryte pobudki do stawiania mu oporu. Bardzo go lubię, powiedziałem w pierwszym tygodniu, kiedy ojciec mnie zapytał, co myślę o Oliverze. Banalność tego sformułowania była celowa – wiedziałem, że nikt nie będzie się dopatrywał drugiego dna w tak prostych i jednoznacznych słowach. To najwspanialszy człowiek, jakiego znam, powiedziałem tego wieczoru, kiedy mała łódź rybacka, którą wypłynął z Anchise wczesnym popołudniem, nie wróciła i zaczęliśmy w popłochu szukać numeru telefonu jego rodziców w Stanach na wypadek, gdybyśmy musieli im przekazać tragiczną wiadomość.

Tego dnia zmusiłem się nawet do wyrzucenia za burtę moich zahamowań i okazania rozpaczy wzorem wszystkich innych, jednak zrobiłem to w taki sposób, aby nikt się nie domyślił, że noszę w sobie znacznie bardziej potajemne i desperackie troski — do czasu, gdy uświadomiłem sobie ze wstydem, że nie miałbym nic przeciwko jego śmierci, że znajduję wręcz coś niemal podniecającego w obrazie napuchniętego, pozbawionego oczu ciała Olivera, które morze w końcu wyrzuci na brzeg.

Nie miałem jednak złudzeń. Byłem przekonany, że nikt inny na świecie nie pragnie go tak organicznie jak ja — nikt nie jest gotowy pokonać dla niego tak długiej drogi. Nikt inny nie studiuje każdej kości jego ciała, jego kostek, kolan, nadgarstków, palców u stóp i dłoni, nie pożąda każdej fałdy mięśniowej, nikt nie zabiera go każdej nocy do łóżka, a po przebudzeniu nie zauważa go leżącego w „raju" nad basenem, nie uśmiecha się do niego, nie patrzy na uśmiech rozkwitający na jego ustach i nie myśli: Wiedziałeś, że dzisiaj w nocy spuściłem się w twoich ustach?

Być może również inni żywili do niego jakieś nadmiarowe uczucia, które każde z nich na swój sposób ukrywało albo okazywało. Jednak to ja pierwszy go zauważałem, kiedy po powrocie z plaży wchodził do ogrodu albo kiedy między szpalerem pinii w rozedrganym od wczesnopopołudniowego słońca powietrzu pojawiał się ażurowy kontur jego roweru. Ja pierwszy rozpoznałem jego kroki, kiedy pewnego wieczoru wrócił późno z kina i szukał nas wzrokiem, nie mówił ani słowa do momentu, kiedy odwróciłem się ze świadomością, że będzie zachwycony, iż go zauważyłem. Rozpoznawałem go po melodii i rytmie jego stąpania po schodach albo na korytarzu koło mojego pokoju. Wiedziałem, kiedy zatrzymuje się pod moimi drzwiami balkonowymi, jakby brał pod uwagę zapukanie, a potem rusza dalej. Wiedziałem, że to on jedzie na rowerze, ponieważ pod nim rower wykonywał złośliwe uślizgi w głębokim żwirze i jechał dalej mimo oczywistej zerowej przyczepności, a potem Oliver nagle, zuchwale i stanowczo się zatrzymywał i zeskakiwał z ostentacyjnym *voilà*.

Zawsze starałem się trzymać go w moim polu widzenia, pozwalałem mu uciec tylko w chwilach, kiedy nie było go ze mną. A kiedy nie było go ze mną, nieszczególnie mnie obchodziło, co robi, byle wobec innych pozostawał dokładnie tą samą osobą, co wobec mnie. Spraw, aby nie był kimś innym, gdy go tu nie ma. Spraw, aby nie był kimś, kogo nigdy wcześniej nie widziałem. Spraw, aby nie miał innego życia oprócz życia z nami, ze mną.

Spraw, żebym go nie stracił.

Wiedziałem, że nie mam nad nim żadnej władzy, że nie mogę mu nic zaproponować, że nie potrafię go niczym przywabić.

Byłem nikim.

Zaledwie dzieckiem.

Poświęcał mi uwagę, kiedy mu to pasowało. Kiedy przyszedł mi z pomocą zrozumieniu fragmentu Heraklita, ponieważ koniecznie chciałem przeczytać „jego” autora, nie nasuwały mi się takie słowa jak „dobroć" czy „wielkoduszność", lecz „cierpliwość" i „wyrozumiałość", które miały wyższą rangę. Nieco później zapytał, czy podoba mi się czytana przeze mnie wtedy książka. Przypuszczam, że niekoniecznie chciał to wiedzieć — raczej szukał pretekstu do niezobowiązujących pogaduszek. Wszystko było u niego niezobowiązujące.

Nie miał problemu z „niezobowiązującym".

Dlaczego nie jesteś na plaży z innymi?

Wracaj do swojego brzdąkania.

Później!

Dla ciebie!

Tak tylko sobie gadamy.

Niezobowiązujące pogaduszki.

Nic ważnego.

Oliver był zapraszany przez wiele innych rodzin. Również w odniesieniu do naszych pozostałych letnich rezydentów stało się to swoistą tradycją. Mój ojciec nalegał, żeby rozmawiali na mieście o swoich książkach i wiedzy specjalistycznej. Uważał również, że naukowcy powinni się nauczyć rozmawiać z laikami i dlatego ciągle zapraszał na kolację prawników, lekarzy czy przedsiębiorców. We Włoszech wszyscy czytali Dantego, Homera i Wergiliusza, mówił. Nieważne, z kim rozmawiasz, najpierw poczęstuj ich Dantem i Homerem. Wergiliusz jest obowiązkowy, potem jest Leopardi, a dalej możesz spróbować ich olśnić wszystkim, czym dysponujesz, Celanem, selerem, salami, wszystko jedno. Miało to również taką zaletę, że wszyscy nasi letni rezydenci mogli podszlifować swój włoski, a przecież między innymi temu miał służyć pobyt u nas. Wysyłanie ich na tournée po rodzinach w B. pociągało za sobą jeszcze jedną korzyść: nie musieliśmy każdego wieczoru zasiadać do stołu razem z nimi.

Lawina zaproszeń dla Olivera mogła jednak przyprawić o zawrót głowy. Chiara i jej siostra chciały go widzieć u siebie co najmniej dwa razy w tygodniu. Pewien karykaturzysta z Brukseli, który na całe lato wynajął pobliską willę, pragnął go gościć na swoich ekskluzywnych niedzielnych *soupers*, na które zapraszał pisarzy i naukowców z okolicy. Poza tym byli jeszcze Moreschi trzy wille dalej, Malaspina z N. i przygodni znajomi z jednego z barów przy *piazzetta* albo w Le Danzing. Do tego dochodziły jeszcze wieczory pokera albo brydża — karciane hobby Olivera pączkowało jakimiś zupełnie nam nieznanymi sposobami.

Jego życie, podobnie jak jego papiery, sprawiało wrażenie chaotycznego, a przecież zawsze było starannie poszufladkowane. Czasami odpuszczał sobie kolację i po prostu mówił Mafaldzie:

— *Esco*, wychodzę.

Jak szybko sobie uświadomiłem, *Esco* było wariantem „później!" — zdawkowe i bezwarunkowe pożegnanie, wypowiadane już za drzwiami. I plecami do pozostawianej osoby. Żal mi było odbiorców tego komunikatu, którzy może chcieliby złożyć odwołanie czy poprosić o wyjaśnienie.

Niewiedza, czy Oliver przyjdzie na kolację, była torturą, ale do wytrzymania. Źródłem prawdziwej udręki był brak odwagi, aby zapytać, czy się pojawi. Trzepot serca, kiedy nagle usłyszałem jego głos albo zobaczyłem, że siedzi na krześle, chociaż ja już prawie straciłem nadzieję, rozkwitał jak trujący kwiat. Te chwile, kiedy zobaczyłem Olivera i pomyślałem, że tego wieczoru zje z nami kolację, po czym słyszałem jego nonszalanckie *Esco*, nauczyły mnie, że istnieją pewne pragnienia, które należy przyciąć jak skrzydła pięknego motyla.

Chciałem, żeby zniknął z naszego domu, bo nareszcie miałbym go z głowy.

Odpowiadałoby mi również, gdyby umarł, bo skoro nie potrafiłem przestać myśleć o nim i martwić się o to, kiedy go następnym razem zobaczę, to może jego śmierć położyłaby temu kres. Byłem nawet gotów sam go zabić, aby mu zasygnalizować, jak bardzo zaczęło mi doskwierać samo jego istnienie, jak bardzo nieznośna jest dla mnie jego dezynwoltura, jego swoboda, jego wieczne nie ma problemu, jego przeskakiwanie przez bramkę prowadzącą na plażę, podczas gdy wszyscy inni ją otwierają, już nie mówiąc o jego kąpielówkach, jego rajskim zakątku, jego bezczelnym „później!", jego upodobaniu do soku morelowego i oblizywania warg. Jeśli nie zdołałbym go zabić, to przynajmniej przyprawiłbym go o dożywotnie kalectwo, żeby żył z nami na wózku inwalidzkim i nigdy nie wrócił do Stanów. Gdyby poruszał się na wózku, zawsze bym wiedział, gdzie jest i łatwo byłoby mi go znaleźć. Stałbym się jego panem i miałbym poczucie wyższości nad tym inwalidą.

Potem przyszła mi do głowy inna możliwość: odebrać sobie życie albo też ciężko się okaleczyć i dać mu do zrozumienia, dlaczego to zrobiłem. Gdybym zranił się w twarz, chciałbym, żeby patrzył na mnie i zadawał sobie pytanie, dlaczego ktokolwiek mógłby chcieć zrobić sobie coś takiego, a potem, wiele lat później — „Później!" — w końcu ułożyłby te puzzle i huknął głową o ścianę.

Czasami osobą, której należało się pozbyć, była Chiara. Wiedziałem, do czego ona zmierza. Miała tyle samo lat co ja, a zatem jej ciało było już na niego gotowe. Bardziej niż moje? Dosyć otwarcie się za nim uganiała, podczas gdy ja tak naprawdę chciałem jednej nocy, tylko jednej nocy — a nawet godziny — aby sprawdzić, czy potem będę go chciał na jeszcze jedną noc. Nie zdawałem sobie sprawy, że testowanie żądzy to tylko wybieg, który pozwala nam dostać to, czego chcemy, bez przyznawania się wobec siebie samych, że tego chcemy. Myśl o tym, jaki on jest doświadczony, budziła we mnie przerażenie. Skoro przez dwa tygodnie od przyjazdu nawiązał tak wiele znajomości, to jak musi wyglądać jego życie w kraju — młody wilk w małym miasteczku uniwersyteckim w Nowej Anglii!

Z Chiarą poszło mu tak gładko, że wprawiło mnie to w osłupienie. Uwielbiał wypływać z Chiarą na wiosłową *gita* naszym katamaranem. On wiosłował, Chiara wylegiwała się w słońcu na jednym z kadłubów, a kiedy się zatrzymali daleko od brzegu, zdejmowała stanik.

Obserwowałem ich. Potwornie się bałem, że go dla niej stracę. Obwiałem się również, że stracę ją dla niego. A przecież nie byłem nieszczęśliwy, kiedy wyobrażałem ich sobie razem. Stawał mi w takich chwilach — chociaż nie wiedziałem, co mnie podnieca: jej nagie ciało w słońcu, jego ciało obok jej ciała czy oba ciała razem. Opierałem się o balustradę nad skarpą, wytężałem oczy i w końcu odnajdywałem ich leżących w słońcu obok siebie. Zapewne się pieścili, ona od czasu do czasu kładła nogę na jego udzie, a parę minut później on robił to samo. Nie zdejmowali kąpielówek. To mnie pocieszało, ale kiedy pewnego wieczoru zobaczyłem, jak tańczą, coś mi powiedziało, że nie są to ruchy osób, które poprzestają na ostrym pettingu.

A przecież lubiłem patrzeć, jak razem tańczą. Może widok Olivera tańczącego z kimś w ten sposób uświadamiał mi, że nie powinienem robić sobie nadziei, ponieważ Oliver jest zajęty. To było pozytywne. Mogło mi pomóc się wyleczyć. Być może takie myślenie wskazywało, że proces zdrowienia już się zaczął. Wkroczyłem do strefy zakazanej, ale uszło mi to prawie na sucho.

Jednak kiedy następnego dnia rano serce we mnie podskoczyło, gdy go zobaczyłem w naszym miejscu w ogrodzie, zorientowałem się, że życzenie im obojgu wszystkiego najlepszego i czekanie na wyzdrowienie nie ma nic wspólnego z moimi uczuciami wobec Olivera.

Czy jego serce podskakuje na mój widok, gdy wchodzę do pokoju?

Wątpiłem w to.

Czy ignorował mnie, tak jak ja jego ignorowałem tego przedpołudnia: z premedytacją, aby mnie sprowokować, aby ochronić siebie samego, aby pokazać, że nic dla niego nie znaczę? Czy też niczego sobie nie uświadamiał, ponieważ czasem się zdarza, że nawet najbardziej spostrzegawcze osoby nie wychwytują oczywistych sygnałów, bo po prostu nie zwracają na nie uwagi, nie odczuwają pokusy, nie są zainteresowane?

Patrząc, jak tańczą z Chiarą, zauważyłem, że ona wsuwa udo między jego nogi. Widziałem też wcześniej, jak mocowali się ze sobą na piasku. Kiedy to się zaczęło? Jak to możliwe, że mnie przy tym nie było? Dlaczego nic mi nie powiedziano? Dlaczego nie byłem w stanie zrekonstruować chwili, kiedy przeszli od x do y? Z pewnością otaczały mnie wymowne sygnały. Dlaczego ich nie widziałem?

Myślałem tylko o tym, co tych dwoje może robić ze sobą razem. Nie cofnąłbym się przed niczym, żeby zepsuć im każdą szansę na przebywanie sam na sam ze sobą. Oszkalowałbym jedno z nich przed drugim, a potem poinformowałbym drugie o reakcji pierwszego. Ale jednocześnie chciałem widzieć, jak to robią, być tego świadkiem, chciałem, żeby mieli u mnie dług i uczynili ze mnie niezbędnego wspólnika, pośrednika, pionka, który stał się tak nieodzowny dla króla i królowej, że teraz rządzi całą szachownicą.

Zacząłem mówić do nich miłe rzeczy, udając, że nie mam pojęcia, jak układają się sprawy między nimi. On uznał mnie za dziecinnego, a ona powiedziała, że potrafi sama zadbać o siebie.

— Próbujesz nas zeswatać? — spytała kpiącym tonem.

— Dlaczego cię to interesuje? — dociekał z kolei Oliver.

Opisałem mu nagie ciało Chiary, które widziałem dwa lata wcześniej. Chciałem, żeby się podniecił. Nie miało znaczenia, czego pożąda, byle był podniecony. Opisałem też jego ciało Chiarze, ponieważ chciałem zobaczyć, jakie formy przybiera jej podniecenie, aby móc porównać je z moim i ustalić, co jest oryginałem, a co podróbką.

— Chcesz mnie do niej przekonać?

— Co byłoby w tym złego?

— Nie byłoby w tym nic złego, ale wolałbym sam o tym decydować, jeśli nie masz nic przeciwko temu.

Dopiero po dłuższej chwili zrozumiałem, o co mi naprawdę chodzi. Chciałem nie tylko sprawić, żeby podniecił się w mojej obecności albo żeby mnie potrzebował — nakłaniając go do rozmowy o Chiarze za jej plecami, uczyniłbym z niej obiekt męskich plotek. Zbliżyłoby nas to do siebie, zmniejszyłby się dystans między nami, gdybyśmy obaj przyznali, że pociąga nas ta sama kobieta.

Może po prostu chciałem, aby wiedział, że podobają mi się dziewczyny.

— Posłuchaj, to bardzo miło z twojej strony, doceniam. Ale nie rób tego.

Komunikat był jednoznaczny: Oliver nie zamierza podejmować proponowanej przeze mnie gry. Usadził mnie.

Szlachetny typ, pomyślałem, nie taki jak ja, podstępny, nikczemny i zdradliwy. Podniosło to poziom mojego cierpienia i wstydu o kilka kresek. Nie dość, że wstydziłem się tego, iż pożądam Olivera tak jak Chiara, to jeszcze szanowałem go, bałem się go i nienawidziłem za to, że z jego powodu nienawidzę siebie samego.

Następnego dnia po tym, jak widziałem ich tańczących, żaden z nas nie zaproponował, abyśmy razem pobiegali. Kiedy w końcu podniosłem kwestię biegania, ponieważ milczenie na ten temat stało się nie do zniesienia, powiedział, że już biegał.

— Ostatnio późno wstajesz.

Sprytne, pomyślałem.

Istotnie przywykłem do tego, że on czeka na mnie rano, co mnie rozzuchwaliło i przestałem za bardzo przejmować się tym, o której wstaję. Spotkała mnie za to nauczka.

Następnego dnia rano miałem ochotę z nim popływać, ale gdybym zszedł do niego, mógłby to odebrać jako kajanie się po jego łagodnej reprymendzie. Zostałem więc w swoim pokoju. Wyłącznie po to, aby wysłać Oliverowi komunikat. Usłyszałem, jak cicho wychodzi na balkon, prawie na palcach. Unikał mnie.

Kiedy w końcu poczłapałem na dół, on już wyszedł zanieść poprawki i odebrać najnowszy urobek od signory Milani.

Przestaliśmy ze sobą rozmawiać.

Nawet kiedy przed południem przebywaliśmy w tej samej części ogrodu, rozmowa ograniczała się do zdawkowych uwag i nie zasługiwała choćby na miano pogaduszek.

Jemu najwyraźniej to nie przeszkadzało, prawdopodobnie nawet się nad tym nie zastanawiał.

Jak to możliwe, aby nie zauważyć, że ktoś przechodzi piekło, próbując się do ciebie zbliżyć? Mijają dwa tygodnie, a wy nie zamieniacie ze sobą ani słowa. Czy on cokolwiek zauważył? Czy powinienem dać mu znać?

Romans z Chiarą zaczął się na plaży. Potem Oliver porzucił tenisa na rzecz popołudniowych przejażdżek rowerowych z Chiarą i jej znajomymi po miasteczkach na wzgórzach w dalszej części wybrzeża. Pewnego dnia, kiedy dla jednej osoby zabrakło roweru, Oliver zapytał, czy Mario mógłby pożyczyć mój rower, skoro go nie używam.

Poczułem się potraktowany jak sześciolatek. Wzruszyłem ramionami — rób, co chcesz, mnie jest wszystko jedno. Ale jak tylko odjechali, pognałem na górę i zacząłem szlochać w poduszkę.

Wieczorami czasem spotykaliśmy się w La Danzing. Nigdy nie dało się przewidzieć, kiedy przyjdzie Oliver. Wyskakiwał jak spod ziemi i równie nagle znikał, czasem sam, czasem z innymi. Kiedy Chiara przychodziła do nas, jak miała w zwyczaju od dzieciństwa, siadała w ogrodzie i wypatrywała za nim, w gruncie rzeczy na niego czekała. Mijały kolejne minuty i gdy między nami nie zostawało już nic do powiedzenia, pytała: „*C'è Oliver*?". Poszedł się zobaczyć ze swoją tłumaczką. Albo: jest z moim tatą w bibliotece. Albo: jest na plaży.

— W takim razie spadam. Powiedz mu, że do was zajrzałam.

Między nimi skończone, pomyślałem.

Mafalda pokręciła głową ze współczująco-karcącą miną.

— To jeszcze dziecko, a on jest profesorem uniwersytetu. Nie mogła sobie znaleźć kogoś w swoim wieku?

— Nikt cię nie pytał o zdanie — warknęła Chiara, która to usłyszała, a nie zamierzała pozwalać się krytykować kucharce.

— Nie mów tak do mnie, bo ci przefasonuję buźkę — zripostowała neapolitanka, unosząc dłoń. — Nie ma jeszcze siedemnastu lat, a gania za chłopami z cyckami na wierzchu. Myślisz, że ja nie mam oczu?

Wyobraziłem sobie, jak Mafalda dokonuje codziennej inspekcji pościeli Olivera. Dzieli się wrażeniami z pokojówką Chiary. Przed tą siecią dobrze poinformowanych *perpetue*, gospodyń, nie dało się niczego ukryć.

Spojrzałem na Chiarę. Wiedziałem, że cierpi.

Wszyscy podejrzewali, że coś między nimi jest. Po południu Oliver czasem mówił, że zamierza wziąć z szopy koło garażu rower i pojechać do miasta. Wracał po półtorej godzinie i wyjaśniał, że odwiedził tłumaczkę.

— Tłumaczkę — powtarzał mój ojciec nad koniakiem, który pełnił rolę *digestivo*.

— *Traduttrice*... Akurat! — szydziła Mafalda.

Czasami wpadaliśmy na siebie w mieście.

Z kawiarni, do której zaglądaliśmy po kinie albo przed pójściem na dyskotekę, pewnego razu zobaczyłem Chiarę i Olivera wychodzących z bocznej uliczki i rozmawiających. On jadł loda, a ona szła uwieszona obiema rękami na jego ramieniu. Od kiedy są ze sobą w tak zażyłych stosunkach? Ich rozmowa sprawiała wrażenie poważnej.

— Co tutaj robisz? — zapytał, kiedy mnie zauważył.

To zagajenie miało zatuszować fakt, że przestaliśmy ze sobą rozmawiać. Tania sztuczka, pomyślałem.

— Nic konkretnego.

— Nie powinieneś leżeć już w łóżku?

— Ojciec nie wyznacza nam pory kładzenia się do łóżka — odparowałem.

Chiara nadal miała zamyśloną minę. Unikała mojego wzroku.

Powtórzył jej miłe rzeczy, które o niej mówiłem? Wyglądała na zirytowaną. Miała mi za złe moją ingerencję w jej dwuosobowy świat? Pamiętałem, jakim tonem odezwała się do Mafaldy tamtego przedpołudnia. Na jej wargach błąkał się złośliwy uśmieszek. Zamierzała powiedzieć coś okrutnego.

— W tym domu nie ma ciszy nocnej, nie ma żadnych reguł, żadnego nadzoru, nic. To dlatego on jest takim grzecznym chłopcem, rozumiesz? Nie ma się przeciwko czemu buntować.

— Zgadza się?

— Może — odparłem obojętnym tonem, aby zniechęcić ich do drążenia tego tematu. — Wszyscy mamy swoje sposoby na buntowanie się.

— Ach tak? — dociekał Oliver.

— Mianowicie? — spytała Chiara.

— I tak byś nie zrozumiała.

— On czyta Paula Celana — wtrącił Oliver, próbując zmienić temat, ale być może również chciał przyjść mi z pomocą i dyskretnie przekazać, że nie zapomniał o naszej poprzedniej rozmowie.

Czyżby usiłował mnie zrehabilitować po tym małym przytyku na temat późnej pory, czy też przygotowuje grunt pod następny żart ze mnie? Jego mina niczego nie zdradzała.

— *E chi è?*

Chiara nigdy nie słyszała o Paulu Celanie. Rzuciłem mu porozumiewawcze spojrzenie, które odwzajemnił, ale bez śladu kpiny w oczach. Po której Oliver jest stronie?

— Poeta — szepnął, kiedy ruszyli w głąb *piazzetta*, a on rzucił mi niedbałe „później".

Patrzyłem, jak szukają wolnego stolika w jednej z sąsiednich kawiarni.

Moi koledzy chcieli wiedzieć, czy Oliver do niej startuje.

Nie wiem, odparłem.

Przeszli już do rzeczy?

Tego też nie wiedziałem.

Rany, chciałbym być na jego miejscu.

Kto by nie chciał?

Ale ja nie posiadałem się ze szczęścia. Fakt, że Oliver nie zapomniał o naszej rozmowie na temat Celana, napełnił mnie poczuciem błogości, jakiej nie zaznałem od wielu dni. Rozlewała się na wszystko, czego dotknąłem. Jedno słowo, jedno spojrzenie i byłem w niebie. Może osiągnięcie szczęścia mimo wszystko nie jest takie trudne. Wystarczy odnaleźć jego źródło w samym sobie, zamiast uzależniać się pod tym względem od innych.

Przypomniałem sobie scenę biblijną, w której Jakub prosi Rachelę o wodę i usłyszawszy z jej ust słowa, które mu wyprorokowano, podnosi ramiona do nieba i całuje ziemię koło studni. Byłem Żydem, Celan był Żydem, Oliver był Żydem — mieszkaliśmy w na poły getcie, na poły oazie pośród okrutnego i bezlitosnego świata, w enklawie, w której nie trzeba obijać się łokciami o obcych, w której wszyscy trafnie odczytują intencje innych, w której ludzie tak dobrze się znają, że utrata tej zażyłości oznacza *galut* — hebrajskie słowo na wygnanie i rozproszenie. Czy on jest zatem moim domem, moim powrotem do domu? Jesteś moim powrotem do domu, Oliver. Kiedy przebywam w twoim towarzystwie i jest między nami dobrze, niczego więcej nie potrzebuję. Dzięki tobie lubię siebie takiego, jaki jestem, a raczej jaki się staję przy tobie. Jeśli na świecie istnieje prawda, to tkwi w tych chwilach, kiedy jestem z tobą i jeśli któregoś dnia zdobędę się na odwagę, żeby powiedzieć ci moją prawdę, przypomnij mi, żebym na każdym ołtarzu w Rzymie zapalił świecę wotywną.

Nie przyszło mi do głowy, że skoro jedno słowo Olivera może mnie tak uszczęśliwić, to inne może mnie zdruzgotać, że jeśli nie chcę być nieszczęśliwy, to powinienem nauczyć się strzec również takich małych radości.

Ale tego samego wieczoru wykorzystałem swoje uniesienie do tego, aby porozmawiać z Marzią. Tańczyliśmy do północy, a potem wracaliśmy razem wzdłuż plaży. W pewnym momencie zatrzymaliśmy się. Powiedziałem, że mam ochotę chwilę popływać, przewidując, że spróbuje mnie powstrzymać, ale nie — ona też uwielbia pływać w nocy, powiedziała. W mgnieniu oka wyskoczyliśmy z ubrań.

— Nie jesteś ze mną tylko dlatego, że złościsz się na Chiarę?

— Czemu miałbym złościć się na Chiarę?

— Z jego powodu.

Pokręciłem głową i zrobiłem zaskoczoną minę, która mówiła: skąd ci to przyszło do głowy?

Marzia poprosiła mnie, żebym się odwrócił i nie gapił, kiedy ona się wycierała swetrem. Udawałem, że łypię na nią ukradkiem, ale byłem za bardzo posłuszny, żeby nie wykonać polecenia. Nie śmiałem jej poprosić, żeby nie patrzyła, kiedy ja wkładałem ubranie, ale byłem zadowolony, że odwróciła wzrok. Kiedy nie byliśmy już nadzy, pocałowałem ją w rękę,

bottom
brides

potem między palcami, a potem w usta. Z początku trochę się opierała, ale potem nie chciała przestać.

Umówiliśmy się na następny wieczór w tym samym miejscu. Ja będę wcześniej, obiecałem.

— Tylko nie mów nikomu — poprosiła.

Pokazałem, że moje usta są zamknięte na zamek.

— Prawie to zrobiliśmy — powiedziałem mojemu ojcu i Oliverowi następnego dnia przy śniadaniu.

— Dlaczego prawie? — spytał ojciec.

— Nie mam pojęcia.

Oliver zareagował wyświechtanym powiedzeniem, trochę kpiąco, trochę pocieszająco: „Do odważnych świat należy".

— Gdybym tylko zdobył się na śmiałość, ona nie stawiałaby oporu — stwierdziłem, częściowo dla powstrzymania dalszej krytyki z ich strony, a częściowo dla pokazania, że autoironia jest moją mocną stroną i obejdę się bez pomocy w tej dziedzinie. Rzecz jasna, popisywałem się.

— Spróbuj później jeszcze raz — zasugerował Oliver.

Tak postępują ludzie, którzy nie mają problemu ze sobą, ale wyczuwałem, że Oliver jest czymś zafrasowany i nie chce tego zdradzić, ponieważ za jego głupkowatym, chociaż poczciwym „spróbuj później jeszcze raz", kryło się coś niepokojącego. Oliver mnie krytykował. Albo mnie wyśmiewał. Albo mnie przejrzał.

Zabolało mnie, kiedy wreszcie to z siebie wydusił. Mógł to powiedzieć tylko ktoś, kto całkowicie mnie rozgryzł.

— Jeśli nie później, to kiedy?

Ojcu się to spodobało.

— Jeśli nie później, to kiedy?

Parafraza słynnego wezwania rabina Hillela: „Jeśli nie teraz, to kiedy?".

Oliver natychmiast spróbował się wycofać ze swojej kąśliwej uwagi.

— Zdecydowanie spróbowałbym jeszcze raz. A potem jeszcze raz — brzmiała rozwodniona wersja.

Jednak „spróbuj później jeszcze raz" było tylko zasłoną, za którą schował „jeśli nie później, to kiedy?".

Powtórzyłem tę frazę jak proroczą mantrę wyrażającą to, jak Oliver kieruje swoim życiem i jak ja próbuję kierować swoim. Kto wie, może powtarzając mantrę, która wyszła prosto z jego ust, natrafię na jakiejś tajne przejście do podskórnej prawdy, która do tej pory mi umykała, o mnie, o życiu, o innych, o mnie z innymi.

„Spróbuj później jeszcze raz" to były ostatnie słowa, które mówiłem do siebie każdego wieczoru po złożeniu sobie samemu obietnicy, że zrobię coś, aby zbliżyć się do Olivera. „Spróbuj później jeszcze raz" oznaczało, że teraz nie mam odwagi. Że na razie nie jestem gotowy. Nie miałem pojęcia, gdzie znajdę w sobie wolę i odwagę, żeby „spróbować później jeszcze raz". Jednak kiedy postanowiłem, że coś zrobię, zamiast siedzieć bezczynnie, miałem poczucie, że już coś robię, tak jakby można było czerpać zyski z pieniędzy, których się jeszcze nie zainwestowało, a nawet nie zarobiło.

Jednak widziałem również, że otaczam swoje życie wagonami pełnymi „spróbuj później jeszcze raz" oraz że cały miesiąc, cały kwartał, cały rok, a nawet całe życie oznaczone pieczęcią Świętego-Spróbuj-Później-Jeszcze-Raz może bezpowrotnie przeminąć. „Spróbuj później jeszcze raz" sprawdzało się dla takich ludzi jak Oliver. Moim mottem było: „Jeśli nie później, to kiedy?".

„Jeśli nie później, to kiedy?" Czyżby mnie rozszyfrował i odsłonił wszyściutkie moje tajemnice za pomocą tych czterech dotkliwych słów?

Musiałem dać mu do zrozumienia, że jest mi całkowicie obojętny.

Kilka dni później odbyliśmy w ogrodzie rozmowę, która zupełnie wytrąciła mnie z równowagi. Zorientowałem się, że nie tylko puszcza mimo uszu wszystkie moje pochlebstwa na temat Chiary, ale że jestem na fałszywym tropie.

— Co to znaczy, że jestem na fałszywym tropie?

— Nie jestem zainteresowany.

Nie wiedziałem, czy chodzi mu o to, że nie jest zainteresowany rozmową na ten temat, czy też że nie jest zainteresowany Chiarą.

— Wszyscy są zainteresowani.

— Może, ale ja nie.

Nadal nie miałem jasności.

W jego głosie było coś zarazem cierpkiego, drażniącego i kapryśnego.

— Przecież widziałem was razem.

— To nie jest twoja sprawa. Poza tym nie zamierzam grać w tę grę ani z nią, ani z tobą.

Zaciągnął się papierosem i rzucił mi to groźne, lodowate spojrzenie, które potrafiło wwiercić się w trzewia z artroskopową precyzją.

Wzruszyłem ramionami.

— W takim razie przepraszam — powiedziałem i wróciłem do swoich książek.

Znowu przekroczyłem granicę i mogłem z tego wybrnąć, tylko przyznając, że zachowałem się potwornie niedyskretnie.

— Może ty powinieneś spróbować — rzucił.

Nigdy wcześniej nie słyszałem u niego tego frywolnego tonu. Zazwyczaj to ja balansowałem na krawędzi niestosowności.

— Ona nie chciałaby mieć ze mną nic wspólnego.

— Martwi cię to?

Do czego to zmierza i dlaczego mam poczucie, że kilka kroków dalej czyha na mnie pułapka?

— Nie — odparłem z ociąganiem i dopiero po fakcie zdałem sobie sprawę, że z powodu mojej niepewności zabrzmiało to prawie jak pytanie.

— Czyżby?

Czy wzbudziłem w nim przekonanie, że od początku miałem na nią ochotę?

Zrobiłem buńczuczną minę.

— Co ty możesz wiedzieć na ten temat?

— Wiem, że ona ci się podoba.

— Nie masz pojęcia, co mi się podoba — zawyrokowałem. — Nie masz zielonego pojęcia.

Próbowałem brzmieć filuternie i tajemniczo, jakbym odnosił się do sfery ludzkiego doświadczenia, do której ktoś taki jak on nie ma dostępu, ale wyszło drażliwie i histerycznie.

Mniej wprawny czytelnik ludzkiej duszy dostrzegłby w moich uporczywych zaprzeczeniach jednoznaczny sygnał, że jestem przerażony i spanikowany, ponieważ nie chcę się przyznać do swoich uczuć wobec Chiary.

Wytrawny obserwator uznałby to jednak za poszlakę prowadzącą do zupełnie innej prawdy: jeśli chcesz otworzyć te drzwi, to na własne ryzyko — uwierz mi, nie chcesz tego usłyszeć. Proszę cię, idź sobie, póki jeszcze czas.

Ale wiedziałem również, że jeśli Oliver podejrzewa, jak jest naprawdę i w jakikolwiek sposób da to po sobie poznać, zrobię wszystko, aby sprowadzić go na manowce. A jeśli niczego nie podejrzewa, to moje rozemocjonowane słowa także go zdezorientują. W ostatecznym rozrachunku wolałem, aby myślał, że pragnę Chiary, niż aby drążył tę kwestię i doprowadził do tego, że będę się potykał o własne nogi. W takim stanie potrafiłbym przyznać się do rzeczy, których sobie nie zaplanowałem i o których nie wiedziałem, czy potrafię je wyjawić.

Oniemiały dotarłbym tam, gdzie moje ciało pragnęło dotrzeć znacznie szybciej niż z pomocą jakiegoś przygotowanego wiele godzin wcześniej bon motu. Zaczerwieniłbym się, co by mnie jeszcze bardziej zawstydziło, plątałbym się w zeznaniach i w końcu zupełnie stracił rezon — co wtedy? Co on by powiedział?

Lepiej teraz się załamać, pomyślałem, niż przez kolejny dzień żonglować wszystkimi moimi mało wiarygodnymi propozycjami na „spróbuj później jeszcze raz".

Nie, najlepiej będzie, jeśli on nigdy się nie dowie. Potrafiłbym z tym żyć. Teraz i zawsze. Nawet mnie nie zaskoczyło, jak łatwo mi przyszło zaakceptowanie tego.

A przecież nie wiadomo skąd co jakiś czas nagle objawiała się między nami czuła chwila i słowa, które pragnąłem do niego powiedzieć, prawie wymykały mi się z ust. Moment zielonych kąpielówek, jak to nazywałem — nawet w okresie, kiedy moja teoria kolorystyczna była już obalona i nie miałem żadnych podstaw do tego, aby oczekiwać życzliwości w „niebieskie" dni czy zachowywać wzmożoną czujność w dni „czerwone".

Bezpiecznym tematem była muzyka, zwłaszcza kiedy siedziałem przy fortepianie. Albo kiedy on mnie poprosił, żebym zagrał coś w stylu tego a tego. Podobało mu się, kiedy wprowadzałem w dany utwór dwóch, trzech czy nawet czterech kompozytorów, a następnie ich transkrybowałem. Pewnego dnia Chiara zaczęła nucić jakiś kawałek z listy przebojów i nagle, ponieważ dzień był wietrzny i nikt nie wybierał się na plażę ani nawet nie został w ogrodzie, nasi znajomi zgromadzili się wokół fortepianu w salonie, a ja zagrałem wariację Brahmsa na temat Mozartowskiej wersji tego przeboju.

— Jak ty to robisz? — spytał mnie pewnego przedpołudnia, leżąc w niebie.

— Czasami jedyny sposób na zrozumienie danego artysty to włożyć jego buty, wejść do jego wnętrza. Wtedy wszystko dzieje się już samo z siebie.

Znowu gadaliśmy o książkach. Z reguły rozmawiałem na ten temat tylko z moim ojcem.

Albo gadaliśmy o muzyce, o filozofach presokratejskich, o studiowaniu w USA.

Była też Vimini.

Po raz pierwszy zakłóciła nasze przedpołudnia w momencie, kiedy grałem wariację na temat ostatnich wariacji Brahmsa na temat Händla.

Jej głos przebił się przez intensywny upał.

— Co robisz? — zapytała mnie.

— Pracuję.

Oliver, który leżał na brzuchu nad brzegiem basenu i między łopatkami spływał mu pot, podniósł wzrok.

— Ja też — odparł, kiedy zadała mu to samo pytanie.

— Rozmawiałeś, a nie pracowałeś.

— To jest to samo.

— Ja bym chętnie pracowała, ale nikt nie chce dać mi pracy.

Oliver, który nigdy wcześniej nie widział Vimini, spojrzał na mnie bezradnie, jakby nie znał reguł obowiązujących w tej rozmowie.

— Oliver, pozwól, że ci przedstawię naszą najbliższą sąsiadkę, Vimini. — Podała mu rękę do uściśnięcia. — Vimini i ja obchodzimy urodziny w tym samym dniu, ale ona ma dziesięć lat. Poza tym jest geniuszem. Prawda, że jesteś geniuszem, Vimini?

— Tak mówią, ale mnie się nie wydaje.

— Dlaczego? — dociekał Oliver, starając się nie brzmieć zbyt protekcjonalnie.

— Byłoby to niesmaczne ze strony natury, gdyby zrobiła ze mnie geniusza.

Oliver osłupiał.

— Jak to?

— On nic nie wie, prawda? — Pokręciłem głową. — Podobno nie będę długo żyła.

— Dlaczego tak mówisz? — Nie posiadał się ze zdumienia. — Skąd to wiesz?

— Wszyscy wiedzą. Bo mam białaczkę.

— Kiedy ty jesteś taka piękna, zdrowo wyglądasz i jesteś taka bystra — zaprotestował.

— Jak mówiłam: kiepski żart.

Oliverowi, który klęczał teraz na trawie, wypadła z rąk książka.

— Może przyjdziesz kiedyś do mnie i mi poczytasz — zaproponowała. — Jestem naprawdę bardzo miła — a ty też wyglądasz na bardzo miłego. No to — do widzenia. — Przeskoczyła przez murek. — Przepraszam, że was tak nagle nawiedziłam... No bo...

Widać było po niej, że najchętniej wycofałaby to niefortunnie dobrane sformułowanie.

Gdyby już wcześniej nie zbliżyła nas do siebie muzyka — co najmniej na kilka godzin — zrobiłaby to zjawa Vimini.

Rozmawialiśmy o niej całe popołudnie. Nie musiałem się zastanawiać, co mam powiedzieć. Oliver wziął na siebie nie tylko zadawanie pytań, ale również odpowiadanie na większość z nich. Był zafascynowany. A ja wyjątkowo nie mówiłem o sobie.

Szybko się zaprzyjaźnili. Była już na nogach, kiedy on wracał z porannego biegania albo pływania, i razem podchodzili do furtki, niezwykle ostrożnie schodzili po schodach, siadali na jednej z wielkich skał i rozmawiali do śniadania. W życiu nie widziałem tak pięknej i intensywnej przyjaźni. Nie czułem zazdrości. Nikt, a już z pewnością nie ja, nie śmiał wchodzić między nich ani podsłuchiwać. Nigdy nie zapomnę, jak podawała mu za furtką rękę. Rzadko wypuszczała się tak daleko, nawet w towarzystwie dorosłej osoby.

Wspominając to lato, nie potrafię ułożyć w głowie sekwencji wydarzeń. Pojawia się kilka kluczowych scen i rozmaite repetycje. Poranny rytuał przed i po śniadaniu: Oliver leży na trawie albo koło basenu, ja siedzę przy moim stoliku. Potem pływanie albo bieganie. Potem on wsiada na rower i jedzie do swojej tłumaczki. Obiad przy dużym stole z parasolem w drugim ogrodzie albo w domu, zawsze z paroma dodatkowymi uczestnikami „obiadowego znoju". Cudowne popołudnia z obfitością słońca i ciszy.

Dalej idą reminiscencyjne sceny z wcześniejszych wakacji: mój ojciec wiecznie się zastanawia, co ja robię z czasem i dlaczego zawsze jestem sam; moja matka nakłania mnie do zdobycia nowych przyjaciół, skoro dotychczasowi mnie nie interesują, ale przede wszystkim powtarza mi, żebym przestał cały czas ślęczeć w domu — książki, książki, książki, wiecznie książki, za dużo grania na gitarze, oboje rodzice błagają mnie, żebym więcej grał w tenisa, wieczorem chodził tańczyć, poznawał nowych ludzi i nareszcie zrozumiał, że inni ludzie są w życiu czymś niezbędnym, a nie tylko obcymi ciałami, koło których przemykamy. Rób głupie rzeczy, skoro musisz, mówili mi, a jednocześnie bez ustanku wypatrywali za tajemniczymi, ale wymownymi objawami złamanego serca, które oboje natychmiast próbowali uleczyć swoimi nieporadnymi, inwazyjnymi i oddanymi metodami, jakbym był żołnierzem, który zabłąkał się do ich ogrodu i wymaga natychmiastowego opatrzenia rany, bo inaczej się wykrwawi. Zawsze możesz ze mną porozmawiać. Ja kiedyś też byłem w twoim wieku, mawiał ojciec. Wydaje ci się, że tylko ty czujesz to, co czujesz, ale uwierz mi, ja też wszystko to przeżyłem i przecierpiałem, i to nie raz — z niektórymi rzeczami nigdy się nie pogodziłem, a niektóre są dla mnie równie zagadkowe jak dla ciebie, chociaż znam prawie wszystkie zakamarki, każdą rogatkę i każdą komorę ludzkiego serca.

Są też inne sceny: cisza po jedzeniu — niektórzy z nas drzemią, niektórzy pracują, inni czytają, cały świat skąpany w przytłumionych półtonach. Te niebiańskie godziny, jedynie odgłosy świata zewnętrznego dolatują tak miękko, jakbym odpłynął w sen. Potem popołudniowy tenis. Prysznic i koktajle. Czekanie na kolację. Znowu goście. Kolacja. Druga wyprawa Olivera do tłumaczki. Spaceruje do miasta i wraca późną nocą, czasem sam, czasem ze znajomymi.

Dalej idą wyjątki: burzowe popołudnie spędzone w salonie, słuchamy muzyki i bębnienia deszczu w szyby. Światła gasły, muzyka cichła i pozostawały tylko twarze ludzi. Któraś ciotka trajkocze o okropnych latach w Saint Louis w stanie Missouri, co wymawiała *San Lui*. Mama ciągnie za sobą zapach herbaty earl grey, a w tle dochodzące z kuchni głosy Manfrediego i Mafaldy — nikłe szepty kłócącej się pary, która syczy do siebie. W deszczu na zewnątrz chuda, zakapturzona sylwetka ogrodnika, który walczy z żywiołami, wyrywa chwasty nawet podczas ulewy, mój ojciec sygnalizuje ramionami z okna salonu: wracaj, Anchise, wracaj.

— Wygląda jak zbój — mawiała moja ciocia.

— Ten zbój ma złote serce — odpowiadał na to ojciec.

Nad tymi godzinami stale unosił się jednak strach, jak posępne widmo albo dziwny, zagubiony ptak, który zabłąkał się do naszego małego miasta i czarnym jak sadza skrzydłem poplamił wszystkie żywe istoty niezmywalnym cieniem. Nie wiedziałem, czego się boję ani o co tak bardzo się martwię; nie wiedziałem, dlaczego coś, co tak łatwo wywołuje panikę, czasami przypomina nadzieję i jak ma w zwyczaju nadzieja w najczarniejszych momentach, niesie ze sobą wielką radość, nierealną, radość z pętlą na szyi. Łomot mojego serca w chwilach, kiedy on pojawiał się bez zapowiedzi, jednocześnie mnie przerażał i zachwycał. Bałem się, kiedy Oliver przyszedł, bałem się, kiedy nie przyszedł, bałem się, kiedy na mnie spojrzał, jeszcze bardziej się bałem, kiedy nie spojrzał. Ta udręka była wykańczająca i w upalne popołudnia w końcu dawałem za wygraną i zasypiałem na sofie w salonie, ale mimo to nadal wiedziałem, kto jest w pokoju, kto wszedł lub wyszedł na palcach, kto tam stoi, kto na mnie patrzy i jak długo, kto próbuje wziąć do ręki gazetę, starając się jak najmniej zaszeleścić, ale kapituluje i patrzy na repertuar kinowy, niezależnie od tego, czy mnie obudził czy nie.

Strach nigdy nie znikał. Budziłem się z nim, patrzyłem, jak zamienia się w radość, kiedy usłyszałem Olivera biorącego rano prysznic i wiedziałem, że zejdzie do nas na śniadanie, a potem radość kisła, kiedy zamiast wypić kawę, Oliver pędził do ogrodu i zabierał się do pracy. W południe udręka czekania na to, aż on się odezwie, była już nie do zniesienia. Moją jedyną pociechą była perspektywa godzin spędzonych na sofie. Nienawidziłem tego uczucia — taki nieszczęśliwy, taki niewidzialny, taki zgnębiony, taki nieopierzony. Powiedz coś, dotknij mnie, Oliver. Patrz na mnie dostatecznie długo, abyś zobaczył, że w moich oczach wzbierają łzy. Zapukaj w nocy do moich drzwi i sprawdź, czy ich dla ciebie nie uchyliłem. Wejdź do środka. W moim łóżku zawsze jest dla ciebie miejsce.

Najbardziej bałem się dni, w które dłużej go nie widziałem — przez całe popołudnie albo cały wieczór — i nie miałem pojęcia, gdzie jest. Czasem zauważałem go idącego przez *piazzetta* albo rozmawiającego z ludźmi, których nie znałem. To się jednak nie liczyło, ponieważ na niewielkim *piazzetta*, na którym w porze zamknięcia lokali wszyscy się gromadzili, na ogół ograniczał się do zdawkowego skinienia głowy, być może przeznaczonego nie tyle dla mnie, ile dla mojego ojca, którego synem przypadkiem byłem.

Moi rodzice, zwłaszcza ojciec, byli z niego bardzo zadowoleni. Oliver sprawował się lepiej od większości letnich rezydentów. Pomagał ojcu w porządkowaniu papierów, prowadził znaczną część jego zagranicznej korespondencji i robił wyraźne postępy z własną książką. Było wyłącznie jego sprawą, co robi w życiu prywatnym i w czasie wolnym. „Skoro młodzież musi cwałować, kto będzie galopował?" — tak brzmiało dosyć nieporadne sformułowanie mojego ojca. Wszystko, co robił Oliver, z definicji było dobre.

Ponieważ moi rodzice nie zwracali uwagi na jego nieobecności, uznałem za bezpieczniejsze nigdy po sobie nie okazywać, że budzą one we mnie niepokój. Wspominałem o nich tylko w sytuacjach, kiedy jedno z rodziców pytało, gdzie się podziewa Oliver. Udawałem tak samo zaskoczonego jak oni. Tak, rzeczywiście, strasznie długo nie wraca. Nie, nie mam pojęcia. Musiałem się jednak pilnować, żeby nie wyglądać na za bardzo zaskoczonego, bo mogliby wyczuć w tym fałsz i zorientować się, co mnie gryzie. Dziwiło mnie zresztą, że do tej pory nie wyczuli, ponieważ mieli nosa do takich spraw. Ciągle powtarzali, że „za łatwo przywiązuję się do ludzi". Tego lata nareszcie mnie olśniło. To niewątpliwie musiało wydarzyć się już wcześniej, a oni to wychwycili, kiedy ja prawdopodobnie byłem jeszcze zbyt młody, aby cokolwiek zauważyć. Wysyłałem niepokojące sygnały, które marszczyły taflę ich życia. Martwili się o mnie. Wiedziałem, że mają ku temu powody. Mogłem tylko trzymać kciuki za to, aby nigdy się nie dowiedzieli, jak daleko sprawy wykraczają poza ich zwyczajne troski. Wiedziałem, że niczego nie podejrzewają, co mi doskwierało — chociaż nie chciałbym, żeby podejrzewali. Mogłem z tego wywnioskować, że nie jestem już przezroczysty i potrafię ukryć znaczną część mojego życia, a zatem w końcu jestem przed nimi zabezpieczony — i przed nim też. Ale za jaką cenę? Czy chcę przed kimkolwiek być tak dobrze zabezpieczony?

Nie miałem komu się zwierzyć. Komu mogłem powiedzieć? Mafaldzie? Odeszłaby od nas. Mojej cioci? Zapewne wszystkim by rozpowiedziała. Marzii, Chiarze, znajomym? W sekundę by mnie porzucili. Kuzynom, kiedy nas odwiedzali? W życiu. Mój ojciec wyznawał bardzo liberalne poglądy — ale czy również na tę kwestię? Kto jeszcze? Napisać do któregoś z nauczycieli? Pójść do lekarza? Do psychiatry? Powiedzieć Oliverowi?

Powiedzieć Oliverowi. Nie ma nikogo innego, komu mógłbym powiedzieć, Oliver, więc obawiam się, że padło na ciebie...

Pewnego popołudnia, kiedy dom zupełnie opustoszał, poszedłem do jego pokoju. Wiedziałem, że go nie ma. Ponieważ poza okresem letnim był to mój pokój, w razie wpadki mogłem udawać, że szukam czegoś w jednej z dolnych szuflad szafy. Planowałem poszperać w jego papierach — ale jak tylko otworzyłem szafę, zobaczyłem je — czerwone kąpielówki, w których tego ranka nie pływał i dlatego wisiały w szafie zamiast suszyć się na balkonie. Ja, który nigdy wcześniej nie grzebałem w cudzych rzeczach osobistych, wziąłem kąpielówki do ręki i wcisnąłem w nie twarz, jakbym chciał się zanurzyć w ich fałdach. Czyli tak pachnie, kiedy jego ciało nie jest posmarowane olejkiem przeciwsłonecznym, czyli tak pachnie, czyli tak pachnie, powtarzałem sobie, szukając wewnątrz kąpielówek czegoś jeszcze bardziej osobistego niż ten zapach, a potem całując każdy ich zakamarek. Szukałem włosów albo czegoś innego, co mógłbym polizać, najchętniej włożyłbym sobie całe kąpielówki do ust, a gdybym mógł je ukraść, na zawsze bym je zatrzymał, nie pozwoliłbym Mafaldzie ich wyprać, znajdowałbym w nich pociechę w miesiącach zimowych i wąchając je, przywracałbym Olivera do życia, tak samo nagiego, jaki stał w tym momencie przede mną. Pod wpływem nagłego impulsu zdjąłem swoje kąpielówki i włożyłem jego. Wiedziałem, czego chcę i chciałem tego z upojnym uniesieniem pozwalającym ludziom podejmować ryzyko, do którego nie popchnęłoby ich nawet wysokie stężenie alkoholu w krwi. Chciałem się spuścić w jego kąpielówki i zostawić po sobie ślady, które on mógłby odnaleźć. I wtedy wpadłem na jeszcze bardziej szalony pomysł. Zdjąłem jego kąpielówki i wszedłem nagi pod jego pościel. Niech mnie tu znajdzie — jakoś sobie z tym poradzę. Poczułem się jak we własnym łóżku — bo to było moje łóżko. Ale otaczał mnie zapach Olivera, ożywczy i wybaczający, tak jak dziwny aromat, który nagle spowił całe moje ciało, kiedy pewien starszy pan, który przypadkiem stał obok mnie w synagodze w święto Jom Kippur, położył mi na głowie swój szal modlitewny, aż w końcu cały w nim zniknąłem i byłem zjednoczony z narodem, który jest wiecznie rozproszony, ale od czasu do czasu znowu się spotyka, kiedy dwie odrębne istoty owijają się razem jednym kawałkiem płótna. Położyłem sobie na twarzy poduszkę Olivera, namiętnie ją pocałowałem, opasałem ją nogami i powiedziałem do niej, że nie mam odwagi wyznać wszystkiego nikomu innemu na świecie. Potem powiedziałem jemu, czego chcę. Zajęło mi to mniej niż minutę.

Tajemnica opuściła moje ciało. Co z tego, że mnie zobaczy? Co z tego, że mnie przyłapie? Co z tego, co z tego, co z tego.

Po drodze do swojego pokoju zadałem sobie pytanie, czy kiedykolwiek będę dostatecznie szalony, żeby spróbować jeszcze raz.

Tego wieczoru w pewnym momencie zorientowałem się, że mam oko na wszystkich domowników. Wstydliwe pragnienie dopadło mnie szybciej niż sądziłem. Bez żadnych skrupułów zakradłbym się do pokoju na górze.

Pewnego wieczoru natrafiłem w bibliotece mojego ojca na historię o urodziwym młodym rycerzu, który jest do szaleństwa zakochany w pewnej księżniczce. Ona też go kocha, chociaż nie do końca sobie to uświadamia i na przekór rozkwitającej między nimi przyjaźni, a może właśnie z jej powodu, zatrważająca szczerość księżniczki wpędza rycerza w nieśmiałość i niemotę, toteż młodzieniec nie potrafi zdobyć się na wyjawienie swojej miłości. Pewnego dnia pyta ją prosto z mostu: „Co jest lepsze — mówić czy umrzeć?”.

Nie starczyłoby mi odwagi, żeby zadać takie pytanie.

Jednak słowa wypowiedziane do poduszki Olivera pokazały mi, że przynajmniej przećwiczyłem prawdę i uzewnętrzniłem ją, że jej wygłaszanie sprawia mi przyjemność i że gdyby on przypadkiem przechodził obok w chwili, kiedy ja mruczałbym pod nosem coś, czego nie ośmieliłbym się powiedzieć do siebie w lustrze, nie miałbym nic przeciwko temu, w ogóle by mi to nie przeszkadzało — niech wie, niech zobaczy, niech osądzi, jeśli chce — tylko nie mów światu, nawet jeśli to ty jesteś dla mnie teraz światem, nawet jeśli w twoich oczach stoi przerażony, krytyczny świat. To twoje lodowate spojrzenie, Oliver, wolałbym umrzeć niż się z nim zmierzyć po złożeniu ci wyznania.

CZĘŚĆ II

Plener malarski
Moneta

Pod koniec lipca sprawy postawiono na ostrzu noża. Wedle wszelkich danych, po Chiarze nastąpił cały szereg *cotte*, zakochań, flirtów, przygód na jedną noc, pokątnych romansów i Bóg wie, czego jeszcze. Dla mnie wszystko to sprowadzało się do jednego: jego fiut zwiedził całe B. Dotknęła go każda dziewczyna. Przebywał w Bóg wie, ilu pochwach, Bóg wie, ilu ustach. Obraz ten mnie rozbawił. Nie przeszkadzało mi, żeby wyobrażać go sobie między nogami dziewczyny, która leży twarzą do niego, a jego szerokie, opalone, lśniące ramiona poruszają się w górę i w dół, tak jak wyobraziłem go sobie tego popołudnia, kiedy opasałem nogami jego poduszkę.

Wystarczyło spojrzeć na jego ramiona, kiedy przeglądał w niebie swój maszynopis, żebym zadał sobie pytanie, gdzie był poprzedniej nocy. Jak swobodnie i bez wysiłku poruszały się jego łopatki, kiedy zmieniał pozycję, jak beztrosko łapały słońce. Czy dla kobiety, która poprzedniej nocy leżała pod nim i wgryzła się w niego, miały smak morza? Czy też balsamu przeciwsłonecznego? A może pachniały tak, jak jego pościel, kiedy w nią wszedłem?

Bardzo chciałem mieć takie ramiona. Może bym za nimi nie tęsknił, gdybym takie miał?

Muvi star.

Czy chciałem być taki jak on? Czy chciałem być nim? Czy też chciałem po prostu go mieć? A może „być" i „mieć" to bardzo nieprecyzyjne słowa, które wypaczają strukturę pożądania, gdzie wychodzi na to samo, czy ktoś ma czyjeś ciało do dotykania czy też jest kimś, kogo chce się dotknąć — przeciwległe brzegi rzeki, która płynie od nas do nich, z powrotem do nas i jeszcze raz do nich w ramach tego nieustannego obiegu, w którym komory serca, jak zapadnie żądzy, tunele czasoprzestrzeni i szuflada z podwójnym dnem, nazywaną przez nas tożsamością, rządzą się uwodzicielską logiką, zgodnie z którą najkrótsza droga z prawdziwego do wyobrażonego życia, z tego, kim jesteśmy, do tego, kim chcemy być, prowadzi krętymi schodami zaprojektowanymi z szelmowskim okrucieństwem M.C. Eschera. Kiedy oni nas rozdzielili, ciebie i mnie, Oliver? Dlaczego ja o tym wiedziałem, a ty nie? Czy tym, czego chcę, kiedy każdej nocy myślę o leżeniu obok ciebie, jest twoje ciało, czy też chcę się do niego wśliznąć i zawładnąć nim, tak jakby było moje, jak to zrobiłem, wkładając twoje kąpielówki i pragnąc — nigdy w życiu niczego tak mocno nie pragnąłem — poczuć, jak wślizgujesz się we mnie, jakby całe moje ciało było twoimi kąpielówkami, twoim domem? Ty we mnie, ja w tobie...

A potem przyszedł ten dzień. Byliśmy w ogrodzie, powiedziałem mu o noweli, którą właśnie skończyłem czytać.

— O rycerzu, który nie wie, czy mówić, czy umrzeć. Już mi mówiłeś.

Najwyraźniej mu o tym wspomniałem, a później wypadło mi to z głowy.

— Tak.

— I co, mówił?

— Księżniczka orzekła, że lepiej jest mówić. Ale jest ostrożna. Wyczuwa pułapkę.

— I rycerz mówi?

— Nie, owija w bawełnę.

— Typowe!

Byliśmy tuż po śniadaniu. Tego dnia żaden z nas nie miał ochoty pracować.

— Muszę coś przywieźć z miasta.

„Coś" zawsze oznaczało najnowsze strony od tłumaczki.

— Ja pojadę, jeśli chcesz.

Przez moment milczał.

— Nie, jedźmy razem.

— Teraz?

W rzeczywistości chciałem zapytać: Naprawdę?

— A co, masz coś lepszego do roboty?

— Nie.

— To jedziemy.

Włożył trochę kartek do wystrzępionego zielonego plecaczka i założył go sobie na plecy.

Od czasu naszej ostatniej wyprawy rowerowej do B. nigdy mnie nie poprosił, żebym mu gdzieś towarzyszył.

Odłożyłem pióro, zamknąłem zeszyt nutowy, postawiłem wypitą do połowy szklankę z lemoniadą na swoich kartkach i byłem gotowy.

Po drodze do szopy mijaliśmy garaż.

Manfredi, mąż Mafaldy, jak zwykle kłócił się z Anchise. Tym razem zarzucał mu, że zbyt obficie podlewa pomidory, przez co za szybko dojrzewają.

— Będą miały mączny smak — narzekał.

— Posłuchaj mnie: ja się zajmuję pomidorami, ty się zajmujesz jeżdżeniem i wszyscy są szczęśliwi.

— Nie rozumiesz. Za moich czasów przenosiło się pomidory z miejsca w miejsce, z miejsca w miejsce, i w pobliżu sadziło się bazylię. Ale tacy ludzie jak ty, którzy byli w wojsku, wszystko wiedzą najlepiej.

— Racja.

Anchise po prostu go zignorował.

— Oczywiście, że mam rację. Nic dziwnego, że nie zatrzymali cię w wojsku.

— Racja, nie zatrzymali mnie w wojsku.

Obaj przywitali się z nami. Ogrodnik dał Oliverowi jego rower.

— Wczoraj wieczór wyprostowałem koło, trochę się z tym namęczyłem. I dopompowałem opony.

Manfredi był wkurzony jak diabli.

— Od tej pory ja naprawiam koła, a ty uprawiasz pomidory — powiedział urażonym tonem.

Anchise uśmiechnął się cierpko. Oliver odwzajemnił uśmiech.

Na wysadzanej cyprysami alejce, która prowadziła do głównej drogi, spytałem Olivera:

— Nie boisz się go?

— Kogo?

— Anchise.

— Nie, dlaczego miałbym się go bać?

— Bo wygląda jak zbój.

— To dobry człowiek. Parę dni temu wywróciłem się w drodze powrotnej i ciężko poharatałem. Anchise uparł się, że posmaruje mnie jakąś czarodziejską maścią. Poza tym naprawił rower.

Jedną ręką trzymając kierownicę, uniósł koszulę i odsłonił wielkie zadrapanie i siniec na lewym boku.

— Mimo to wygląda jak zbój — powtórzyłem werdykt cioci.

— Po prostu zagubiona dusza.

Najchętniej bym dotykał, pieścił, kochał to zadrapanie.

Odniosłem wrażenie, że Oliver się nie spieszy. Inaczej niż zwykle, nie forsował tempa, nie pędził, nie pokonywał podjazdów z zawziętością sportowca. Najwyraźniej nie kwapił się również do tego, żeby wrócić do pracy nad tekstem, dołączyć do znajomych na plaży albo, jak miał w zwyczaju, porzucić mnie. Może nie miał nic lepszego do roboty. To był mój moment w „niebie" i mimo młodego wieku wiedziałem, że nie potrwa długo, toteż powinienem się nim rozkoszować, zamiast go psuć swoim po raz kolejny wskrzeszonym postanowieniem, że wzmocnię naszą przyjaźń albo podniosę ją na wyższy poziom. Nigdy nie będzie między nami przyjaźni, pomyślałem, ten moment nic nie znaczy, to tylko chwilowe ułaskawienie. *Zwischen Immer und Nie. Zwischen Immer und Nie.* Między zawsze i nigdy. Celan.

Kiedy dojechaliśmy na nadmorski *piazzetta*, Oliver zatrzymał się, żeby kupić papierosy. Zaczął palić gauloisesy. Nigdy nie próbowałem gauloisesów i spytałem, czy mogę. Wyjął z pudełka *cerino*, złożył dłonie w miseczkę bardzo blisko mojej twarzy i przypalił mi papierosa.

— Niezłe, co?

— Całkiem niezłe.

Będą przypominały mi o nim, o tym dniu, pomyślałem, uświadomiwszy sobie, że za niecały miesiąc Oliver zniknie bez śladu.

Chyba po raz pierwszy pozwoliłem sobie policzyć jego pozostałe dni w B.

— Tylko popatrz na to — powiedział, kiedy w przedpołudniowym słońcu prowadziliśmy rowery na skraj *piazzetta* z widokiem na falujące wzgórki w dole.

Jeszcze dalej rozpościerał się przepiękny widok na morze, z zaledwie kilkoma strzępami piany plamiącymi zatokę jak gigantyczne delfiny, które wyskakują spośród fal. Maleńki autobus mozolnie piął się pod górę, a tuż za nim pedałowali trzej rowerzyści w mundurach, najprawdopodobniej narzekając na spaliny.

— Wiesz, kto podobno utonął w pobliżu? — zapytał.

— Shelley.

— A wiesz, co zrobiła jego żona Mary, kiedy znaleźli ciało?

— *Cor cordium*, serce serc.

Moje słowa odnosiły się do chwili, kiedy jeden z przyjaciół Shelleya chwycił jego serce, zanim płomienie całkowicie ogarnęły kremowane na brzegu morza napuchnięte ciało. Czy Oliver mnie egzaminował?

— Jest coś, czego nie wiesz?

Spojrzałem na niego. To była moja chwila. Mogłem ją uchwycić albo stracić, ale w żadnym z tych wariantów nie miałem szans ujść z życiem. Albo mogłem napawać się komplementem Olivera — a potem smucić się wszystkim innym w moim życiu. Chyba po raz pierwszy rozmawiałem z dorosłą osobą, nie planując z wyprzedzeniem tego, co zamierzam powiedzieć. Byłem za bardzo zdenerwowany, żeby cokolwiek planować.

— Nic nie wiem, Oliver. Nic, po prostu nic.

— Wiesz więcej, niż ktokolwiek inny w tej okolicy.

Dlaczego na moje niemal tragiczne lamenty reagował banalnymi pochlebstwami?

— Nie masz pojęcia, jak niewiele wiem o tym, co naprawdę ważne.

Brodziłem w wodzie, ponieważ nie chciałem ani utonąć, ani bezpiecznie dotrzeć do brzegu, tylko pozostać w tym samym miejscu, ponieważ tutaj znajdowała się prawda. Nawet jeśli nie mogłem jej wyznać ani nawet zasugerować, mogłem przysiąc, że jest gdzieś blisko, tak jak mówimy o naszyjniku, który właśnie zgubiliśmy podczas pływania: wiemy, że leży gdzieś tutaj na dnie. Ach, gdyby się tylko domyślił, że daję mu szansę na to, aby dodał dwa do dwóch i uzyskał sumę większą od nieskończoności.

Ale żeby zrozumieć, musiałby najpierw podejrzewać, a żeby podejrzewać, musiałby mnie obserwować z równoległego pasa swoim stalowym, wrogim, szklanookim, przenikliwym, wszystkowiedzącym spojrzeniem.

Musiał na coś natrafić, ale na co? Może usiłował nie okazać po sobie, że jest skonsternowany.

— Mianowicie?

Udaje naiwnego?

— Wiesz, o co mi chodzi. Akurat ty musisz to wiedzieć.

Milczenie.

— Dlaczego mi to wszystko mówisz?

— Bo uważam, że powinieneś to wiedzieć.

— Bo uważasz, że powinienem to wiedzieć.

Powtórzył moje słowa zamyślonym tonem, aby je lepiej zrozumieć i uporządkować, a jednocześnie zyskać na czasie. Wiedziałem, że żelazo jest rozgrzane do czerwoności.

— Bo chciałem, żebyś *ty* to wiedział — wypaliłem. — Bo nikomu innemu nie mogę tego powiedzieć.

Słowo się rzekło.

Jest szansa, żeby zrozumiał?

Miałem już ściągnąć rozmowę na inne tory, powiedzieć coś na temat morza, jutrzejszej pogody i czy dobrym pomysłem byłby rejs do E., który mój ojciec zawsze obiecuje o tej porze roku.

Muszę jednak przyznać Oliverowi, że tak łatwo nie odpuścił.

— Czy ty wiesz, co mówisz?

Tym razem spojrzałem na morze i powiedziałem nieczytelnym, zrezygnowanym tonem, który był moim ostatnim wybiegiem, moim ostatnim bastionem, moim ostatnim schronieniem:

— Tak, wiem, co mówię, dobrze mnie zrozumiałeś. Po prostu kiepsko się wysławiam. Nie będę miał pretensji, jeśli już nigdy nie zamienisz ze mną ani słowa.

— Chwila — mówisz do mnie to, co myślę, że mówisz?

— Ta-ak.

Skoro już się wsypałem, mogłem przybrać wyluzowaną i trochę zniecierpliwioną pozę przestępcy, który oddał się w ręce policji i teraz musi opowiadać kolejnemu funkcjonariuszowi, w jaki sposób obrabował sklep.

— Zaczekaj na mnie tutaj, skoczę na górę po tłumaczenie. Zostań tu.

Uśmiechnąłem się do niego ufnie.

— Doskonale wiesz, że nigdzie się stąd nie ruszę.

Kolejne jednoznaczne wyznanie, pomyślałem.

Przestawiłem nasze rowery pod pomnik młodych ludzi z miasta, którzy polegli w bitwie nad rzeką Piawą podczas pierwszej wojny światowej. Wszystkie małe miasta włoskie mają takie pomniki. W pobliżu właśnie zatrzymały się dwa busy, z których wysiadali pasażerowie — głównie starsze kobiety, które przyjechały z okolicznych wsi na zakupy. Na *piazzetta* starsi mężczyźni w znoszonych szarobrązowych garniturach siedzieli na rozchwianych krzesłach z wiklinowymi oparciami albo na ławkach. Ciekawe, ilu z nich jeszcze pamięta młodych ludzi poległych nad Piawą, pomyślałem. Musieliby mieć co najmniej osiemdziesiąt lat, żeby ich znać. I co najmniej sto, żeby w tamtym czasie nie kwalifikować się do młodzieży. Jeśli ktoś ma sto lat, to z pewnością już umie godzić się z utratą i wychodzić z żałoby — czy też uczucia te dręczą nas do samego końca? Jeśli ktoś ma sto lat, zapomina o rodzeństwie, zapomina o synach, zapomina o ukochanych, niczego nie pamięta, nawet najbardziej zdruzgotani wszystko zapominają. Ich matki i ojcowie już dawno zmarli. Czy ktokolwiek pamięta tych młodych?

Uderzyła mnie pewna myśl: czy moi potomkowie będą wiedzieli, co zostało dzisiejszego dnia powiedziane na *piazzetta*? Czy ktokolwiek będzie wiedział? Czy może rozpłynie się to w powietrzu, tak jak sobie tego trochę życzyłem? Czy będą wiedzieli, jak blisko krawędzi przepaści stał tego dnia na *piazzetta* ich los? Ta myśl mnie rozbawiła i dała mi dystans potrzebny do przetrwania reszty dnia.

Za trzydzieści, czterdzieści lat przyjadę tutaj i wrócę myślami do tej rozmowy, której na pewno nigdy nie zapomnę, chociaż pewnego dnia mogę bardzo chcieć zapomnieć. Przyjadę tutaj z żoną i dziećmi, pokażę im zabytki, zatokę, kawiarnię, La Danzing, Grand Hotel. Potem stanę tutaj i poproszę pomnik, krzesła z wiklinowymi oparciami i rozchwiane drewniane stoliki, aby przypomniały mi o mężczyźnie, który nazywał się Oliver.

Wrócił od tłumaczki.

— Ta idiotka Milani pomieszała strony i musi wszystko od nowa przepisać na maszynie — złościł się. — Innymi słowy, dzisiaj po południu nie mam nad czym pracować, co mnie opóźnia o jeden dzień.

Przyszła jego kolej na szukanie pretekstów do omijania tematu. Mogłem mu bez najmniejszego problemu odpuścić, jeśli tego chciał. Mogliśmy rozmawiać o morzu, Piawie albo o Heraklicie: „Wyruszyłem na poszukiwania samego siebie". Albo: „Ukryte piękno jest lepsze od jawnego". Albo: „Natura lubi się ukrywać". Mogliśmy też powrócić do dyskusji o rejsie do E., o którym od kilku dni się rozmawiało. Ponadto na dniach miał zawitać w B. zespół muzyki kameralnej.

Minęliśmy po drodze sklep, w którym moja matka zawsze zamawiała kwiaty. Jako dziecko byłem zafascynowany wielką witryną z kurtyną wodną, która delikatnie zsuwała się w dół, dzięki czemu sklep spowijała zaczarowana, tajemnicza aura. Kojarzyło mi się to filmowym zabiegiem montażowym, kiedy ekran się rozmywa, aby zasygnalizować migawkę z przeszłości.

— Żałuję, że się odezwałem — powiedziałem w końcu.

Natychmiast się zorientowałem, że po moich słowach czar prysł.

— Będę udawał, że nic nie powiedziałeś.

Nie spodziewałem się takiej postawy po człowieku, który nie ma najmniejszego problemu ze światem. U nas w domu nigdy nie słyszałem tego zdania.

— Czy to znaczy, że rozmawiamy ze sobą, ale tak naprawdę nie rozmawiamy?

— O takich sprawach nie możemy rozmawiać — odparł po namyśle. — Naprawdę nie możemy.

Założył plecaczek i ruszyliśmy w dół.

Kwadrans wcześniej przechodziłem męki. Każda końcówka nerwowa, każda emocja poobijana, podeptana, zmiażdżona jak w moździerzu Mafaldy, starta na proszek, przez co nie sposób odróżnić strachu od gniewu czy od nikłej strużki pożądania. Ale wtedy mogłem przynajmniej robić sobie złudzenia. Teraz, kiedy obaj położyliśmy karty na stół, ukradkowość i wstyd zniknęły, ale razem z nimi ulotniła się ta szczypta niewypowiedzianej nadziei, która w minionych tygodniach podtrzymywała wszystko przy życiu.

Teraz już tylko sceneria i pogoda mogły poprawić mi nastrój. I jeszcze jazda pustą prowincjonalną drogą, która o tej porze dnia należała wyłącznie do nas, a słońce zaczęło smagać jej nieosłonięte fragmenty. Powiedziałem mu, żeby jechał za mną, pokażę mu miejsce, którego nie widziała większość turystów i przyjezdnych.

— Jeśli masz czas — dodałem, tym razem nie chcąc się narzucać.

— Mam czas — odparł z niezobowiązującą nutką w głosie, tak jakby uznał mój teatralny takt za nieco komiczny.

Może jednak było to z jego strony małe ustępstwo, które miało mi wynagrodzić, że nie rozmawiamy na najważniejszy dla mnie temat.

Skręciliśmy z głównej drogi w stronę nadmorskiej skarpy.

— W to miejsce — powiedziałem tytułem wstępu, który miał za zadanie podtrzymać jego zainteresowanie — Monet przychodził malować.

Maleńkie, karłowate palmy i powykręcane drzewka oliwne składały się na niewielki lasek. Między drzewami widać było zbocze schodzące na krawędź skarpy, pagórek ocieniony wysokimi piniami. Oparłem rower o jedno z drzew, Oliver zrobił to samo, i pokazałem mu drogę do miejsca, w którym malował Monet.

— A teraz się rozejrzyj — powiedziałem zachwycony sobą, jakbym chwalił się czymś, co przysparza mi wielkiego splendoru.

Bezpośrednio pod nami leżała cicha, nieruchoma zatoczka. Ani śladu cywilizacji, żadnych domów, żadnych pomostów, żadnych łodzi rybackich. W oddali można było rozpoznać dzwonnicę San Giacomo, a jeśli ktoś wytężył wzrok, to także zarys N. Jeszcze dalej można było dostrzec coś, co wyglądało jak nasz dom oraz sąsiednie wille — tę, w której mieszkała Vimini, oraz dom rodzinny Moreschich z ich dwiema córkami, z którymi prawodpodobnie spał Oliver, osobno albo razem, kto wie i kogo to na tym etapie obchodzi.

— To miejsce należy do mnie, przychodzę tu poczytać. Nie zliczę, ile książek tutaj przeczytałem.

— Lubisz być sam? — zapytał.

— Nie. Nikt nie lubi być sam. Ale nauczyłem się z tym żyć.

— Zawsze jesteś taki mądry?

Czyżbym dosłuchał się tutaj protekcjonalnego tonu, którym wszyscy mi udzielają wciąż tego samego wykładu: częściej wychodź z domu, poszukaj sobie przyjaciół, a jak już ich znajdziesz, to przestań myśleć wyłącznie o sobie? Czy też może Oliver zamierza wcielić się w rolę psychiatry i przyjaciela rodziny? A może po raz kolejny odczytuję jego słowa zupełnie fałszywie?

— Wcale nie jestem mądry. Jak już mówiłem, o niczym nie mam pojęcia. Czytam książki i umiem układać słowa w zdania, ale to nie znaczy, że potrafię mówić o sprawach, które są dla mnie najważniejsze.

— Przecież właśnie to teraz robisz — w pewnym sensie.

— Tak, w pewnym sensie — umiem mówić, w pewnym sensie.

Kierując wzrok na otwarte morze, żeby nie musieć patrzeć na niego, usiadłem na trawie. Zauważyłem, że kucnął kilka kroków ode mnie, na koniuszkach palców, jakby planował za chwilę wystartować sprintem do naszych rowerów.

Nie przyszło mi wcześniej do głowy, że przyprowadziłem go tutaj nie tylko po to, aby mu pokazać mój mały świat — chciałem również poprosić mój mały świat, żeby go wpuścił, bo wtedy miejsce, w które przychodziłem pobyć sam w letnie popołudnia, poznałoby go, oceniło, sprawdziło, czy pasuje, oswoiło się z nim, żebym mógł tutaj wracać i wspominać. Przychodziłem tutaj uciec od znanego świata do innego, stworzonego przeze mnie; można powiedzieć, że pokazywałem mu swoją wyrzutnię statków kosmicznych. Wystarczyło wymienić wszystkie książki, które tutaj przeczytałem, aby znał wszystkie zwiedzone przeze mnie miejsca.

— Podoba mi się to, jak się wysławiasz. Dlaczego zawsze się umniejszasz?

Wzruszyłem ramionami. Krytykuje mnie za krytykowanie siebie samego?

— Nie wiem. Może po to, żebyś ty tego nie robił.

— Tak bardzo boisz się tego, co inni o tobie myślą?

Pokręciłem głową, chociaż w gruncie rzeczy nie znałem odpowiedzi. A może odpowiedź była taka oczywista, że nie musiałem jej udzielać. W takich momentach czułem się zupełnie bezbronny, zupełnie nagi. Trąć mnie, spesz mnie i jeśli ci nie oddam, to przejrzysz mnie na wskroś. Nie, nie miałem odpowiedzi na jego pytanie.

Nie ruszałem się. Najchętniej pozwoliłbym mu pojechać do domu, a ja wróciłbym dopiero na obiad.

Czekał, aż coś powiem. Wbił we mnie wzrok.

Chyba po raz pierwszy odważyłem się spojrzeć mu w oczy. Na ogół tylko zerkałem i odwracałem wzrok, ponieważ nie chciałem bez zaproszenia pływać w pięknym, przejrzystym stawie jego oczu — i ani razu nie odczekałem dostatecznie długo, aby się przekonać, czy jestem tam mile widziany; odwracałem wzrok, ponieważ za bardzo się bałem odwzajemnić jego spojrzenie; odwracałem wzrok, ponieważ nie chciałem się z czymś zdradzić; odwracałem wzrok, ponieważ nie chciałem przyznać, jakie to dla mnie ważne. Odwracałem wzrok, ponieważ jego stalowe spojrzenie zawsze mi przypominało, jak bardzo nade mną góruje. Teraz, w ciszy tego momentu, odwzajemniłem jego spojrzenie — nie po to, aby rzucić mu wyzwanie albo pokazać, że już się nie wstydzę, lecz aby się poddać, powiedzieć mu: to jestem ja, to jesteś ty, tego chcę, między nami jest teraz tylko prawda, a tam, gdzie jest prawda, nie ma barier, nie ma ukradkowych spojrzeń, a jeśli nic z tego nie wyniknie, to niech przynajmniej historia odnotuje, że obaj mieliśmy świadomość tego, co się może wydarzyć. Nie zostało już we mnie ani krzty nadziei. I może dlatego odwzajemniłem spojrzenie, że nie miałem już nic do stracenia. Poczęstowałem go wszystkowiedzącym spojrzeniem typu „rzucam ci wyzwanie, żebyś mnie pocałował", spojrzenie mężczyzny, który jednocześnie prowokuje i ucieka.

— Bardzo utrudniasz mi sprawę.

Miał na myśli naszą wymianę spojrzeń?

Nie odpuściłem, on też nie. Tak, właśnie to miał na myśli.

— Dlaczego utrudniam ci sprawę?

Serce biło mi za szybko, żebym potrafił składnie mówić. Nie wstydziłem się pokazywać po sobie, jaki jestem nakręcony. Niech wie, niech wie.

— Ponieważ to byłoby bardzo złe.

— *Byłoby*? — spytałem.

Czyli istnieje promyczek nadziei?

Usiadł na trawie, a potem położył się na plecach z rękami pod głową, jakby obserwował niebo.

— Tak, *byłoby*. Nie zamierzam udawać, że nie chodziło mi to po głowie.

— Ja dowiedziałbym się o tym ostatni.

— No to teraz już wiesz. A jak myślałeś — co się tutaj działo?

— Działo? — próbowałem ratować się pytaniem. — Nic. — Zastanowiłem się chwilę. — Nic — powtórzyłem, tak jakby to, czego zaczynałem się mgliście domyślać, miało tak amorficzny charakter, że dałoby się to zbyć powtórzonym kilkakrotnie „nic" i tym samym wypełnić nieznośne przerwy w rozmowie. — Nic.

— Rozumiem — stwierdził w końcu. — Fałszywie to postrzegasz, przyjacielu — rzucił protekcjonalnie karcącym tonem. — Nie wiem, czy cię to pocieszy, ale muszę się powstrzymywać. Już czas, żebyś ty również się tego nauczył.

— Mogę tylko udawać, że nic mnie to wszystko nie obchodzi.

— To wiemy już od dłuższego czasu — odparował.

Byłem zdruzgotany. Za każdym razem, kiedy mi się wydawało, że go lekceważę, pokazując mu, jak łatwo jest go ignorować w ogrodzie, na balkonie, na plaży, on bez trudu rozpoznawał w tym drażliwy podręcznikowy gambit.

Jego wyznanie, które z pozoru otwierało między nami wszystkie śluzy, zatopiło moje kiełkujące nadzieje. W którą stronę możemy stąd dalej pójść? Co jeszcze pozostało do dodania? I co się wydarzy, kiedy po raz kolejny będziemy udawali, że ze sobą nie rozmawiamy, ale nie będziemy już mieli pewności, że epoka lodowcowa w naszych wzajemnych stosunkach nadal jest tylko dyplomatyczną grą?

Chwilę jeszcze porozmawialiśmy, a potem utknęliśmy w martwym punkcie. Po wyłożeniu kart na stół zaczęła przypominać nic nieznaczące pogaduszki.

— Czyli tutaj Monet przechodził malować.

— Pokażę ci w domu. Mamy książkę z pięknymi reprodukcjami tutejszych krajobrazów.

— Tak, musisz mi je pokazać.

Wcielił się w rolę protekcjonalnego dublera, co było dla mnie okropne.

Podparci na łokciu podziwialiśmy widok.

— Jesteś dzieckiem szczęścia — powiedział.

— Co ty możesz o tym wiedzieć? — Pozwoliłem mu zastanowić się nad tym, a potem, może dlatego, że milczenie stało się nie do zniesienia, wypaliłem: — Mnóstwo rzeczy jest nie takie, jakimi być powinny.

— Co masz na myśli? Z twoją rodziną?

— Z tym też.

— To, że spędzasz tu całe lato, czytasz w samotności i musisz mieć do czynienia ze wszystkimi tymi nudziarzami, których twój ojciec ściąga na każdy posiłek?

Wyśmiewał się ze mnie.

Uśmiechnąłem się ironicznie. Nie o to mi chodziło.

Milczał przez chwilę.

— Chodzi ci o nas. — Nie odpowiedziałem. — No to sprawdźmy...

Zanim się zorientowałem, przysunął się do mnie. Jesteśmy za blisko, pomyślałem. Nigdy wcześniej nie byłem tak blisko niego, nie licząc snów i tego momentu, kiedy złożył dłonie w miseczkę, żeby przypalić mi papierosa. Gdyby przybliżył ucho jeszcze o centymetr, usłyszałby moje serce. Czytałem o tym w powieściach, ale w to nie wierzyłem. Patrzył mi w twarz, jakby mu się podobała, jakby chciał ją przestudiować i zapisać w pamięci. Potem dotknął mojej dolnej wargi palcem i wędrował nim z lewa na prawo, z prawa na lewo. A ja leżałem i patrzyłem na jego uśmiech, który wzbudził we mnie obawę, że teraz może się wydarzyć wszystko i nie będzie już odwrotu, że on w ten sposób mnie pyta, daje mi możliwość powiedzieć „nie" albo zacząć coś mówić i grać na czas, żebym mógł przedyskutować sprawę z samym sobą — poza tym, że nie miałem już na to czasu, ponieważ jego usta dotknęły moich ust, ciepły, pojednawczy, „spotkam się z tobą w pół drogi, ale nie dalej", pocałunek, który pozwolił mu jednak się zorientować, jaki jestem wygłodzony. Żałowałem, że nie umiem skalibrować mojego pocałunku tak jak on. Jednak namiętność pozwala nam więcej ukrywać i chociaż w tym momencie pragnąłem schować wszystko, co mnie dotyczyło, w tym pocałunku, jednocześnie chciałem się w nim zatracić, tak jak czasem chcemy, żeby ziemia się pod nami rozstąpiła i nas pochłonęła.

— Teraz lepiej? — zapytał.

Nie odpowiedziałem, tylko uniosłem ku niemu twarz i znowu go pocałowałem, prawie brutalnie, nie dlatego, że owładnęła mną namiętność albo że jego pocałunkowi mimo wszystko brakowało żarliwości, której oczekiwałem, ale dlatego, że nie miałem pewności, czy nasz pocałunek utwierdził mnie w moich przekonaniach na temat siebie samego. Nie byłem nawet pewien, czy sprawił mi oczekiwaną przyjemność, więc musiałem to przetestować. Innymi słowy, testowałem test. Moje myśli obracały się wokół najbanalniejszych rzeczy. „Tyle samozakłamania?", powiedziałby kiepski uczeń Freuda. Zdusiłem w sobie wątpliwości jeszcze bardziej agresywnym pocałunkiem. Nie chciałem namiętności, nie chciałem rozkoszy. Być może nie chciałem nawet dowodu. Nie chciałem też słów, poważnych, błahych, o rowerach, o książkach, o czymkolwiek. Tylko słońce, trawa, podmuchy wiatru i zapach jego ciała — to mi wystarczało. Weź mnie, obedrzyj ze skóry i przenicuj, aż w końcu, jak postać z Owidiusza, zespolę się z twoją żądzą. Zawiąż mi oczy, weź mnie za rękę i nie żądaj, abym myślał — zrobisz to dla mnie?

Nie wiedziałem, dokąd to wszystko prowadzi, ale oddawałem się mu cal po calu, on musiał o tym wiedzieć, ponieważ wyczułem, że nadal zachowuje dystans między nami. Nawet kiedy nasze twarze się stykały, nasze ciała nie tworzyły jedności. Wiedziałem, że każdy mój ruch może zburzyć harmonię tej chwili. Kiedy więc wyczułem, że nasz pocałunek prawdopodobnie nie będzie miał dalszego ciągu, zacząłem testować przyszłe rozdzielenie naszych ust, ale zauważyłem, że chociaż sygnalizuję zamiar zakończenia pocałunku, to bardzo chcę, żeby trwał dalej, chcę jego języka w moich ustach i na odwrót — ponieważ po tych wszystkich tygodniach, po tych wszystkich zmaganiach, po tych wszystkich szarpanych próbach, które za każdym razem wpuszczały do środka zimny przeciąg, staliśmy się tylko dwoma mokrymi językami, trzepoczącymi w ustach drugiego. Tylko dwoma językami, cała reszta była pustym gadaniem. Kiedy w końcu uniosłem jedno kolano i przesunąłem w jego stronę, żeby znaleźć się z nim *en face*, wiedziałem, że czar prysł.

— Myślę, że powinniśmy już jechać.

— Jeszcze nie.

— Nie możemy tego robić. Znam siebie. Do tej pory byliśmy grzeczni. Żaden z nas nie zrobił niczego, czego musiałby się wstydzić. Trzymajmy się tego. Chcę nadal być grzeczny.

— Po co? Mnie jest wszystko jedno. Kto się dowie?

Zdesperowany i pełen obaw, że wszystko zepsuję, położyłem mu rękę na kroczu. Nie poruszył się. Trzeba było wsunąć dłoń pod szorty, pomyślałem. Musiał odczytać moją intencję, ponieważ całkowicie panując nad sobą, gestem zarazem bardzo delikatnym i lodowatym, na moment położył swoją dłoń na mojej, a potem wplótł w nią palce i uniósł.

Zagościła między nami chwila nieznośnej ciszy.

— Uraziłem cię?

— Nie, ale nie rób tego.

Zabrzmiało to trochę jak pierwsze „później!", które usłyszałem z jego ust — kąśliwe i brutalne, zupełnie bezradosne, bez śladu przyjemności czy namiętności, którą dopiero co wspólnie przeżyliśmy. Podał mi rękę i pomógł wstać. Nagle się skrzywił.

Przypomniałem sobie o zadrapaniu na jego boku.

— Muszę dopilnować, żeby nie doszło do zakażenia — odezwał się.

— W takim razie zajrzyjmy po drodze do apteki.

Nie odpowiedział, ale zdanie to podziałało jak zimny prysznic. Wpuściłem do naszego życia intruza pod postacią realnego świata — Anchise, naprawiony rower, kłótnia o pomidory, zeszyt nutowy w pośpiechu zostawiony pod szklanką lemoniady, wszystko to wydawało się teraz takie odległe.

Kiedy opuściliśmy plener malarski Moneta, zobaczyliśmy dwa turystyczne busy, które jechały na południe do N. Dochodziło południe.

— Już nigdy nie będziemy ze sobą rozmawiali — prorokowałem, kiedy z wiatrem we włosach mknęliśmy niekończącym się zjazdem.

— Nie mów tak.

— Ja to wiem. Będą pogaduszki i nic więcej. Ale nie ma co kryć, że potrafię z tym żyć.

— Gratulacje! Zrymowało ci się.

Uwielbiałem te chwile, kiedy się ze mną tak przyjaźnie droczył.

Dwie godziny później, przy obiedzie, okazało się, że nigdy nie będę potrafił z tym żyć.

Przed deserem, kiedy Mafalda sprzątała talerze i wszyscy skupiali uwagę na rozmowie o Jacopone da Todim, poczułem, że o moją nogę ociera się ciepła, bosa stopa.

W plenerze należało skorzystać z okazji i sprawdzić, czy jego stopa jest taka gładka, jak to sobie wyobraziłem. Następnej szansy miałem już nie dostać.

A może to moja stopa zaczęła się błąkać i dotknęła jego stopy. Jego stopa cofnęła się, nie od razu, ale całkiem szybko, jakby świadomie odczekała stosowną chwilę, aby nie stwarzać wrażenia, że spanikowała i uciekła. Ja też wytrzymałem jeszcze kilka sekund i właściwie tego nie planując, pozwoliłem mojej stopie, żeby zaczęła szukać sąsiadki. Właśnie ruszyła w drogę, kiedy jeden z moich palców nagle zderzył się z jego stopą; prawie nie drgnęła, jak statek piracki, który z pozoru oddalił się na wiele mil, ale w rzeczywistości czyha we mgle zaledwie pięćdziesiąt metrów dalej, żeby zaatakować, jak tylko nadarzy się okazja. Nie miałem czasu, żeby cokolwiek zrobić z moją stopą, zanim bez ostrzeżenia, bez dania mi możliwości wykonania jakiegoś manewru, jego stopa miękko i delikatnie przysunęła się do mojej i zaczęła ją pieścić, pocierać, ani na moment się nie zatrzymywała, gładka kula jego pięty przygważdżała moją stopę, od czasu do czasu dawała jej odczuć swój ciężar, ale natychmiast go łagodziła kolejną pieszczotą palców, cały czas dając do zrozumienia, że robi to w duchu igraszek i zabawy, ponieważ w ten sposób Oliver unieszkodliwia siedzących naprzeciwko nas obiadowych nudziarzy, a jednocześnie informuje mnie, że to nie ma nic wspólnego z innymi ludźmi, że pozostanie między nami, bo chodzi w tym wszystkim wyłącznie o nas, ale nie powinienem wyczytywać z tej sytuacji więcej, niż się w niej kryje. Ukradkowość i uporczywość jego pieszczot wywołała we mnie dreszcz. Zakręciło mi się w głowie. Nie, nie miałem zamiaru się rozpłakać, to nie był atak paniki, to nie było „omdlenie", nie miałem też spuścić się w szorty, chociaż bardzo, ale to bardzo mi się to podobało, zwłaszcza kiedy poczułem podeszwę jego stopy na podbiciu mojej. Kiedy spojrzałem na talerz z deserem i zobaczyłem ciasto czekoladowe spryskane sokiem malinowym, wydawało mi się, że ktoś leje dużo więcej czerwonego sosu niż zazwyczaj oraz że sos skapuje mi z sufitu na głowę — w końcu sobie jednak uświadomiłem, że cieknie mi z nosa. Zachłysnąłem się powietrzem, zmiąłem serwetkę i przyłożyłem do nosa, maksymalnie odchylając głowę.

— *Ghiacco*, lód, Mafalda, *per favore*, *presto* — powiedziałem spokojnym tonem, aby pokazać, że całkowicie panuję nad sytuacją. — Przed południem byłem w górach — wyjaśniłem gościom. — Często mi się tak dzieje.

Rozległ się tupot stóp, ludzie wybiegali z jadalni i pędem do niej wracali. Zamknąłem oczy. Weź się w garść, powtarzałem sobie, weź się w garść. Nie pozwól, żeby twoje ciało wszystko zdradziło.

— Czy to była moja wina? — zapytał, kiedy przyszedł po obiedzie do mojego pokoju.

Nie odpowiedziałem mu w wprost.

— Wyglądam okropnie, co? — Uśmiechnął się i milczał. — Usiądź na chwilę.

Usiadł w nogach łóżka. Wizyta u hospitalizowanego znajomego, który miał wypadek na polowaniu.

— Mam nadzieję, że szybko się pozbierasz.

— Jakoś przeżyję.

Czytałem to zdanie w zbyt wielu powieściach. Uwalniało do odpowiedzialności kochanka, który cię rzucił. Pozwalało wszystkim zachować twarz. Przywracało godność i odwagę osobie, która została całkowicie obnażona.

— Pozwolę ci teraz pospać — powiedział tonem troskliwej pielęgniarki. — Będę w pobliżu — rzucił na odchodnym, tak jak się mówi: zostawię ci światło. — Bądź grzeczny.

Kiedy próbowałem się zdrzemnąć, nagle przyszło wspomnienie o zdarzeniu na *piazzetta*, zgubione gdzieś między pomnikiem ofiar znad Piawy i naszą jazdą na rowerach w towarzystwie strachu, wstydu i Bóg wie, czego jeszcze. Zdawało się powracać z dawnych epok, tak jakbym pojechał na rowerze na *piazzetta* jako mały chłopiec przed pierwszą wojną światową i wrócił jako dziewięćdziesięcioletni żołnierz przykuty do łóżka, które nie jest nawet jego łóżkiem, ponieważ jego łóżko oddano młodemu człowiekowi, który jest jego oczkiem w głowie.

Oczko w głowie, powiedziałem, oczko w głowie, oczko w głowie, jesteś moim oczkiem w głowie. Nie wiedziałem, co to znaczy oczko w głowie i zacząłem się zastanawiać, skąd wziąłem tę bzdurę, ale właśnie tego rodzaju nonsensy wyciskały mi teraz z oczu łzy, łzy, które chciałem utopić w jego poduszce, którymi chciałem zmoczyć jego kąpielówki. Chciałem, żeby dotknął ich koniuszkiem palca i przegnał smutek.

Nie rozumiałem, dlaczego postawił stopę na mojej. Czy to był podryw, czy też wykonany w dobrej wierze gest solidarności i braterstwa, tak jak niegdysiejszy kumpelski masaż, filuterne szturchnięcie między kochankami, którzy nie sypiają już ze sobą, ale postanowili pozostać przyjaciółmi i od czasu do czasu pójść razem do kina? Czy to znaczyło: nie zapomniałem, to na zawsze pozostanie między nami, chociaż nic z tego nie wyniknie?

Chciałem uciec z domu. Chciałem, żeby była już jesień, żebym ja był gdzieś daleko. Daleko od naszego miasta z jego głupim La Danzing, z jego głupią młodzieżą, z którą nikt zdrowy na umyśle nie chciałby się zaprzyjaźnić. Daleko od rodziców, kuzynów, bratanka, który zawsze ze mną rywalizował, i tych okropnych letnich gości z ich hermetycznymi projektami naukowymi, którzy niezawodnie okupowali wszystkie łazienki po mojej stronie domu.

Co by się stało, gdybym go znowu zobaczył? Dostałbym kolejnego krwotoku z nosa, rozpłakał się albo spuścił w szorty? Co by było, gdybym go zobaczył z kimś innym, przechadzającego się w nocy koło La Danzing, jak to miał w zwyczaju? Co by było, gdybym zobaczył go nie z kobietą, lecz z mężczyzną?

Powinienem się nauczyć go unikać, przeciąć wszystkie więzi, jedną po drugiej, tak jak robią neurochirurdzy oddzielający jeden neuron od drugiego, jedno udręczone pragnienie od drugiego, przestać chodzić do ogrodu za domem, przestać szpiegować, przestać wychodzić wieczorem do miasta, każdego dnia po trochu odstawiać się od piersi, jak człowiek uzależniony, jeden dzień, jedna godzina, jedna minuta, jedna skażona sekunda po drugiej. To było wykonalne. Wiedziałem, że nasz związek nie ma przyszłości. Załóżmy, że on przyjdzie dzisiaj w nocy do mojego pokoju. Albo jeszcze lepiej: załóżmy, że wypiję kilka drinków, pójdę do niego i prosto w twarz powiem mu najszczerszą prawdę: Oliver, chcę, żebyś mnie wziął. Ktoś musi to zrobić, więc dlaczego nie ty? Poprawka: chcę, żebyś to był ty. Postaram się nie być najgorszym numerem w twoim życiu. Zrób ze mną to, co zrobiłbyś z jakąkolwiek osobą, której nie zamierzasz już nigdy w życiu spotkać. Wiem, że to nie brzmi zbyt romantycznie, ale jestem taki zasupłany, że potrzebuję terapii gordyjskiej. Więc przejdź do rzeczy.

Zrobilibyśmy to, a potem wróciłbym do swojego pokoju i się umył. Potem od czasu do czasu kładłbym stopę na jego stopie i sprawdzał, jak mu się to podoba.

Taki miałem plan. W ten sposób chciałem się od niego uwolnić. Zaczekam, aż wszyscy pójdą spać. Sprawdzę, czy u niego pali się jeszcze światło. Wejdę do jego pokoju z balkonu.

Puk puk. Nie, bez pukania. Byłem pewien, że Oliver sypia nago. A jeśli nie będzie sam? Posłucham na balkonie, zanim wejdę. Jeśli nic nie usłyszę, a potem się okaże, że jednak ktoś z nimi jest, powiem: „Ojej, pomyliłem adres". Tak, ojej, pomyliłem adres. Odrobina frywolności dla uratowania twarzy. A jeśli będzie sam? Wejdę. W piżamie. Nie, w samym dole od piżamy. To ja, powiem. Dlaczego przyszedłeś? Nie mogę spać. Przynieść ci drinka? Nie trzeba, wypiłem już dostatecznie dużo, żeby starczyło mi odwagi na przejście z mojego pokoju do twojego. Przyszedłem do ciebie. Rozumiem. Nie utrudniaj mi sprawy, nic nie mów, nie podawaj mi powodów i nie zachowuj się tak, jakbyś w każdej chwili miał zawołać pomocy. Jestem dużo młodszy od ciebie i tylko zrobisz z siebie idiotę, jeśli uruchomisz alarm albo zagrozisz, że powiesz mojej mamusi. Potem zdejmę dół od piżamy i wślizgnę się do jego łóżka. Jeśli mnie nie dotknie, to ja dotknę jego, a jeśli nie zareaguje, to śmiało pozwolę moim ustom zwiedzić nieznane im miejsca. Brzmiało to tak komicznie, że się roześmiałem.

Międzygalaktyczny kicz. Moja gwiazda Dawida, jego gwiazda Dawida, szyja przy szyi, zespolone w jedno, dwaj rozcięci Żydzi od niepamiętnych czasów złączeni ze sobą. Jeśli żaden z tych zabiegów na niego nie podziała, poczekam na kontratak i będziemy toczyć ze sobą zapasy, kiedy on mnie przygwoździ, podniecę go, obejmując go nogami jak kobieta, a nawet zranię go w biodro podrapane podczas upadku na rowerze. Jeśli nic z tego nie zadziała, dopuszczę się skrajnego samoupodlenia, pokazując mu w ten sposób, że cały wstyd jest po jego stronie, że przyszedłem z prawdą i dobrocią w sercu, i że teraz spryskuję nimi jego pościel, aby mu przypomnieć, że odrzucił błaganie młodego człowieka o przyjaźń. Kto odmawia takim prośbom, ląduje nogami do przodu w piekle.

A jeśli mu się nie spodobam? Mówią, że w ciemnościach wszystkie koty... A jeśli w ogóle mu się nie spodobam? To powinien przynajmniej spróbować. A jeśli poczuje się wściekły i urażony? Wynoś się, ty chory, oślizły, pokręcony gnojku! Pocałunek pokazał, że Oliver jest zdolny do takiego zachowania. Już nie mówiąc o stopie. *Amor ch'a nullo'amato amar perdona.*

Stopa... Poprzednim razem tego rodzaju reakcję wywołał u mnie nie pocałunek, tylko ściśnięcie mnie palcami za ramię.

Nie, był jeszcze jeden przypadek. We śnie, kiedy Oliver przyszedł do mojego pokoju i położył się na mnie, a ja udawałem, że śpię. Poprawka: nieznacznie się poruszyłem, aby mu zasygnalizować: nie odchodź, kochaj mnie dalej, tylko nie mów nikomu, że o tym wiedziałem.

Kiedy się obudziłem po paru godzinach, naszła mnie wielka ochota na jogurt. Wspomnienia z dzieciństwa. Poszedłem do kuchni i zastałem Mafaldę na chowaniu do kredensu umytej dużo wcześniej porcelany. Widać również się zdrzemnęła i dopiero co obudziła. Znalazłem w misce z owocami dużą brzoskwinię i zacząłem ją obierać.

— *Faccio io* — powiedziała i próbowała wyjąć mi nóż z ręki.

— *No, no, faccio da me* — odparłem, starając się jej nie urazić.

Chciałem pokroić brzoskwinię, następnie pociąć kawałki na mniejsze kawałki, a te mniejsze na jeszcze mniejsze. Aż do uzyskania pojedynczych atomów. Terapia. Potem wziąłem banana, obrałem go bardzo powoli i przystąpiłem do krajania go na cieniuteńkie plasterki, które potem poszatkowałem. Następnie to samo z morelą. Gruszką. Figami. Potem wyjąłem z lodówki duży pojemnik z jogurtem, wlałem jego zawartość do blendera i wsypałem pokrojone owoce. Na koniec ze względów kolorystycznych dodałem kilka świeżo zerwanych w ogrodzie truskawek. Uwielbiałem warkot blendera.

Mafalda nie spotkała się wcześniej z tym deserem, ale pozwalała mi robić w jej kuchni, co tylko chcę, jakby folgowała zachciankom osoby, która dosyć się już nacierpiała. Ta suka wiedziała. Musiała zauważyć stopę. Śledziła każdy mój krok, jakby zawsze była gotowa wyrwać mi nóż, zanim poderżnę sobie żyły.

Wlałem koktajl do dużej szklanki, wbiłem w niego słomkę jak strzałkę i poszedłem na patio. Po drodze zajrzałem do jadalni i zabrałem album z reprodukcjami Moneta. Położyłem go na stołeczku przy drabinie. Nie zamierzałem mu pokazywać albumu. Po prosto go tam zostawiłem. Ze świadomością, że będzie wiedział, o co chodzi.

Moja mama piła na patio herbatę z dwiema siostrami, które przyjechały aż z S. pograć w brydża. Czwarta zawodniczka miała się za chwilę pojawić.

Od strony garażu dobiegały odgłosy rozmowy ich kierowcy z Manfredim o piłkarzach.

Zaniosłem koktajl na drugi koniec patio, wyjąłem szezlong, usiadłem twarzą do długiej balustrady i próbowałem się rozkoszować ostatnią godziną pełnego słońca. Lubiłem siedzieć i patrzeć, jak odchodzący dzień zlewa się ze zmierzchem. O tej porze szło się na późnopopołudniowe pływanie. Dobrze nadawała się również do czytania.

Lubiłem się czuć taki wypoczęty. Może starożytni mieli rację: nie zaszkodzi od czasu do czasu pokrwawić. Gdybym dłużej tak się czuł, mógłbym później zagrać parę preludiów i fug, a może fantazję Brahmsa. Wypiłem kolejny łyk jogurtu i położyłem nogę na sąsiednim krześle.

Dopiero po chwili uświadomiłem sobie, że przybrałem sztuczną pozę.

Chciałem, żeby przyszedł i zastał mnie zupełnie zrelaksowanego. Nie miał pojęcia, co zaplanowałem na nadchodzącą noc.

— Jest gdzieś Oliver? — zapytałem matkę.

— Nie pojechał do miasta?

Milczałem. Czyli tak wygląda jego „będę w pobliżu".

Po jakimś czasie Mafalda przyszła po pustą szklankę. *Vuoi un altro di questi*, chcę jeszcze „tego"? Tak jakby odnosiła się do jakiegoś dziwnego napitku, którego zagraniczna, niewłoska nazwa, nawet jeśli istniała, nie budziła w niej najmniejszego zainteresowania.

— Nie, może pojadę do miasta.

— O tej porze? — spytała, sugerując, że nie zdążę na kolację. — I po tym, co się stało podczas obiadu? *Mi preoccupo*, martwię się.

— Nic mi nie będzie.

— Odradzam.

— Nie martw się.

— Signora! — krzyknęła, szukając wsparcia u mojej matki.

Mama się z nią zgodziła, że to zły pomysł.

— W takim razie pójdę popływać.

Cokolwiek, byle nie musieć liczyć godzin, które pozostały do nocy.

Po zejściu na plażę spotkałem grupę znajomych. Grali w siatkówkę. Zagram z nimi? Nie, dziękuję, kiepsko się czuję. Zostawiłem ich i pospacerowałem w stronę wielkiej skały, pogapiłem się na nią przez chwilę, a potem spojrzałem na morze, które zdawało się celować we mnie falującym snopem światła słonecznego, jak na obrazie Moneta. Wszedłem do ciepłej wody. Nie byłem nieszczęśliwy. Chciałem być z kimś, ale nie przeszkadzało mi, że jestem sam.

— Słyszałam, że źle się czujesz — powiedziała Vimini, którą musiał tu przyprowadzić jeden z moich znajomych. — My, chorzy...

— Wiesz, gdzie jest Oliver? — przerwałem jej.

— Nie wiem. Myślałam, że popłynął z Anchise na ryby.

— Z Anchise? Zwariował! Ostatnim razem o mało się nie utopił.

Milczenie. Odwracała wzrok od zachodzącego słońca.

— Lubisz go, prawda? — spytała.

— Tak.

— On też cię lubi — myślę, że bardziej niż ty jego.

Takie odniosła wrażenie?

Nie, to Oliver odniósł takie wrażenie.

Kiedy jej to powiedział?

Jakiś czas temu.

A dokładnie wtedy, kiedy prawie przestaliśmy ze sobą rozmawiać. Moja matka wzięła mnie w tamtym tygodniu na stronę i zasugerowała, żebym był uprzejmiejszy dla naszego „kaiboya" — to moje wchodzenie i wychodzenie z pokoju i nawet zdawkowego: „co słychać", niezbyt kulturalne.

— Myślę, że on ma rację — powiedziała Vimini.

Wzruszyłem ramionami, ale nigdy wcześniej nie nawiedzały mnie tak potężne sprzeczności. To była męka, bo kipiało we mnie coś na kształt furii. Próbowałem uspokoić umysł i myśleć o zachodzie słońca, o tym, że ludzie, którzy mają za chwilę przejść test na wykrywaczu kłamstw, lubią wizualizować sielską, błogą scenerię, aby zakamuflować zdenerwowanie. Ja jednak zmuszałem się do myślenia o innych rzeczach, ponieważ nie chciałem dotykać żadnych zamiarów związanych z dzisiejszą nocą, może dlatego, żeby ich nie zużyć. Mógł odmówić, mógł nawet postanowić, że wyjedzie, a jeśli będą na niego naciskali, to wyjawić powody. Nie miałem odwagi wybiegać myślami dalej.

Nagle przyszła mi do głowy straszna myśl. A co, jeśli w tej właśnie chwili, przebywając wśród mieszkańców miasta, z którymi się zaprzyjaźnił albo wśród ludzi, którzy koniecznie chcą zaprosić go na kolację, wyjawia albo sugeruje, co się stało podczas naszej wycieczki rowerowej? Czy na jego miejscu potrafiłbym utrzymać to w tajemnicy? Nie.

Z drugiej strony pokazał mi, że to, czego chcę, można dawać i brać w sposób najzupełniej naturalny, absolutnie nieuzasadniający całej tej udręki i wstydu, ponieważ jest to gest nie bardziej skomplikowany niż, powiedzmy, kupienie paczki papierosów, podanie sąsiadowi skręta albo podejście do jednej z dziewcząt na *piazzetta* późną nocą, a następnie, po ustaleniu ceny, udanie się na kilka minut na górę.

Kiedy wróciłem do domu po pływaniu, jego nadal nigdzie nie było widać. Zapytałem. Nie, nie było go. Jego rower stał w tym samym miejscu, w którym go zostawiliśmy koło południa. Anchise wrócił wiele godzin temu. Poszedłem do mojego pokoju i spróbowałem dostać się do sypialni Olivera przez balkon. Drzwi były zamknięte. Przez szybę widziałem tylko szorty, które miał na sobie przy obiedzie.

Zastanowiłem się. Kiedy przyszedł do mojego pokoju i obiecał, że będzie w pobliżu, miał na sobie kąpielówki. Wyjrzałem z balkonu na morze. Jeszcze raz popłynął łodzią? Nie, stała przycumowana do pomostu.

Na dole ojciec siedział nad aperitifami z francuskim dziennikarzem. Może coś zagrasz, poprosił. „*Non mi va*, nie mam ochoty". „*E perché non ti va*?", zapytał, jakby nie spodobał mu się mój ton. „*Perché non mi va*!", odpaliłem.

Wyglądało na to, że po przedpołudniowym pokonaniu pewnej bariery byłem w stanie bez skrępowania stroić fochy.

Może wypijesz kropelkę wina, zaproponował ojciec.

Mafalda zaanonsowała kolację.

— Tak wcześnie? — zdziwiłem się.

— Jest już po ósmej.

Moja matka odprowadziła jedną z przyjaciółek do samochodu.

Byłem bardzo zadowolony, że Francuz siedzi na krawędzi fotela, jakby planował za chwilę wstać i udać się do jadalni, ale jeszcze się nie rusza. Trzymał oburącz pusty kieliszek, zmuszając mojego ojca, który właśnie go zapytał, co myśli o nadchodzącym sezonie operowym, do pozostania na siedząco, dopóki on nie skończy mu odpowiadać.

Kolacja została przełożona o kolejne pięć do dziesięciu minut. Skoro Oliver nie przychodzi na kolację, to znaczy, że je gdzie indziej. Tego wieczoru chciałem, żeby zjadł z nami, a nie gdzie indziej.

— *Noi ci mettiamo a tavola*, zasiądziemy do stołu — zakomunikowała moja matka.

Poprosiła mnie, żebym usiadł koło niej.

Krzesło Olivera było puste. Moja matka poskarżyła się: mógł nas przynajmniej powiadomić, że nie będzie go na kolacji.

Może to znowu wina łodzi, dywagował ojciec. Należałoby ją zezłomować.

Kiedy łódź stoi przy brzegu, zaprotestowałem.

— W takim razie to musi być przez tłumaczkę. Ktoś mi mówił, że on musi się dzisiaj wieczorem zobaczyć ze swoją tłumaczką — stwierdziła moja matka.

Nie mogę po sobie okazać niepokoju. Albo że mi zależy. Zachowaj spokój. Żebyś znowu nie dostał krwotoku. Ale ta szczęśliwa z obecnej perspektywy chwila, kiedy prowadziliśmy rowery na *piazzetta* przed naszą rozmową i po niej, należała do innego segmentu czasu, tak jakby wydarzyła się jakiemuś innemu „ja", w jakimś innym życiu, które nie różniło się zbytnio od mojego, ale było dostatecznie oddalone, aby rozdzielające nas kilka sekund rozciągało się do wielu lat świetlnych.

Gdybym postawił stopę na podłodze i udawał, że jego stopa znajduje się tuż za nogą stołu, czy ta stopa, jak statek kosmiczny z uruchomionym systemem maskującym, jak duch wezwany przez żywych, nagle by się zmaterializowała ze swojej zmarszczki w przestrzeni i powiedziała: „Wiem, że mnie przywołałeś. Wyciągnij się — jestem tutaj!"?

Przyjaciółkę mojej matki, która w ostatniej chwili zdecydowała się zostać na kolację, zaproszono na miejsce, które przy obiedzie zajmowałem ja. Nakrycie dla Olivera zabrano do kuchni — bez żadnych ceregieli, bez żalu i skrupułów, tak jak wykręca się przepaloną żarówkę, tak jak wyskrobuje się wnętrzności zarżniętej owcy, która kiedyś była domowym pupilkiem, albo tak jak usuwa się pościel z łóżka, w którym ktoś umarł. Masz, zabierz mi to z oczu. Patrzyłem, jak znikają jego sztućce, jego podkładka, jego serwetka, całe jego jestestwo. Zapowiedź tego, co się miało wydarzyć za niecały miesiąc. Mafalda nie znosiła tych zadysponowanych w ostatniej chwili zmian przy stole jadalnianym. Kręciła głową na Olivera, na moją matkę, na nasz świat. I zapewne na mnie też. Bez patrzenia na nią wiedziałem, że świdruje mnie oczami, chcąc nawiązać kontakt wzrokowy, i właśnie dlatego nie podnosiłem oczu znad mojego *semifreddo*, które uwielbiałem, o czym ona wiedziała i osobiście je tam postawiła, bo na przekór karcącej minie, którą napotykało każde moje zerknięcie, wiedziała, że ja wiem, że mi współczuje.

Po kolacji, podczas gry na fortepianie, serce we mnie podskoczyło, bo wydawało mi się, że słyszę skuter, który zatrzymuje się koło naszej bramy. Ktoś podwiózł Olivera. Mogłem się jednak pomylić. Wytężyłem słuch, żeby usłyszeć jego kroki, najpierw chrzęszczenie żwiru, a potem przytłumione klapanie espadryli na schodach prowadzących na nasz balkon. Nikt jednak nie wszedł do domu.

Dużo, dużo później, w łóżku, wyłowiłem muzykę dobiegającą z samochodu, który zatrzymał się na głównej drodze, za szpalerem pinii. Drzwi się otwierają. Drzwi się zamykają. Samochód odjeżdża. Muzyka cichnie. Słychać tylko odgłosy morza i żwiru, delikatnie wzruszanego przez leniwe kroki osoby głęboko pogrążonej w myślach albo leciutko pijanej.

A co, jeśli po drodze do swojego pokoju wejdzie do mnie? Pomyślałem, że zajrzę, zanim się położę i sprawdzę, jak się czujesz. Wszystko w porządku?

Brak odpowiedzi.

Wkurzony?

Brak odpowiedzi.

Jesteś wkurzony?

Ależ skąd. Powiedziałeś, że będziesz w pobliżu?

Czyli jesteś wkurzony.

Dlaczego cię nie było?

Patrzy na mnie, a potem mówi jak dorosły do dorosłego: dobrze wiesz dlaczego.

Bo mnie nie lubisz.

Nie.

Nigdy mnie nie lubiłeś.

Nie.

Nie. Bo się dla ciebie nie nadaję.

Milczenie.

Uwierz mi, proszę cię.

Unoszę pościel.

On kręci głową.

Tylko na chwilę?

Znowu kręci głową. Znam siebie, mówi.

Słyszałem to od niego już wcześniej. Mówiąc otwartym tekstem: mam straszną ochotę, ale jak zacznę, mogę nie umieć się zatrzymać, więc wolałbym nie zaczynać. Co za tupet — powiedzieć komuś, że nie możesz go dotknąć, bo znasz siebie!

Skoro nie chcesz zaczynać, to może przynajmniej przeczytałbyś mi jakąś historię?

Zadowoliłbym się tym. Chciałem, żeby coś mi przeczytał. Opowiadanie Czechowa, Gogola czy Katherine Mansfield. Zdejmij ubranie, Oliver, i chodź do mojego łóżka, pozwól mi poczuć twoją skórę, twój zapach, twoje włosy na moim ciele, twoją stopę na mojej stopie, nawet jeśli nic nie zrobimy, przytulmy się do siebie, kiedy na niebie rozpościera się noc, przeczytaj historię o niespokojnych ludziach, którzy w końcu zawsze zostają sami i są nieszczęśliwi, ponieważ fatalnie się czują we własnym towarzystwie...

Zdrajca, pomyślałem, czekając na skrzypnięcie drzwi jego pokoju. Zdrajca. Jak łatwo zapominamy. „Będę w pobliżu". Jasne! Kłamca.

Nie przyszło mi do głowy, że ja też jestem zdrajcą, że na plaży blisko swojego domu czeka na mnie tej nocy dziewczyna, bo ostatnio czeka każdej nocy, że tak jak Oliver mnie, nie poświęciłem jej ani jednej myśli.

Usłyszałem, jak wchodzi na piętro. Specjalnie zostawiłem drzwi mojego pokoju uchylone w nadziei, że zobaczy moje ciało w świetle z korytarza. Leżałem twarzą do ściany. Decyzja należała do niego. Przeszedł koło mojego pokoju, nie zatrzymał się. Nawet się nie zawahał. Zdecydowanym krokiem minął mój pokój.

Usłyszałem, jak jego drzwi się zamykają.

Po kilku minutach je otworzył. Serce mi podskoczyło. Pociłem się i czułem, że poduszka jest mokra. Usłyszałem jeszcze kilka kroków. A potem stuknęły drzwi łazienki. Skoro bierze prysznic, to znaczy, że uprawiał seks. Usłyszałem, że wchodzi do brodzika, a potem włącza prysznic. Zdrajca. Zdrajca.

Czekałem, aż wyjdzie spod prysznica. Trwało to całe wieki.

Kiedy w końcu się odwróciłem, w moim pokoju było zupełnie ciemno. Czyli ktoś zamknął drzwi — jest w moim pokoju? Poczułem zapach jego szamponu Roger & Gallet, tak blisko, że gdybym uniósł rękę, dotknąłbym jego twarzy. Był w moim pokoju, stał w ciemnościach bez ruchu, jakby nie mógł się zdecydować, czy obudzić mnie, czy znaleźć moje łóżko po ciemku. Błogosławiona niech będzie ta noc, pomyślałem. Bez słowa wytężyłem wzrok, chcąc wyłowić z ciemności zarys szlafroka, który tak wiele razy miałem na sobie po tym, kiedy on go użył. Długi frotowy pasek wisiał tak blisko mnie, ocierał się leciuteńko o mój policzek. Oliver zaraz zrzuci szlafrok. Przyszedł boso? Zamknął drzwi na klucz? Stwardniał mu tak samo jak mnie i już wyrywa się spod szlafroka? To dlatego pasek prawie pieści moją twarz? Czy on to robi naumyślnie, łaskocze mnie w twarz, nie przestawaj, nie przestawaj, nigdy nie przestawaj. Drzwi niespodziewanie się otworzyły. Dlaczego otwierasz drzwi w takim momencie?

To był tylko przeciąg. Przeciąg zamknął drzwi, a teraz je otworzył. Pasek, który tak figlarnie łaskotał mnie w twarz, okazał się moskitierą, która unosiła się i opadała z każdym moim oddechem. W łazience nadal lała się woda, miałem wrażenie, że upłynęło już wiele godzin, odkąd on zaczął się kąpać. Nie, to nie był prysznic, lecz spłuczka. Czasami się zacinała, zbiornik opróżniał się i napełniał w regularnych odstępach. Wyszedłem na balkon i zobaczyłem delikatną jasnoniebieską obwódkę wokół morza. Zrozumiałem, że już świta.

Godzinę później znowu się obudziłem.

Przy śniadaniu, jak mieliśmy w zwyczaju, traktowałem go jak powietrze. Moja matka jako pierwsza zwróciła uwagę na jego zmizerowany wygląd: *Ma guardi un po' quant' è pallido*, ależ pan jest blady! Chociaż była wobec niego bardzo bezpośrednia, nadal zwracała się do niego per pan. Ojciec na chwilę podniósł wzrok i wrócił do lektury gazety.

— Mam nadzieję, że przynajmniej rozbiłeś wczoraj bank, bo w przeciwnym razie będę się musiał wytłumaczyć przed twoim ojcem.

Oliver obstukał łyżeczką górną część jajka na miękko. Do tej pory się tego nie nauczył.

— Ja nigdy nie przegrywam, psorze — mówił do jajka, tak jak mój ojciec mówił do gazety.

— Twój ojciec to aprobuje?

— Sam się finansuję. Odkąd zacząłem studiować. Mój ojciec nie może mieć nic przeciwko temu.

Zazdrościłem mu.

— Dużo wczoraj wypiłeś?

— Ba, gdyby tylko to...

— Chyba nie chcę tego wiedzieć.

— Tak samo jak mój ojciec. Jeśli mam być szczery, to ja też nie mam ochoty tego pamiętać.

Czy ta uwaga była zaadresowana do mnie? Posłuchaj, między nami nigdy nic nie będzie i im szybciej wbijesz to sobie do swojego tępego łba, tym lepiej dla nas wszystkich.

Czy też była to tylko diaboliczna poza?

Jakże podziwiałem ludzi potrafiących mówić o swoich grzechach jak o dalekich krewnych, których nauczyli się znosić, ponieważ nie mogą się ich całkowicie wyrzec! „Ba, gdyby tylko to..." i „Nie mam ochoty tego pamiętać" — podobnie jak „Znam siebie" — odnosiły się do obszarów ludzkiego doświadczenia, do których ja nie miałem dostępu. Tak bardzo pragnąłem móc kiedyś powiedzieć coś takiego — że w przepiękny, słoneczny poranek nie mam ochoty pamiętać tego, co wyprawiałem poprzedniej nocy. Cóż to były za inne sprawy, po których musiałeś się wykąpać? Wziąłeś prysznic, żeby stanąć z powrotem na nogi, bo w przeciwnym razie twój organizm odmówiłby posłuszeństwa? Czy też wziąłeś prysznic po to, żeby zapomnieć, żeby zmyć wszelkie ślady plugawości i upodlenia? Ach, gdybym ja tak umiał — przyznać się do grzechów, kręcąc na nie głową, spłukać wszystko nektarem morelowym chwilę wcześniej przygotowanym przez artretyczne palce Mafaldy, a następnie oblizać wargi!

— Odkładasz wygrane pieniądze?

— Odkładam i inwestuję, psorze.

— Szkoda, że w twoim wieku nie miałem twojej głowy, zaoszczędziłoby mi to wielu błędnych wyborów — stwierdził mój ojciec.

— Pan i błędne wybory, psorze? Szczerze mówiąc, nie umiem sobie tego nawet wyobrazić.

— To dlatego, że widzisz we mnie figurę, a nie człowieka. Co gorsza, widzisz we mnie figurę staruszka. Owszem, zdarzało mi się pobłądzić. Każdy przechodzi okres *traviamento* — kiedy wybieramy w życiu inny kierunek, inną *via*. Dante przeżył coś takiego. Niektórzy się potem odnajdują, niektórzy udają, że się odnaleźli, niektórzy nigdy nie wracają, inni tchórzą, jeszcze zanim skręcą, a jeszcze inni boją się zejść z dotychczasowej drogi i do końca żyją niewłaściwym życiem.

Moja matka westchnęła melodyjnie — ostrzegała w ten sposób towarzystwo, że prawdopodobnie szykuje się zaimprowizowany wykład nestora rodziny.

Oliver zaczął obstukiwać kolejne jajko.

Miał wielkie worki pod oczami i rzeczywiście był blady.

— Czasami *traviamento* okazuje się właściwą drogą, psorze, a przynajmniej nie gorszą od innych.

Mój ojciec, który zdążył już zapalić papierosa, zamyślony zasygnalizował skinieniem głowy, że nie czuje się ekspertem od tego typu spraw i jest gotów oddać pole prawdziwym specjalistom.

— W twoim wieku o niczym nie miałem pojęcia. Ale dzisiaj wszyscy wiedzą wszystko i wszyscy mówią, mówią, mówią.

— A pan Oliver przypuszczalnie potrzebuje teraz spania, spania, spania.

— Obiecuję, signora P., że dzisiaj wieczorem nie będzie żadnego pokera ani alkoholu. Włożę czyste ubranie, usiądę nad maszynopisem, a po kolacji wszyscy pooglądamy telewizję i zagramy w kanastę, jak staruszkowie w Little Italy. Najpierw — dodał z nieznacznym uśmieszkiem — muszę się na chwilę zobaczyć z Milani, ale obiecuję, że wieczorem będę najgrzeczniejszym chłopcem na całej Riwierze.

Wywiązał się z obietnicy. Po krótkim wypadzie do B. przez cały dzień był „zielonym" Oliverem, dzieckiem w wieku Vimini z całą jej szczerością i bez wbijanych przez nią szpilek. Zamówił również wspaniałą kompozycję kwiatową. „Chyba rozum pan stracił", oceniła moja matka. Po obiedzie powiedział, że urządzi sobie popołudniową drzemkę — pierwszą i ostatnią podczas całego pobytu u nas. I rzeczywiście spał, ponieważ kiedy koło piątej zszedł do nas, wyglądał na wypoczętego i odmłodniałego o dziesięć lat: rumiane policzki, ożywione oczy, ani śladu zmęczenia na twarzy. Mógłby uchodzić za mojego rówieśnika. Zgodnie z obietnicą usiadł z nami — nie mieliśmy żadnych gości — i oglądał opery mydlane. Najpiękniejsze było to, że wszyscy, łącznie z Vimini, która do nas dołączyła, i Mafaldą, która siedziała na swoim tradycyjnym miejscu blisko drzwi jadalni, komentowali każdą scenę, przewidywali, jak się skończy, na przemian oburzeni i ubawieni idiotyczną fabułą, fatalną grą aktorów czy niespójną konstrukcją postaci. Co byś zrobiła na jej miejscu? Odeszłabym od niego, ot co. A ty, Mafalda? Czy ja wiem, myślę, że bym się zgodziła za pierwszym razem, a nie zwodziła go tak długo. Otóż to! Dostała za swoje!

Przerwano nam tylko raz. Oliver miał telefon ze Stanów. Zawsze starał się rozmawiać bardzo krótko, niezbyt uprzejmie zbywając osoby na drugim końcu linii. Usłyszeliśmy, jak wypowiada nieuchronne: „Później!" rozłącza się i pyta nas, co go ominęło. Nigdy nam się nie spowiadał ze swoich rozmów, a my nigdy nie dopytywaliśmy. Wszyscy naraz próbowaliśmy mu zrelacjonować fabułę, łącznie z moim ojcem, którego wersja była mniej precyzyjna niż wersja Mafaldy. W całym tym zgiełku przegapiliśmy więcej filmu niż Oliver w trakcie swojej krótkiej rozmowy. Dużo śmiechu. W pewnym momencie, kiedy jakiś dramatyczny zakręt fabuły przykuł nas do ekranu, do salonu wszedł Anchise, rozwinął przesiąknięty wodą stary podkoszulek i pokazał wieczorny połów: gigantycznego strzępiela, którego natychmiast przeznaczono na jutrzejszy obiad i kolację — cała okolica mogłaby się nim nasycić. Ojciec postanowił nalać wszystkim grappy, nawet Vimini trafiło się kilka kropel.

Tego wieczoru wszyscy wcześnie położyliśmy się spać. Hasłem dnia było zmęczenie. Musiałem spać bardzo smacznie, bo kiedy się obudziłem, sprzątano już ze stołu po śniadaniu.

Zastałem go leżącego na trawie ze słownikiem po lewej i żółtym zeszytem poniżej klatki piersiowej. Liczyłem na to, że będzie zmizerowany albo w nastroju z poprzedniego dnia, on jednak energicznie pracował. Nie miałem śmiałości przerywać milczenia. Kusił mnie powrót do mojego zwyczaju udawania, że go nie zauważam, ale na tym etapie wydawało się to trudne, zwłaszcza że dwa dni wcześniej usłyszałem od niego, iż przejrzał moją komedię.

Czy świadomość, że udajemy, cokolwiek by zmieniła w sytuacji, kiedy znowu ze sobą nie rozmawialiśmy?

Najprawdopodobniej nie. Mogła nawet pogłębić rów, ponieważ każdemu z nas trudniej byłoby uwierzyć, że jesteśmy tacy głupi, aby udawać coś, co już zdemaskowaliśmy jako teatr.

— Czekałem na ciebie przedwczoraj.

Brzmiałem jak moja matka karcąca ojca za to, że wrócił do domu później niż zwykle. Nie wiedziałem, że potrafię być taki zrzędliwy.

— Dlaczego nie przyjechałeś do miasta? — zapytał.

— Nie wiem.

— Było bardzo miło, spodobałoby ci się. Wypocząłeś przynajmniej?

— Jako tako. Byłem niespokojny. Ale OK.

Ponownie skupił się na stronie, którą wcześniej czytał, i bezgłośnie wypowiadał sylaby, może w ramach sygnału, że jest całkowicie skoncentrowany na pracy.

— Wybierasz się dzisiaj przed południem do miasta?

Wiedziałem, że mu przeszkadzam i nienawidziłem się za to.

— Może później.

To było jednoznaczne, ale nie do końca potrafiłem uwierzyć, że ktoś może się tak szybko zmienić.

— Ja też się wybieram.

— Mhm.

— Książka, którą zamówiłem, nareszcie dotarła, odbiorę ją dzisiaj przed południem z księgarni.

— Jaka?

— *Armancja.*

— Odbiorę ją za ciebie, jeśli chcesz.

Spojrzałem na niego, czując się jak dziecko, które nie potrafi otwartym tekstem przypomnieć rodzicom, że obiecali zabrać je do sklepu z zabawkami. Nie ma sensu owijać w bawełnę.

— Myślałem, że może pojedziemy razem.

— Tak jak tamtego dnia? — dokończył za mnie, tak jakby chciał mi pomóc powiedzieć to, czego nie byłem w stanie z siebie wydobyć.

Nie ułatwił mi jednak sprawy, udając, że nie pamięta, kiedy to dokładnie było.

— Nie sądzę, żebyśmy jeszcze kiedykolwiek to powtórzyli. — Starałem się, żeby z mojego głosu przebijała szlachetność i powaga. — Ale owszem — to miałem na myśli.

Ja również umiałem wyrażać się mgliście.

Istniało tylko jedno wyjaśnienie faktu, że ja, chłopiec skrajnie nieśmiały, zdobyłem się na taką odwagę — sen, który miałem przez dwie albo trzy noce z rzędu. Oliver błagał mnie w nim: „Nie przestawaj, bo mnie to zabije". Wydawało mi się, że pamiętam kontekst, ale tak mnie zawstydzał, że nie chciałem się do tego przyznać nawet wobec siebie samego. Przykryłem go kocem i tylko od czasu do czasu ukradkowo tam zaglądałem.

— Tamten dzień należy do innej czasoprzestrzeni. Powinniśmy się nauczyć nie wywoływać wilka...

— Te mądrości to twoja najsympatyczniejsza cecha — przerwał mi Oliver. Podniósł wzrok znad zeszytów i patrzył mi prosto w twarz, przez co poczułem się strasznie skrępowany. — Aż tak bardzo mnie lubisz, Elio?

— Czy cię lubię?

Miało to zabrzmieć tak, jakbym nie potrafił uwierzyć, że on może w to wątpić. Potem przemyślałem jednak sprawę i zamierzałem złagodzić wymowę mojej odpowiedzi dobitnie wymijającym: „Może" w sensie: „Oczywiście", ale puściłem wodze języka:

— Czy cię lubię, Oliver? Uwielbiam cię.

Słowo się rzekło. Chciałem, żeby go zaskoczyło, zadziałało jak policzek i pociągnęło za sobą najczulsze pieszczoty. Czymże jest „lubienie" wobec „uwielbienia"? Chciałem jednak również, żeby użyty przeze mnie czasownik podziałał jak nokautujący argument, jak w sytuacji, kiedy najbliższy przyjaciel zadurzonej w nas osoby bierze nas na stronę i mówi: „Myślę, że powinieneś to wiedzieć — ten a ten cię uwielbia". Słowo „uwielbiać" zdawało się wyrażać więcej, niż ktokolwiek miałby odwagę powiedzieć w takich okolicznościach, ale z drugiej strony było najbezpieczniejszą i w sumie najbardziej ogólnikową rzeczą, która przychodziła mi do głowy. Mogłem sobie pochlebiać, że wyrzuciłem z siebie całą prawdę, a jednocześnie zostawiłem sobie furtkę, którą mogłem uciec, gdyby się okazało, że posunąłem się za daleko.

— Pojadę z tobą do B. — zakomunikował — ale proszę, bez przemówień!

— Bez przemówień, w ogóle ani słowa.

— To co, za pół godziny wsiadamy na rowery?

Och, Oliver, pomyślałem po drodze do kuchni (chciałem coś na szybko zjeść), zrobię dla ciebie wszystko. Pojadę z tobą pod górę, będę się z tobą ścigał do miasta i nie popatrzę w stronę morza, kiedy będziemy mijali plener Moneta, i zaczekam w barze na *piazzetta*, kiedy ty się spotkasz ze swoją tłumaczką, i dotknę pomnika nieznanego żołnierza, który poległ nad Piawą, i nie powiem ani słowa, pokażę ci drogę do księgarni, i zaparkujemy pod nią rowery, wejdziemy razem do środka i razem wyjdziemy, i obiecuję, obiecuję, obiecuję, że nie będzie żadnych aluzji do Shelleya czy Moneta, nie zniżę się też do poinformowania cię, że dwie noce temu dołożyłeś kolejny roczny słój do mojej duszy.

Będę się cieszył każdą chwilą dla niej samej. Jesteśmy dwoma młodymi mężczyznami, którzy jadą na rowerach, skoczymy do miasta i wrócimy, będziemy pływali, grali w tenisa, jedli, pili i późnym wieczorem wpadniemy na siebie na *piazzetta*, tam gdzie dwa dni temu powiedziane zostało między nami tak wiele, a tak naprawdę nic. On będzie z dziewczyną, ja będę z dziewczyną, będziemy nawet szczęśliwi. Jeśli nie spapram sprawy, to codziennie będziemy mogli pojechać do miasta i z powrotem, i nawet jeśli to już wszystko, co on jest gotowy mi dać, zaakceptuję to — zadowoli mnie nawet mniej, pod warunkiem, że będzie mi wolno żywić się tymi ochłapami.

Pojechaliśmy do miasta, Oliver szybko załatwił sprawę z tłumaczką, potem poszliśmy jeszcze na kawę, ale księgarnia wciąż była zamknięta. Kręciliśmy się więc po *piazzetta*, ja patrzyłem na pomnik nieznanego żołnierza, on podziwiał widok na roziskrzoną zatokę, żaden z nas nie mówił ani słowa o duchu Shelleya, który kładł się cieniem na każdy nasz krok w mieście i przyzywał nas głośniej niż ojciec Hamleta. Oliver zapytał mnie bezmyślnie, jak można się utopić w takim morzu, a potem natychmiast spróbował się wycofać, co wywołało konspiracyjne uśmiechy na naszych twarzach jak namiętny pocałunek z języczkiem w trakcie rozmowy między dwiema osobami, które odruchowo zbliżyły do siebie usta na rozpalonej pustyni — pustyni, którą celowo między sobą wcześniej rozpostarły, żeby nie musieć sięgać po nagość drugiego.

— Myślałem, że mieliśmy nie wspominać… — zacząłem.

— Żadnych przemówień. Wiem.

Wróciliśmy pod księgarnię, zostawiliśmy na zewnątrz rowery i weszliśmy do środka.

To była szczególna chwila. Jak pokazywanie komuś prywatnej kaplicy, nieznanego nikomu innemu zakątka, miejsca jak plener Moneta, w które przychodzi się samotnie, aby marzyć o innych. To tutaj marzyłem o tobie, zanim pojawiłeś się w moim życiu.

Podobało mi się zachowanie Olivera w księgarni. Był zaciekawiony, ale nie do końca skupiony, zainteresowany, ale nonszalancki, balansował między „Popatrz, co znalazłem" a „Jasne, w każdej księgarni to mają!".

Księgarz zamówił dwa egzemplarze *Armancji* Stendhala, w miękkiej i twardej oprawie, ten drugi znacznie droższy. Spontanicznie postanowiłem wziąć oba, na rachunek ojca. Potem poprosiłem ekspedienta o długopis, otworzyłem wydanie w twardej oprawie i napisałem „*Zwischen Immer und Nie*, dla Ciebie w milczeniu, gdzieś we Włoszech w połowie lat osiemdziesiątych".

Chciałem, żeby w przyszłości, jeśli wciąż będzie miał tę książkę, poczuł ból albo jeszcze lepiej: żeby pewnego dnia ktoś przejrzał jego książki, otworzył ten mały tom i zapytał: Powiedz mi, kto to był w milczeniu, gdzieś we Włoszech w połowie lat osiemdziesiątych? Chciałem, żeby poczuł w tym momencie coś tak rozdzierającego jak smutek i gwałtowniejszego niż żal, może nawet współczucie dla mnie, jeśli nie miał nic lepszego, jeśli współczucie mogłoby sprawić, że objąłby mnie ramieniem. Chciałem, żeby z wezbranej fali współczucia i żalu, w której przez lata wytworzył się podskórny i mętny nurt erotyczny, wypłynęło wspomnienie o tym przedpołudniu w plenerze Moneta, żeby przypomniał sobie mój pocałunek — nie ten pierwszy, tylko drugi, kiedy dałem mu do ust moją ślinę, ponieważ rozpaczliwie chciałem jego śliny w moich ustach.

Przez cały rok nie dostał takiego świetnego prezentu, powiedział. Sztampowe podziękowanie, które skwitowałem wzruszeniem ramion. Może chciałem, żeby powiedział to jeszcze raz.

— Cieszę się. Małe podziękowanie za to przedpołudnie. — Zanim zdążył pomyśleć, żeby mi przerwać, dodałem: — Wiem. Żadnych przemówień. Nigdy.

W drodze powrotnej znowu mijaliśmy moje ulubione miejsce i tym razem to ja odwróciłem wzrok, tak jakby to wszystko wypadło mi z głowy. Jestem pewien, że gdybym spojrzał w tym momencie na Olivera, wymienilibyśmy ten sam zaraźliwy uśmiech, który natychmiast wymazaliśmy z naszych twarzy po wzmiance o śmierci Shelleya. Mogłoby to nas do siebie zbliżyć, choćby tylko przez przypomnienie nam, jak daleko od siebie musimy teraz być. Może odwracając wzrok i wiedząc, że odwracam wzrok dla uniknięcia „przemówień", znaleźliśmy powód, żeby się do siebie uśmiechać, ponieważ jestem pewien, że on wiedział, że ja wiem, że on wie, że unikam wszelkich wzmianek o plenerze Moneta oraz że to unikanie, które na pozór odciąga nas od siebie, w istocie jest doskonale zsynchronizowanym momentem intymności, którego żaden z nas nie chce rozwiewać. To też jest w albumie z reprodukcjami, mogłem powiedzieć, ale ugryzłem się w język. Żadnych przemówień.

Ale gdyby podczas którejś z przejażdżek w następnych dniach zechciał mnie zapytać, wszystko bym z siebie wyrzucił.

Powiedziałbym mu, że chociaż postanowiłem nie odzywać się poza kolejnością, kiedy jesteśmy razem na naszym ulubionym *piazzetta*, to każdej nocy, kiedy wiem, że on jest w łóżku, nadal podciągam żaluzje i wychodzę na balkon z nadzieją, że on usłyszy drżenie szyby drzwi balkonowych i wymowne skrzypienie starych zawiasów. Czeka na nie w samym dole od pidżamy, z przygotowaną odpowiedzią na pytanie, co tam robię: że jest za gorąco, zapach palczatki jest nie do wytrzymania, a ja stoję tutaj i patrzę, bo nie mogę zasnąć, a nie mam ochoty czytać, a gdyby spytał, dlaczego nie mogę zasnąć, powiedziałbym po prostu: nie chcesz tego wiedzieć albo bardziej okrężnie, że obiecałem sobie nigdy nie przechodzić na jego stronę balkonu, trochę dlatego, że panicznie boję się teraz go urazić, ale również dlatego, że nie chcę sprawdzać rozciągniętego między nami niewidzialnego potykacza. „Potykacza? Co masz na myśli?" Potykacza, który pewnej nocy, jeśli mój sen stanie się zbyt silny albo jeśli wypiję więcej wina niż zazwyczaj, mógłbym bez trudu przekroczyć, a potem otworzyć twoje drzwi balkonowe i powiedzieć: Oliver, to ja, nie mogę spać, pobędę z tobą. Potykacz!

Potykacz wisiał między nami o każdej porze nocy. Sowa, zgrzytanie żaluzji Olivera na wietrze, muzyka całonocnej dyskoteki w sąsiednim miasteczku na wzgórzu, szuranie kotów albo skrzypienie drewnianej framugi drzwi mojego pokoju — wszystko mogło mnie obudzić, ale ponieważ znałem je wszystkie od dzieciństwa, to jak śpiący faun, który odpędza ogonem natrętnego owada, umiałem je przegonić i z powrotem zasnąć. Czasami jednak jakieś nic, na przykład uczucie lęku albo wstydu, wykradało się z mojego snu, wisiało nade mną nieokreślone, patrzyło, jak śpię, i w końcu nachylało się do mojego ucha i szeptało: „Nie próbuję cię obudzić, naprawdę, śpij dalej, Elio" — podczas gdy ja ze wszystkich sił próbowałem odnaleźć mój sen, którego scenariusz przy odrobinie wysiłku potrafiłbym teraz zmodyfikować.

Ale tej nocy sen nie przychodził. Stały nade mną dwie niepokojące myśli jak para duchów wykrystalizowana z mgły snu: pożądanie i wstyd. Z jednej strony chciałem otworzyć drzwi balkonowe i wbiec nagusieńki do jego pokoju, z drugiej strony bałem się podjąć związane z tym ryzyko. Dziedzictwo mojej młodości, emblematy mojego życia: głód i strach, pilnują mnie i mówią: „Tak wielu ludzi przed tobą podjęło ryzyko i wygrało, dlaczego ty nie możesz?". Brak odpowiedzi. „Tak wielu ludzi stchórzyło, dlaczego i ty musisz?" Brak odpowiedzi. W końcu przechodziło nieuniknione szyderstwo: „Jeśli nie teraz, Elio, to kiedy?".

Również tej nocy przyszła odpowiedź, we śnie, który był snem w obrębie snu. Obudziłem się z obrazem, który mówił mi więcej, niż chciałem wiedzieć, tak jakby, na przekór wszystkim moim szczerym autowyznaniom na temat tego, czego chcę od Olivera, wciąż pozostało kilka unikanych przeze mnie zakątków. W tym śnie nareszcie dowiedziałem się tego, co moje ciało musiało wiedzieć od pierwszego dnia. Byliśmy w jego pokoju i odwrotnie niż we wszystkich moich fantazjach, to nie ja leżałem na plecach, tylko Oliver. Ja byłem na górze, patrzyłem na jego twarz, zarazem tak ożywioną i uległą, że nawet we śnie wypruła ze mnie wszystkie emocje i powiedziała mi jedyną rzecz, której do tej pory nie miałem szans się dowiedzieć ani domyślić: że nie dając Oliverowi tego, co za dowolną cenę tak bardzo pragnąłem mu dać, prawdopodobnie popełniłbym największą zbrodnię w życiu. Rozpaczliwie chciałem coś mu dać. Z kolei branie wydawało się takie mdłe, takie łatwe, takie mechaniczne. I wtedy to usłyszałem — już wcześniej wiedziałem, że słowa te prędzej czy później padną: „Nie przestawaj, bo mnie to zabije!". Wydyszał to świadomy, że wypowiedział już do mnie identyczne słowa kilka nocy wcześniej w innym śnie, ale ma prawo powtarzać je za każdym razem, kiedy pojawi się w moich snach, nawet jeżeli żaden z nas najwyraźniej nie wiedział, czy to jest jego głos dobywający się z mojego wnętrza, czy też moje wspomnienie o tych słowach eksploduje w Oliverze. Jego twarz, która cierpliwie znosiła moją namiętność, a tym samym stawała się jej wspólnikiem, tworzyła obraz dobroci i ognia, którego nigdy wcześniej nie widziałem i którego nie potrafiłbym sobie wyobrazić na twarzy kogokolwiek innego. Obraz ten miał się stać nocnym światłem mojego życia, czuwać przy mnie w te dni, kiedy byłem bliski rezygnacji, rozniecać we mnie pożądanie, kiedy ja życzyłem mu śmierci, rozdmuchiwać węgielki odwagi, kiedy ja się bałem, że ewentualny afront może unicestwić we mnie resztki poczucia własnej godności. Znaczył dla mnie tyle, ile zdjęcie ukochanej zabierane przez żołnierza na front — nie tylko przypomnienie, że życie ma swoje piękne strony, że po powrocie czeka na niego szczęście, ale również że ta twarz może mu nie wybaczyć powrotu w worku na zwłoki.

Jego słowa wzbudziły we mnie tęsknoty, o które się wcześniej nie posądzałem.

Nieważne, że być może nie chciał mieć ze mną nic wspólnego, nieważne, że każdego wieczoru zawierał nowe znajomości i najprawdopodobniej chodził do łóżka z kimś nowym — ktoś, kto odsłonił przede mną całe swoje człowieczeństwo, leżąc pode mną nagi, nawet jeżeli to się wydarzyło w moim śnie, w prawdziwym życiu nie mógł być aż tak bardzo inny. To jest jego prawdziwe ja, mówiłem sobie — cała reszta to teatr.

Nie: był również tym drugim człowiekiem w czerwonych kąpielówkach.

Straciłem po prostu nadzieję, że kiedyś zobaczę go bez żadnych kąpielówek.

Jeśli rano dwa dni po *piazzetta* znalazłem w sobie odwagę i nakłoniłem go do wspólnego wyjazdu do miasta, chociaż było oczywiste, że on nie chce nawet ze mną rozmawiać, to tylko dlatego, że kiedy patrzyłem, jak wypowiada pod nosem słowa zapisywane w żółtym zeszycie, miałem w ustach jego inne, błagalne: „Nie przestawaj, bo mnie zabijesz!". Kiedy podarowałem mu książkę Stendhala, a potem zaproponowałem, że postawię mu lody, ponieważ zakup lodów oznaczał, że poprowadzimy nasze rowery wąskimi, cienistymi uliczkami B., a tym samym pobędziemy razem trochę dłużej, chciałem mu w ten sposób również podziękować za to, że dał mi: „Nie przestawaj, bo mnie zabijesz!". Nawet kiedy stuknąłem go w żebra i obiecałem nie wygłaszać żadnych przemówień, zrobiłem to dlatego, że w głębi serca pragnąłem: „Nie przestawaj, bo mnie zabijesz!" — prezent znacznie cenniejszy od wszystkich innych wyznań Olivera. Tego ranka zapisałem te słowa w moim pamiętniku, ale nie wspomniałem, że mi się przyśniły. Dałem sobie w ten sposób szansę na to, aby powrócić po latach do tych błagalnych słów i choćby na moment uwierzyć, że Oliver naprawdę je wypowiedział. Chciałem zachować zdyszane wzburzenie w jego głosie, który tkwił we mnie jeszcze przez wiele dni i mówił mi, że skoro każdej nocy mogę mieć takiego Olivera w moich snach, to całkowicie postawię na sny i zerwę z rzeczywistością.

Kiedy pędziliśmy w dół koło mojego miejsca, koło gajów oliwnych i słoneczników, które obróciły ku nam zaskoczone twarze, gdy mijaliśmy nadmorskie pinie, gdy mijaliśmy dwa stare wagony kolejowe, które pokolenia temu straciły koła, ale nadal nosiły królewskie insygnia dynastii sabaudzkiej, gdy mijaliśmy cygańskich przekupniów, którzy wydzierali się na nas za to, że o mało nie otarliśmy się o ich córki rowerami, odwróciłem się do niego i krzyknąłem: „Zabij mnie, jeśli przestanę!".

Chciałem w ten sposób poczuć w ustach jego słowa, porozkoszować się nimi, zanim je zachomikuję w mojej kryjówce, tak jak pasterze zabierają owce na wzgórze, póki jest ciepło, ale natychmiast spędzają je z powrotem do szałasu, kiedy się ochłodzi. Wykrzykując słowa Olivera, nadawałem im cielesną postać i dawałem im długowieczność, tak jakby miały teraz własne życie, dłuższe i głośniejsze, które nie podlegało niczyjej władzy, tak jak życie ech po odbiciu się od klifów w B. i nurkowaniu w odległych mieliznach, na które szkwał zaniósł kiedyś łódź Shelleya. Oddawałem Oliverowi coś, co należało do niego wraz z milczącą prośbą, żeby to powtórzył, tak jak w moim śnie, ponieważ teraz przyszła kolej na niego, żeby wypowiedzieć ten tekst.

Przy obiedzie — ani słowa. Po obiedzie siedział w ogrodowym cieniu i — jak oznajmił przed kawą — odrabiał dwudniowe zaległości. Nie, nie wybiera się wieczorem do miasta. Może jutro. Żadnego pokera. Potem poszedł na górę.

Kilka dni temu jego stopa była na mojej. Teraz nie miał dla mnie choćby jednego spojrzenia.

W porze kolacji wrócił na dół, żeby się czegoś napić. „Będzie mi tego wszystkiego brakowało, pani P.", powiedział. Włosy mu błyszczały po późnopopołudniowym prysznicu, a ze wszystkich rysów jego twarzy przebijała *muvi star*. Moja matka się uśmiechnęła. *Il muvi star* jest zawsze *ennnnni taim* — mile widziany. Potem jak zwykle udał się na krótki spacer z Vimini, aby pomóc jej poszukać ulubionego kameleona. Nie mogłem do końca zrozumieć, co tych dwoje widzi w sobie nawzajem, ale ich znajomość sprawiała wrażenie znacznie bardziej naturalnej i spontanicznej niż wszystko, co łączyło jego i mnie. Pół godziny później wrócili. Vimini wdrapała się na drzewo figowe, w związku z czym jej matka kazała jej się umyć przed kolacją.

Przy kolacji — ani słowa. Potem zniknął na górze.

Gotów byłem się założyć, że gdzieś koło dziesiątej wymknie się po cichu do miasta, widziałem jednak światło, które spływało z jego końca balkonu, a na korytarzu przed moimi drzwiami tworzyło nikły pomarańczowy pas na podłodze. Od czasu do czasu usłyszałem, jak Oliver się porusza.

Postanowiłem zadzwonić do kolegi i zapytać, czy wybiera się do miasta. Jego mama mi powiedziała, że już wyszedł do tego samego lokalu, co zwykle. Zadzwoniłem do innego kolegi. On też już wyszedł. „Dlaczego nie zadzwonisz do Marzii?", zapytał mój ojciec. „Unikasz jej?" Nie całkiem, ale ona jest taka skomplikowana. „A ty nie?" Zadzwoniłem i Marzia odpowiedziała, że nigdzie się nie wybiera. Głos miała ponury i chłodny. „Chciałem przeprosić", powiedziałem. „Słyszałam, że byłeś chory". Tak, ale to nic takiego. Mógłbym wpaść po nią na rowerze i razem pojechalibyśmy do B. Zgodziła się.

Moi rodzice oglądali telewizję, kiedy wychodziłem z domu. Słyszałem własne kroki na żwirze. Ten hałas mi nie przeszkadzał. Dotrzymywał mi towarzystwa. Oliver też go słyszy, pomyślałem.

Marzia siedziała z wyciągniętymi nogami na starym żeliwnym krześle, dotykając ziemi tylko piętami. Jej rower stał oparty o inne krzesło. Miała na sobie sweter. Kazałeś mi długo czekać, powiedziała. Pojechaliśmy skrótem, który był bardziej stromy od normalnej drogi, ale błyskawicznie doprowadził nas do miasta. Światło i dźwięk kipiącego życia nocnego na *piazzetta* wylewały się na boczne uliczki. Jedna z restauracji miała zwyczaj stawiać na chodniku dodatkowe drewniane stoliki, jeśli klientela nie mieściła się już w wyznaczonym obszarze. W całym tym zgiełku i zamieszaniu zameldowały się moje znajome lęki i kompleksy. Marzia spotka znajomych i ktoś zacznie się z nami drażnić. Już sam fakt, że z nią przyjechałem, będzie dla mnie obciążeniem. Nie chciałem żadnych obciążeń.

Zamiast dosiąść się do znajomych w którejś kawiarni, stanęliśmy w kolejce po lody. Poprosiła mnie, żebym kupił jej też papierosy.

Z rożkami w ręku zaczęliśmy spacerować po zatłoczonym *piazzetta*, a potem kolejnymi uliczkami. Jakie to piękne: kostka brukowa połyskuje w ciemnościach, a my leniwie prowadzimy rowery przez miasto, które słucha dochodzącego z otwartych okien przytłumionego gwaru kanałów telewizyjnych. Księgarnia nadal była otwarta.

— Miałabyś coś przeciwko? — spytałem.

— Nie, wejdę z tobą — odparła.

Oparliśmy rowery o ścianę. Za zasłoną z paciorków powitało nas zadymione, duszne pomieszczenie pełne osypujących się popielniczek. Właściciel planował niedługo zamykać, ale nadal grał kwartet Schubertowski, a para dwudziestoparoletnich turystów przeglądała książki w sekcji angielskojęzycznej, prawdopodobnie szukając powieści z lokalnym kolorytem. Jakże inaczej niż tego samego dnia rano, kiedy w księgarni nie było żywej duszy i wypełniało ją oślepiające słońce i zapach świeżej kawy. Marzia patrzyła mi przez ramię, kiedy podniosłem ze stolika tomik poezji i zacząłem czytać jeden z wierszy. Miałem już przewrócić kartkę, ale powiedziała, że jeszcze nie skończyła czytać. Podobało mi się to. Widząc, że para turystów ma zamiar kupić angielski przekład włoskiej powieści, wtrąciłem się do ich rozmowy i odradziłem im ten wybór.

— Ta jest dużo, dużo lepsza. Rozgrywa się na Sycylii, a nie tutaj, ale to chyba najlepsza włoska powieść napisana w tym stuleciu.

— Widzieliśmy film — powiedziała dziewczyna. — Ale czy jest taka dobra jak Calvino?

Wzruszyłem ramionami. Marzia nadal była zainteresowana tym samym wierszem, do tego stopnia, że czytała go po raz drugi.

— W porównaniu z tym Calvino to jest nic — czyste brednie. Ale co ja się znam, jestem w końcu małolatem.

Dwóch młodych, dorosłych mężczyzn w modnych, sportowych marynarkach, bez krawatów, rozmawiało z właścicielem o literaturze. Wszyscy trzej palili. Na stoliku obok kasy stała chmara w większości opróżnionych kieliszków po winie, a obok nich duża butelka porto. Zauważyłem, że turyści mają w dłoniach puste kieliszki. Najwyraźniej poczęstowano ich winem podczas jakiegoś wydarzenia literackiego. Właściciel spojrzał w naszą stronę, przeprosił milczącym spojrzeniem, że nam przerywa, i zapytał, czy również napilibyśmy się porto. Spojrzałem na Marzię i wzruszyłem ramionami, w znaczeniu: ona chyba nie chce. Właściciel pokazał na butelkę i pokręcił głową z żartobliwą dezaprobatą, sugerując, że szkoda byłoby marnować takie dobre porto, więc może pomoglibyśmy mu je dokończyć, zanim zamknie księgarnię. Ostatecznie się zgodziłem, podobnie jak Marzia. Przez grzeczność zapytałem, jakiej książce oddawali hołd. Inny mężczyzna, którego wcześniej nie zauważyłem, czytający coś w maleńkiej niszy, podał mi tytuł: *Se l'amore, Jeżeli miłość.*

— Dobre? — spytałem.

— Absolutny chłam — odparł. Wiem coś na ten temat. Sam to napisałem.

Zazdrościłem mu. Zazdrościłem mu czytania książki, wieczoru autorskiego, znajomych i miłośników, którzy zjechali się z całej okolicy, aby mu pogratulować w małej księgarni niedaleko małego *piazzetta* w tym małym mieście. Zostawili po sobie ponad pięćdziesiąt opróżnionych kieliszków. Zazdrościłem mu przywileju umniejszania samego siebie.

— Podpisałby pan dla mnie jeden egzemplarz?

— *Con piacere* — odparł i zanim właściciel zdążył mu podać marker, wyjął z kieszeni wieczne pióro marki Pelikan. — Nie jestem pewien, czy ta książka jest dla pana, ale...

Pozwolił temu zdaniu rozproszyć się w powietrzu z połączeniem głębokiej pokory i odrobiny udawanej pyszałkowatości, co tłumaczyło się jak następuje: „Poprosiłeś mnie, żebym podpisał, więc bardzo chętnie wcielę się w rolę sławnego poety, którym, jak obaj doskonale wiemy, nie jestem".

Postanowiłem kupić drugi egzemplarz dla Marzii i poprosiłem autora, żeby też go podpisał, co bezzwłocznie uczynił — kreśląc obok nazwiska długi zawijas.

— Dla pani to się chyba też nie nadaje, signorina, ale...

Kolejny raz poprosiłem księgarza o zapisanie obu tomików na rachunek mojego ojca.

Kiedy staliśmy przy kasie i patrzyliśmy, jak księgarz bardzo długo pakuje każdy egzemplarz w błyszczący żółty papier, obwiązuje wstążeczką i przykleja do niej srebrną nalepkę z logo księgarni, przysunąłem się do Marzii i — może dlatego, że po prostu stała tak blisko mnie — pocałowałem ją za uchem. Miałem wrażenie, że ciarki ją przeszły, ale nie poruszyła się. Pocałowałem ją jeszcze raz, a potem się zreflektowałem i szepnąłem:

— To było dla ciebie nieprzyjemne?

— Oczywiście, że nie — odpowiedziała szeptem.

Na zewnątrz nie mogła się powstrzymać.

— Dlaczego kupiłeś mi tę książkę?

W pierwszej chwili myślałem, że zapyta, dlaczego ją pocałowałem.

— *Perché mi andava*, bo miałem ochotę.

— Tak, ale dlaczego mnie? Dlaczego akurat mnie kupiłeś książkę?

— Nie rozumiem twojego pytania.

— Każdy kretyn by zrozumiał, tylko nie ty. Typowe!

— Dalej nie wiem, o co ci chodzi.

— Jesteś beznadziejny.

Patrzyłem na nią zupełnie zdezorientowany trzepotem gniewu i frustracji w jej głosie.

— Jeśli mi nie powiesz, będę sobie wyobrażał najróżniejsze rzeczy i czuł się okropnie.

— Osioł z ciebie. Daj mi papierosa.

Oczywiście domyślałem się, do czego zmierza, ale nie mogłem uwierzyć, że mnie tak przejrzała. A może nie chciałem uwierzyć, ponieważ się bałem, że będę musiał odpowiedzieć za moje zachowanie. Czy celowo grałem naiwnego? Czy mogłem nadal błędnie interpretować to, co mówiła, nie okłamując samego siebie?

A potem naszło mnie genialne olśnienie: być może rozmyślnie ignorowałem jej sygnały, żeby ją sprowokować do otworzenia się. Nieśmiali i nieskuteczni nazywają coś takiego strategią.

W tym momencie rykoszetem uderzyła we mnie szeptem zupełnie niespodziewana myśl: czy Oliver nie postępuje ze mną tak samo? Czy celowo cały czas mnie ignoruje, żeby przyciągnąć mnie do siebie?

Czy nie sugerował czegoś takiego, kiedy powiedział, że przejrzał moje próby ignorowania go?

Wyszliśmy z księgarni i zapaliliśmy papierosy. Po jakimś czasie usłyszeliśmy głośny metaliczny chrobot. Właściciel opuszczał stalową żaluzję.

— Naprawdę tak bardzo lubisz czytać? — spytała, kiedy spacerowaliśmy w ciemnościach w stronę *piazzetta*.

Spojrzałem na nią takim wzrokiem, jakby spytała, czy kocham muzykę, chleb ze słonym masłem albo dojrzałe brzoskwinie letnią porą.

— Nie zrozum mnie źle — dodała. — Ja też lubię czytać. Ale nikomu o tym nie mówię.

Nareszcie ktoś, kto mówi prawdę, pomyślałem. Spytałem, dlaczego nikomu o tym nie mówi.

— Nie wiem... — Prosiła mnie w ten sposób o czas do namysłu albo zwlekała z odpowiedzią. — Ludzie, którzy czytają, są schowani w sobie. Ukrywają to, jacy są. Ludzie schowani w sobie nie zawsze lubią to, jacy są.

— Chowasz to, jaka jesteś?

— Czasami. A ty nie?

— Chyba tak. — A potem, zupełnie wbrew swojej woli, zadałem pytanie, na które w innych okolicznościach bym się nie odważył: — Chowasz się przede mną?

— Nie, przed tobą nie. No może trochę — w pewnym sensie.

— W jakim sensie?

— Dobrze wiesz, w jakim sensie.

— Dlaczego tak mówisz?

— Bo myślę, że możesz mnie zranić, a ja tego nie chcę. — Zastanowiła się chwilę. — Nie żebyś specjalnie chciał kogokolwiek zranić, ale ponieważ ciągle zmieniasz zdanie, ciągle przeskakujesz od jednej rzeczy do drugiej, nikt nie wie, gdzie cię znaleźć. Boję się ciebie.

Szliśmy tak powoli, że żadne z nas tego nie zauważyło, kiedy zatrzymaliśmy nasze rowery. Pochyliłem się i delikatnie pocałowałem ją w usta. Postawiła swój rower pod zamkniętym sklepem, oparła się o ścianę i powiedziała:

— Pocałuj mnie jeszcze raz.

Zostawiłem rower na środku uliczki na podnóżku, podszedłem do Marzii, ująłem jej twarz w obie dłonie i zaczęliśmy się całować, moje dłonie powędrowały pod jej koszulę, a jej na moje włosy. Uwielbiałem jej prostoduszność, jej szczerość przebijającą z każdego słowa, które do mnie powiedziała tej nocy — nieskrępowane, bezpośrednie, ludzkie — i z tego, jak jej biodra reagowały na moje, bez zahamowań, bez przerysowań, tak jakby połączenia między jej ustami i biodrami były płynne i natychmiastowe. Pocałunek w usta nie stanowił wstępu do bardziej kompleksowego kontaktu, tylko już był całościowym kontaktem. Między naszymi ciałami były tylko ubrania, toteż nie zaskoczyło mnie, kiedy wsunęła mi dłoń pod spodnie i powiedziała:

— *Sei, duro, duro,* jesteś taki twardy.

Przez tę jej naturalność, nieskrępowaną i niewymuszoną, jeszcze bardziej stwardniałem.

Chciałem na nią patrzeć, spoglądać w jej oczy, kiedy trzymała mnie w dłoni, powiedzieć jej, od jak dawna chciałem ją pocałować, powiedzieć coś, co by pokazało, że osoba, która przyjechała po nią tego wieczoru do domu, to już nie jest ten zimny, pozbawiony życia chłopak — ale ona mnie uprzedziła:

— *Baciami ancora*, pocałuj mnie jeszcze raz.

Pocałowałem ją jeszcze raz, ale moje myśli pędziły w stronę pleneru Moneta. Powinienem to zaproponować? Na rowerach jechalibyśmy pięć minut, zwłaszcza gdybyśmy wybrali skrót przez gaje oliwne. Wiedziałem, że spotkalibyśmy tam innych kochanków. Jeśli nie tam, to pozostawała plaża. Już wcześniej korzystałem z tego miejsca. Wszyscy korzystali. Mogłem zaproponować mój pokój, nikt by tego nie zauważył — i nikt by się tym nie zainteresował.

W głowie mignął mi taki oto obraz: ona i ja siedzimy w ogrodzie każdego ranka po śniadaniu, ona w bikini, zawsze mnie nakłania, żebyśmy zeszli na plażę i popływali.

— *Ma tu mi vuoi veramente bene*, naprawdę ci na mnie zależy? — spytała.

Czy to przyszło znikąd — czy też to było to samo zranione spojrzenie potrzebujące ukojenia, które podążało za nami jak cień od wyjścia z księgarni?

Nie mogłem zrozumieć, jakim sposobem śmiałość i smutek, „Jesteś taki twardy!" i „Naprawdę ci na mnie zależy?", mogą być ze sobą tak silnie splecione. Pozostawało też dla mnie niezgłębione, jak taka z pozoru łatwa do zranienia i niezdecydowana dziewczyna, która tak chętnie zwierza się z niepewności na swój temat, może w ramach tego samego gestu z bezwstydną zuchwałością sięgnąć do moich spodni, chwycić mnie za fiuta i nie puszczać.

Całowaliśmy się teraz jeszcze namiętniej i wędrowaliśmy dłońmi po naszych ciałach, a ja komponowałem w głowie wiadomość, którą postanowiłem wsunąć tej nocy pod jego drzwi: „Nie mogę znieść tego milczenia. Muszę z tobą porozmawiać".

Zanim przyszła sposobność wsunięcia wiadomości pod jego drzwi, już świtało. Marzia i ja kochaliśmy się w opuszczonym miejscu na plaży, potocznie nazywanym Akwarium, gdzie każdej nocy gromadziły się prezerwatywy i unosiły między kamieniami jak powracające z tarła łososie w uwięzionej wodzie. Uzgodniliśmy, że spotkamy się w ciągu dnia.

W drodze powrotnej do domu rozkoszowałem się jej zapachem na moim ciele, na moich dłoniach. Nie zamierzałem go z siebie spłukiwać. Postanowiłem zatrzymać go do czasu, aż spotkamy się wieczorem. Część mnie nadal pławiła się w tej nowej, dobroczynnej fali graniczącej z niesmakiem obojętności wobec Olivera, która jednocześnie mnie cieszyła i mówiła mi, jaki w gruncie rzeczy jestem niestały. Być może wyczuł, że wszystko, czego od niego chciałem, to przespać się z nim i mieć go z głowy, toteż instynktownie postanowił nie mieć ze mną nic do czynienia. Pomyśleć, że kilka nocy wcześniej odczuwałem tak silną potrzebę ugoszczenia jego ciała w moim, iż prawie wyskoczyłem z łóżka, aby pójść do jego pokoju. Teraz taki pomysł nie byłby w stanie mnie podniecić. Być może cała sprawa z Oliverem to była wakacyjna chuć, której udało mi się pozbyć. Teraz potrzebowałem tylko powąchać Marzię na mojej dłoni, aby móc kochać drzemiącą w każdej kobiecie kobiecość.

Wiedziałem, że nastrój ten długo się nie utrzyma i że tuż po strzale w żyłę łatwo odżegnać się każdego nałogu.

Nie minęła godzina, a Oliver wrócił do mnie galopem. Usiąść z nim na łóżku, podać mu dłonie i powiedzieć: „Powąchaj", a potem patrzeć, jak wącha moją dłoń, delikatnie chwyta ją oburącz, kładzie mój środkowy palec na swoich ustach, a potem nagle wkłada go do buzi.

Wyrwałem kartkę ze szkolnego zeszytu.

Proszę, nie unikaj mnie.

Potem to przerobiłem:

Proszę, nie unikaj mnie. To mnie zabija.

To też przerobiłem:

Twoje milczenie mnie zabija.

Totalnie przegięte. Takie słowa pasowałyby raczej do niego.

Nie mogę znieść myśli, że mnie nienawidzisz.

Za smętnie. Niech będzie mniej płaczliwie, ale sztampowy ton mowy przedśmiertnej niech pozostanie.

Wolałbym umrzeć niż wiedzieć, że mnie nienawidzisz.

W ostatniej chwili wróciłem do oryginału.

Nie mogę znieść tego milczenia. Muszę z tobą porozmawiać.

Złożyłem liniowaną kartkę i wsunąłem pod drzwi Olivera z obawą zrezygnowanego Cezara przekraczającego Rubikon, wiedząc, że nie ma już odwrotu. *Alea iacta est*, powiedział, kości zostały rzucone. Ubawiła mnie myśl, że czasownik „rzucać", po łacinie *iacere*, ma ten sam rdzeń co czasownik „ejakulować". Jak tylko to pomyślałem, uświadomiłem sobie, że chcę przynieść Oliverowi nie tylko zapach Marzii na moich palcach, ale również zaschnięty na dłoni odcisk mojego nasienia.

Piętnaście minut później targały mną dwie przeciwstawne emocje: żal, że wysłałem wiadomość, i żal, że nie zawarłem w niej ani kropli ironii.

Przy śniadaniu, kiedy nareszcie się pojawił po codziennej przebieżce, zapytał tylko, nie podnosząc głowy, czy dobrze się bawiłem poprzedniej nocy — między wierszami: „Wiem, że bardzo późno się położyłeś". „*Insomma*, jako tako", odparłem, chcąc, żeby moja odpowiedź była maksymalnie ogólnikowa, co miało zasugerować, że przedstawiam skrócone sprawozdanie, które w przeciwnym razie ciągnęłoby się bez końca.

„W takim razie musisz być zmęczony", ironizował mój ojciec. „A może też grałeś w pokera?" „Ja nie gram w pokera". Mój ojciec i Oliver wymienili znaczące spojrzenia, a następnie zaczęli dyskutować o pracy do wykonania w tym dniu. Straciłem go. Kolejny dzień udręki.

Poszedłem na górę po książki i zobaczyłem na biurku tę samą złożoną kartkę z zeszytu w linię. Oliver musiał wejść do mojego pokoju przez balkon i położyć ją w miejscu, w którym nie mogłem jej przeoczyć. Gdybym przeczytał od razu, zepsułoby mi to cały dzień. Ale gdybym odsunął lekturę na później, cały dzień straciłby sens i nie mógłbym myśleć o czymkolwiek innym. Sądziłem, że Oliver zwrócił mi kartkę bez żadnego dopisku, jakby chciał powiedzieć: „Znalazłem to na podłodze. To chyba jest twoje. Później". Albo drugi, bardziej brutalny sens: „Bez odpowiedzi".

„Wydoroślej wreszcie. Zobaczę się z tobą o północy", dopisał pod moim tekstem.

Przyniósł mi to przed śniadaniem.

Uświadomiłem to sobie z kilkuminutowym opóźnieniem i natychmiast ogarnęła mnie tęsknota i konsternacja. Czy naprawdę chcę tego, co mi się proponuje? Czy to rzeczywiście jest propozycja? Nie rozstrzygając, czy tego chcę, jak przeżyję czas pozostały do północy? Była ledwie dziesiąta rano: jeszcze czternaście godzin... Ostatni raz tak długo czekałem na świadectwo szkolne. Albo w sobotę dwa lata temu, kiedy umówiłem się z dziewczyną do kina i nie miałem pewności, czy nie zapomniała. Przez pół dnia obserwowałem, jak całe moje życie jest wstrzymywane. Jakże nie znosiłem czekać i być zależnym od kaprysu innych!

Czy powinienem odpowiedzieć na tę wiadomość?

Nie można odpowiedzieć na odpowiedź!

Co się tyczy samej wiadomości — czy jej ton jest intencjonalnie lekki czy też dopisek ma brzmieć jak coś, co przyszło Oliverowi do głowy wiele minut po bieganiu tuż przed śniadaniem? Najpierw krytyka sentymentalizmu moich działań, a potem pewne siebie, rzeczowe „do zobaczenia o północy". Czy to dobrze wróży? Co będzie górą, ironiczny pstryczek, czy raźne spotkajmy się w nocy i zobaczymy, co z tego wyniknie? Czy będziemy rozmawiali — tylko rozmawiali? Czy to jest rozkaz, czy też zgoda na zobaczenie się ze mną o ulubionej godzinie każdego powieściopisarza i dramaturga? Gdzie mamy się spotkać o północy? Czy Oliver znajdzie chwilę w ciągu dnia, żeby mi to powiedzieć? Czy też, wiedząc, że parę nocy wcześniej do rana przeżywałem katusze oraz że potykacz oddzielający moją i jego część balkonu jest czysto wirtualny, Oliver założył, że jeden z nas przekroczy nieoficjalną Linię Maginota, tak jakby to była najłatwiejsza rzecz na świecie?

Jak się to odnosi do naszych prawie rytualnych porannych przejażdżek na rowerach? Czy „północ" zajmie ich miejsce? Gdybym go teraz spotkał, mam go poczęstować znaczącym uśmiechem, czy też postępować tak, jakby nic się nie zmieniło i zaprezentować zimne, szklane, dyskretne, *amerykańskie* spojrzenie?

Do licznych uczuć, które chętnie bym mu okazał, gdyby nadarzyła się okazja, należała wdzięczność. Czy wdzięczność da się wyrazić w taki sposób, żeby nie wyjść na namolnego i nieporadnego? Czy też może wdzięczność, nawet powściągliwa, zawsze musi zawierać dodatkową łyżeczkę tego syropu, który nadaje śródziemnomorskim emocjom ckliwy, teatralny charakter? Nie mogę ci odpuścić, nie mogę tego zbagatelizować, muszę wyartykułować, wykrzyczeć, wydeklamować moją wdzięczność.

Jak nic nie powiesz, to pomyśli, że żałujesz, że to napisałeś.

Jak coś powiesz, to się wygłupisz.

W takim razie co robić?

Czekać.

Od początku to wiedziałem. Po prostu czekać. Przez całe przedpołudnie będę pracował. Popływam. Po południu może zagram w tenisa. Spotkam się z Marzią i wrócę przed północą. Nie, wpół do dwunastej. Umyć się? Nie umyć się? Najlepiej byłoby zmienić to ciało na inne...

Czy on też to robi? Przejdzie z jednego ciała w drugie?

A potem ogarnęła mnie straszna panika: czy północ będzie rozmową, oczyszczeniem powietrza między nami w sensie: „Głowa do góry, rozchmurz się, wydoroślej wreszcie"?

Ale w takim razie po co czekać do północy? Kto wybiera północ na tego typu rozmowę?

Czy też północ znaczy *północ*?

I co się nosi o północy?

Dzień przebiegał tak, jak się obawiałem. Oliverowi udało się wyjść z domu tuż po śniadaniu bez poinformowania mnie o tym, a wrócił dopiero na obiad. Siedział na swoim zwyczajowym miejscu obok mnie. Kilka razy podjąłem próbę wciągnięcia go w niezobowiązującą rozmowę, ale w końcu sobie uświadomiłem, że szykuje się kolejny dzień, kiedy obaj dajemy sobie wyraźnie do zrozumienia, że nasze milczenie nie jest udawane.

Po obiedzie poszedłem się zdrzemnąć. Słyszałem, jak Oliver idzie za mną na górę. Spotkaliśmy się z Marzią na korcie tenisowym. Na szczęście nikogo innego nie było, więc godzinami graliśmy w ciszy i rozpalonym słońcu. Oboje byliśmy zachwyceni. Mafalda przyniosła nam przekąski i napoje, mówiąc przy okazji, że jest na to za stara i jeśli czegoś będziemy chcieli, to następnym razem musimy przynieść sobie sami.

— Przecież o nic cię nie prosiliśmy — zaprotestowałem.

— To nie trzeba było pić — odpaliła i zadowolona z tego, że zdobyła punkt, poczłapała do domu.

Vimini, która lubiła kibicować, tego dnia nie przyszła. Zapewne spędzała czas z Oliverem w ich ulubionym miejscu.

Kochałem sierpniową pogodę. O tej porze roku w mieście było spokojniej niż zwykle. Mieszkańcy na urlopie, a większość nielicznych turystów znika przed siódmą wieczór. Najbardziej lubiłem popołudnia: zapach rozmarynu, upał, ptaki, cykady, rozkołysane liście palmowe, cisza, która kładła się na potwornie rozpalonym dniu jak lekki lniany szal, a do tego zejście na plażę i powrót na górę, żeby wziąć prysznic. Lubiłem spoglądać na nasz dom z kortu tenisowego i widzieć pławiące się w słońcu puste balkony, ze świadomością, że z każdego z nich można zobaczyć bezkresne morze. To był mój balkon, mój świat. Z miejsca, w którym teraz siedziałem, mogłem rozejrzeć się wokół siebie i powiedzieć: tutaj jest nasz kort tenisowy, tam jest nasz ogród, nasz sad, nasza szopa i nasz dom, a w dole nasz pomost — wszyscy i wszystko, na czym mi zależy, jest tutaj. Moja rodzina, moje instrumenty, moje książki, Mafalda, Marzia, Oliver.

Tego popołudnia, kiedy siedziałem z Marzią, trzymając dłoń na jej udzie albo kolanie, przyszło mi do głowy, że jestem —

cytując Olivera — dzieckiem szczęścia. Nie dało się przewidzieć, jak długo to potrwa, tak jak nie było sensu próbować zgadywać, jak potoczy się dzień albo noc. Każda chwila sprawiała wrażenie rozciągniętej do kresu wytrzymałości na sztaludze. Wszystko mogło w mgnieniu oka trzasnąć.

Wiedziałem jednak, że to, co przeżywam, jest warunkowym szczęściem ludzi za bardzo zabobonnych, aby głośno powiedzieć, że mają wszystko, co sobie zamarzyli i o wiele za bardzo wdzięcznych, aby nie mieć świadomości, jak łatwo to może im zostać odebrane.

Po tenisie, a przed zejściem na plażę, zabrałem Marzię przez balkon do mojego pokoju. Po południu nikt tamtędy nie przechodził. Zamknąłem okiennice, ale okna zostawiłem otwarte, toteż przytłumione popołudniowe światło rysowało pasiaste wzory na łóżku, na ścianie, na lodówce. Kochaliśmy się w milczeniu, żadne z nas nie zamykało oczu.

Gdzieś w środku liczyłem na to, że hukniemy w ścianę albo że Marzia nie będzie w stanie zdusić w sobie krzyku, przez co Oliver zarejestruje, co się dzieje za ścianą. Wyobraziłem go sobie, jak podrzemuje, słyszy sprężyny mojego łóżka i ogarnia go niepokój. Kiedy schodziliśmy nad zatoczkę, stwierdziłem z zadowoleniem, że jest mi wszystko jedno, czy Oliver dowie się o nas — tak samo jak było mi wszystko jedno, czy tej nocy dojdzie do naszego spotkania. Cały Oliver, łącznie z barkami i bielą rąk, był mi obojętny. Podeszwy jego stóp, wnętrze jego dłoni, podbrzusze — nic mnie to nie obchodzi. Zdecydowanie wolałbym spędzić noc z Marzią niż czekać na niego i słuchać, jak z wybiciem północy zaczyna deklamować banalne moralizatorskie formułki. Co ja sobie myślałem dziś rano, kiedy wsuwałem pod drzwi wiadomość?

Z drugiej strony doskonale wiedziałem, że gdyby pojawił się o północy, a początek spotkania nie przypadłby mi do gustu, i tak dotrwałbym do końca. Lepiej dowiedzieć się od razu niż przez resztę lata, a może nawet życia kłócić się z własnym ciałem!

Z zimną krwią podejmę decyzję, pomyślałem. A jeśli mnie zapyta, to mu odpowiem. Nie umiem powiedzieć, czy chcę to dalej ciągnąć, ale muszę wiedzieć, na czym stoję. Lepiej z tobą niż z kimś innym. Chcę poznać twoje ciało, chcę wiedzieć, co czujesz, chcę poznać ciebie, a za twoim pośrednictwem siebie.

Marzia poszła tuż przed kolacją. Była umówiona ze znajomymi do kina. Chodź z nami, zaproponowała. Skrzywiłem się, kiedy usłyszałem ich imiona. Muszę poćwiczyć, wykręcałem się. Myślałam, że ćwiczysz przed południem. Tego przedpołudnia zacząłem późno, pamiętasz? Zrozumiała aluzję i uśmiechnęła się.

Jeszcze trzy godziny.

Przez całe popołudnie panowała między nami grobowa cisza. Gdybyśmy nie byli umówieni na rozmowę, to nie wiem, jak przeżyłbym kolejny taki dzień.

Przy kolacji towarzyszyli nam zatrudniony na pół etatu adiunkt muzykologii i para gejów z Chicago, którzy koniecznie chcieli się z nami porozumiewać swoim okropnym włoskim. Siedzieli obok siebie naprzeciwko mojej matki i mnie. Jeden z nich postanowił wyrecytować parę wersów z Pascoliego, na co Mafalda, zobaczywszy moją minę, wykonała jeden ze swoich grymasów, który miał doprowadzić mnie do śmiechu. Ojciec ostrzegał mnie wcześniej, żebym grzecznie się zachowywał w obecności naukowców z Chicago. Odparłem, że włożę na siebie fioletową koszulę otrzymaną od dalekiego kuzyna z Urugwaju. Ojciec tylko się roześmiał i zakomunikował, że jestem za stary, aby nie akceptować ludzi takimi, jacy są. Oczy mu jednak rozbłysły, kiedy się zorientował, że obaj występujemy w fioletowych koszulach. Dwaj goście jednocześnie wysiedli z taksówki po obu stronach, każdy z bukietem białych kwiatów w garści. Wyglądali — mój ojciec nie mógł tego przeoczyć — jak wymuskana wersja „Dumonta i Duponta" z Tintina.

Dziwnie było odliczać minuty podczas kolacji, w cieniu myśli, że dziś wieczór mam więcej wspólnego z bliźniętami z Tintina niż z własnymi rodzicami i kimkolwiek innym z mojego świata.

Spojrzałem na nich i zadałem sobie pytanie, kto leży na górze, a kto na dole, Tweedledee czy Tweedledum.

Była prawie jedenasta, kiedy powiedziałem, że idę spać i pożegnałem się z moimi rodzicami i gośćmi.

— A Marzia? — zapytał mój ojciec ze swoim podstępnym spojrzeniem.

— Jutro — odparłem.

Chciałem być sam. Prysznic. Książka. Może wpis do dziennika. Skupić się na spotkaniu o północy, a jednocześnie nie myśleć o wszystkich jego aspektach.

Po drodze na górę wyobraziłem sobie, że podążam na dół tymi samymi schodami następnego dnia rano. Mogę już wtedy być kimś innym. Czy spodoba mi się ten ktoś, kogo jeszcze nie znam i kto może nie zechce powiedzieć mi dzień dobry, czy w ogóle mieć ze mną cokolwiek wspólnego za to, że przeze mnie znalazł się w tym położeniu? A może pozostanę dokładnie tą samą osobą, która teraz idzie po schodach do góry, może nic się we mnie nie zmieni i żadna z moich wątpliwości się nie rozwieje?

A może w ogóle nic się nie wydarzy. Oliver może odmówić, a wtedy na darmo przeżyłbym upokorzenie, nawet gdyby nikt się nie dowiedział, że spytałem. Ja bym wiedział, on by wiedział.

Nie przejmowałem się już jednak takimi drobiazgami jak upokorzenie. Po tygodniach czekania, pragnienia i — powiedzmy sobie szczerze — błagania, robienia sobie nadziei i zwalczania wszelkich jej przebłysków, byłbym zdruzgotany. Jak się po czymś takim ponownie zasypia? Człapiesz z powrotem do swojego pokoju, udajesz, że otwierasz książkę i czytasz do momentu, aż zmorzy cię sen?

Albo: jak ponownie zasypiasz, nie będąc już dziewicą? Od tego nie ma powrotu! To, co od dawna siedziało w mojej głowie, znalazłoby się w realnym świecie, zamiast pływać w mojej krainie wiecznych dwuznaczności. Czułem się jak ktoś, kto wchodzi do salonu tatuażu i po raz ostatni długo patrzy na nagi lewy biceps właściciela.

Powinienem być punktualny?

Bądź punktualny i powiedz: Huu-huu, nadeszła godzina duchów!

Po chwili usłyszałem z dziedzińca głosy dwóch gości z Chicago. Stali na zewnątrz, prawdopodobnie czekali na adiunkta, żeby ich odwiózł do pensjonatu. Adiunkt się nie spieszył, a oni rozmawiali pod domem, jeden z nich chichotał.

O północy z pokoju Olivera nie dochodził żaden dźwięk. Czyżby znowu mnie wystawił? Tego byłoby już za wiele. Nie słyszałem, jak wracał do siebie. W takim razie będzie musiał przyjść do mojego pokoju. A może ja powinienem pójść do niego? Czekanie byłoby torturą.

Pójdę do niego.

Wyszedłem na moment na balkon i zerknąłem w stronę jego pokoju. Ciemno. Ale i tak zapukam.

Albo zaczekam. Albo w ogóle nie pójdę.

To ostatnie rozwiązanie nagle wydało mi się czymś, czego najbardziej w życiu pragnę. Nie przestawało mnie szarpać, delikatnie się do mnie zbliżało, jak ktoś, kto parę razy szeptał już do mnie we śnie, ale widząc, że się nie budzę, w końcu klepnął mnie w ramię i teraz zachęca mnie do poszukania wszelkich możliwych argumentów za tym, żeby tej nocy nie zapukać do drzwi balkonowych Olivera. Ta myśl oblała mnie jak woda kwiaty w witrynie kwiaciarni, jak kojący, chłodny balsam po wzięciu prysznica w upalny dzień, w który kochasz słońce, ale jeszcze bardziej kochasz balsam. Podobnie jak łagodzący pieczenie balsam, ta myśl działa najpierw na kończyny, a potem przenika resztę ciała. Podsuwała mi wszelkie argumenty za i przeciw, zaczynając od głupich — jest już o wiele za późno — i przechodząc do poważnych — jak staniesz przed obliczem innych, jak staniesz przed swoim obliczem?

Dlaczego o tym wcześniej nie pomyślałem? Dlatego, że chciałem rozkoszować się tym wyobrażeniem i zostawiłem je sobie na koniec? Dlatego że chciałem, aby kontrargumenty wyskoczyły samoistnie, bez mojego udziału, bo wtedy nie ponosiłbym za nie winy? Nie próbuj, nie próbuj tego, Elio. Głos mojego dziadka. Byłem jego imiennikiem i przemawiał do mnie z tego samego łóżka, w którym przekroczył znacznie groźniejszą barierę niż oddzielająca mój pokój od pokoju Olivera. Zawróć. Kto wie, co znajdziesz po wejściu do tego pokoju? Nie ambrozję odkrycia, lecz całun rozpaczy, kiedy wszystkie napięte nerwy w twoim ciele przeniknie wstyd rozczarowania. Lata cię obserwują, każda gwiazda, którą widzisz dzisiaj w nocy, już wie o twojej udręce, zebrali się tutaj twoi przodkowie i nie mają ci nic do dodania ani powiedzenia, *Non c'andà*, nie idź tam.

Kochałem jednak ten strach — jeżeli to był strach — o czym moi przodkowie nie wiedzieli. Kochałem spodnią stronę strachu, najgładszą wełnę na podbrzuszu kudłatej owcy. Kochałem zuchwałość, która popychała mnie do przodu, podniecała mnie, ponieważ zrodziła się z podniecenia. „Zabijesz mnie, jeśli przestaniesz" — a może: „Umrę, jeśli przestaniesz"? Mając w uszach te słowa, nie umiałem się oprzeć.

Pukam w szybę, cicho. Serce wali mi jak szalone. Nie mam się czego bać, więc skąd ten strach? No skąd? Stąd, że wszystko mnie przeraża, że strach i pożądanie polemizują ze sobą nawzajem i ze mną, nie potrafię już odróżnić pragnienia, że Oliver otworzy mi drzwi od nadziei, że mnie wystawił.

Tymczasem jak tylko zastukałem w szybę, usłyszałem, że w środku coś się poruszyło, jakby ktoś szukał pantofli. Potem widzę, że zapala się nikłe światło. Pamiętam, że kupiłem tę nocną lampkę w Oksfordzie z moim ojcem, pewnego wieczoru wczesną wiosną, kiedy w naszym pokoju hotelowym było zbyt ciemno, zszedł na dół, a potem wrócił z informacją, że tuż za rogiem jest całodobowy sklep, w którym sprzedają lampki nocne. „Zaczekaj, zaraz wrócę". Odparłem jednak, że pójdę z nim. Założyłem płaszcz przeciwdeszczowy na tę samą piżamę, którą miałem na sobie dzisiejszej nocy.

— Tak się cieszę, że przyszedłeś — powiedział. — Słyszałem, jak się ruszasz w swoim pokoju i przez moment sądziłem, że zmieniłeś zdanie i kładziesz się do łóżka.

— Dlaczego miałbym zmienić zdanie?

Jego zakłopotanie mnie zaskoczyło. Spodziewałem się gradu ironicznych szpileczek i dlatego byłem taki podenerwowany.

Tymczasem powitał mnie usprawiedliwieniami, jak ktoś, kto przeprasza, że nie zdążył kupić herbatników na podwieczorek.

Wszedłem do mojego dawnego pokoju i natychmiast odrzucił mnie zapach, którego nie umiałem do końca zidentyfikować, ponieważ mógł być połączeniem wielu rzeczy — potem jednak zauważyłem zwinięty ręcznik, który Oliver wcisnął pod drzwi. Siedział na łóżku, na prawej poduszce stała pełna do połowy popielniczka.

— Wejdź — powiedział, a potem zamknął drzwi balkonowe.

Najwyraźniej stałem w nich zmartwiały i zastygły.

Obaj mówiliśmy szeptem. Dobry znak.

— Nie wiedziałem, że palisz.

— Czasami.

Usiadł na samym środku łóżka.

Nie wiedząc, co mam zrobić albo powiedzieć, wybąkałem:

— Mam tremę.

— Ja też.

— Ja większą.

Próbował rozwiać unoszące się między nami zakłopotanie za pomocą uśmiechu i podał mi jointa. Przynajmniej miałem coś do roboty.

Przypomniałem sobie, jak prawie uściskałem go na balkonie, ale w porę się zreflektowałem, uznawszy, że po całym dniu głodu między nami przytulanka byłaby niestosowna. Sam fakt, że ktoś umawia się z tobą o północy, nie oznacza, że automatycznie masz prawo go uścisnąć, skoro przez cały tydzień nawet nie podawaliście sobie ręki. Przypomniałem sobie, co myślałem przed zapukaniem: uścisnąć. Nie uścisnąć. Uścisnąć.

Teraz byłem w środku.

Siedział na łóżku po turecku i wyglądał na mniejszego, młodszego. Ja stałem u stóp łóżka, czując się niezręcznie i nie wiedząc, co zrobić z rękami. Oliver musiał zaobserwować, że próbuję trzymać je na biodrach, wkładam do kieszeni, a potem znowu kładę na biodrach.

Robię z siebie idiotę, pomyślałem, tymi zabiegami z rękami i niedoszłym uściskiem, którego — jak dalej miałem nadzieję — Oliver nie zauważył. Czułem się jak dziecko, które po raz pierwszy zostawiono sam na sam z guwernantem.

— Siadaj.

Na krześle czy na łóżku? Po chwili wahania wgramoliłem się na łóżko i usiadłem naprzeciwko Olivera, również po turecku, jakby taki obowiązywał zwyczaj między mężczyznami, którzy spotykają się ze sobą o północy. Uważałem na to, żeby nasze kolana się nie stykały. Bo Oliverowi by to przeszkadzało, tak jak nie byłby zadowolony z uścisku, tak jak nie był zadowolony, kiedy z braku lepszego pomysłu na zakomunikowanie mu, że chciałbym zostać dłużej w plenerze Moneta, położyłem rękę na jego kroczu.

Ale zanim zdążyłem rozdmuchać w głowie kwestię odległości między nami, poczułem się tak, jakby woda spływająca w witrynie kwiaciarni spłukała ze mnie wszelką nieśmiałość i zahamowania. Trema nie trema, nie miałem już ochoty drobiazgowo analizować najmniejszych drgnień mojej duszy. Jeśli wyjdę na idiotę, to wyjdę na idiotę. Jeśli dotknę jego kolana, to dotknę jego kolana. Jeśli zachce mi się go uścisnąć, to go uścisnę. Potrzebowałem się o coś oprzeć, więc przeniosłem się na drugi koniec łóżka i usiadłem tuż koło Olivera.

Obejrzałem łóżko. Dokładnie je rozpoznawałem. Spędziłem w nim tak wiele nocy, marząc o tej właśnie chwili. Teraz przyszedłem tutaj. Za kilka tygodni znowu się tutaj położę, włączę nocną lampkę z Oksfordu i przypomnę sobie, jak stałem na balkonie i usłyszałem szelest stóp Olivera gmerających za pantoflami. Z jakim uczuciem będę powracał do tej chwili? Ze smutkiem? Ze wstydem? Miałem nadzieję, że z obojętnością.

— Wszystko OK? — zapytał.

— Wszystko OK.

Nie było absolutnie nic do powiedzenia. Palcami stóp dotknąłem jego palców u stóp. Potem bez zastanowienia wsunąłem duży palec między jego duży palec i następny. Nie zabrał stopy, nie zareagował. Chciałem dotknąć wszystkich palców jego stopy po kolei. Ponieważ siedziałem po jego lewej stronie, przypuszczalnie nie były to palce, które dotknęły moich parę dni wcześniej przy obiedzie. Winowajczynią była prawa stopa Olivera. Próbowałem jej dosięgnąć moją prawą stopą, starannie unikając dotykania jego kolan, jakby coś mi mówiło, że stanowią zakazany rewir.

— Co robisz? — spytał w końcu.

— Nic.

Sam nie wiedziałem, co robię, ale jego ciało powoli zaczęło odwzajemniać moje zabiegi, trochę nieobecnie, bez przekonania, nie mniej niezdarnie niż ja, jakby chciał powiedzieć: co innego można zrobić, niż odpowiedzieć tym samym, kiedy ktoś dotyka twojej stopy swoją? Następnie przysunąłem się bliżej i uścisnąłem go. Uścisk dziecka – miałem nadzieję, że Oliver odczyta to jako przytulenie. Nie zareagował.

— To jest jakiś początek — powiedział w końcu, z być może odrobinę większą szczyptą humoru, niżbym sobie tego życzył.

Milczałem, wzruszyłem tylko ramionami w nadziei, że to poczuje i nie będzie zadawał więcej pytań. Nie chciałem, żebyśmy rozmawiali. Im mniej rozmawialiśmy, tym mniej skrępowane były nasze ruchy. Cudownie było go obejmować.

— Czy to cię uszczęśliwia? — spytał.

Skinąłem głową, znowu mając nadzieję, że to poczuje i nie będzie potrzebował słów.

W końcu, tak jakby moja pozycja go do tego zmuszała, objął mnie. Nie głaskał mnie ani nie przyciskał mocno do siebie. Ostatnią rzeczą, której w tym momencie chciałem, było bratanie się. Z tego właśnie powodu błyskawicznie przeniosłem się ze swoim uściskiem pod luźną koszulę Olivera. Pragnąłem jego skóry.

— Jesteś pewien, że tego chcesz? — spytał, tak jakby wątpliwość ta od początku stała za jego wahaniem.

Znowu skinąłem głową. Minąłem się z prawdą. Wcale nie byłem pewien. Zadałem sobie pytanie, kiedy mój uścisk dobiegnie końca, kiedy ja albo Oliver się nim zmęczymy. Szybko? Później? Już?

— Nie porozmawialiśmy — stwierdził.

Wzruszyłem ramionami, w znaczeniu: nie ma potrzeby.

Uniósł oburącz moją twarz i patrzył na mnie tak jak wtedy w plenerze Moneta, tylko z większym wytężeniem, ponieważ obaj wiedzieliśmy, że przekroczyliśmy już barykadę.

— Mogę cię pocałować?

Co za pytanie po naszym pocałunku w plenerze Moneta! A może wszystko między nami wyzerowaliśmy i zaczynamy od początku?

Nie udzieliłem mu odpowiedzi, nawet nie skinąłem głową. Przysunąłem usta do jego ust, tak jak wieczorem poprzedniego dnia pocałowałem Marzię. Coś niespodziewanego najwyraźniej usunęło dystans między nami i przez chwilę miałem wrażenie, że nie ma między nami absolutnie żadnej różnicy wieku, dwaj mężczyźni się całują, a potem zaczęło znikać nawet to: nie dwaj mężczyźni, tylko dwie istoty. Cudownie egalitarna chwila, cudowne uczucie jednoczesnej relacji młodszy i starszy, człowiek i człowiek, mężczyzna i mężczyzna, Żyd i Żyd. Cudowna lampka nocna. W jej świetle czułem się przytulnie i bezpiecznie. Tak jak tej nocy w oksfordzkim pokoju hotelowym. Cudowna była nawet zatęchła, zużyta atmosfera mojego dawnego pokoju, zaśmieconego rzeczami Olivera, ale z jakiegoś powodu pod jego pieczą bardziej nadającego się do zamieszkania niż pod moją: tutaj obrazek, tutaj krzesło wykorzystywane jako stolik, książki, notatki, muzyka.

Postanowiłem wejść pod pościel. Rozkoszowałem się jej zapachem. Podobało mi się nawet, że na łóżku leżą różne rzeczy, o które ciągle obijam się kolanami. Nie przeszkadzało mi, że moje stopy je napotykają, ponieważ były częścią jego łóżka, jego życia, jego świata.

On też wśliznął się pod pościel i zanim się zorientowałem, zaczął mnie rozbierać. Kwestia ta budziła we mnie wcześniej wielkie zatroskanie, wyobrażałem sobie, że jeśli on mi nie pomoże, to zrobię to samo, co dziewczyny często robią w filmach: zdejmę koszulę, zrzucę spodnie i będę stał nagusieńki z bezwładnie zwisającymi ramionami, w znaczeniu: taki jestem, takim mnie stworzono, weź mnie, jestem twój. Jego inicjatywa rozwiązała jednak problem. „To mamy z głowy, teraz to, teraz to, teraz to", szeptał, co mnie rozśmieszyło i nagle byłem zupełnie nagi, czułem ciężar kołdry na fiucie, nie miałem już wobec świata żadnych tajemnic, ponieważ pragnienie pójścia z Oliverem do łóżka było moją jedyną tajemnicą, a teraz podzieliłem się nią z nim. Jakie to cudowne czuć jego dłonie na całym ciele pod pościelą, jakby jakaś część nas, niby zwiadowcy, weszła już ze sobą w zażyłość, a cała reszta, obnażona poza pościelą, nadal zmagała się z konwenansami jak spóźnieni goście, którzy otrzepują na mrozie śnieg z butów, podczas gdy wszyscy inni grzeją sobie dłonie w zatłoczonym nocnym klubie. On nadal był ubrany, a ja nie. Jak cudownie było leżeć na jego oczach nago. Potem mnie pocałował, a potem jeszcze raz, głęboko, jakby z niego też zaczęło uchodzić napięcie. Na jakimś etapie uświadomiłem sobie, że od dłuższego czasu jest nagi, chociaż nie zauważyłem, żeby się rozbierał, ale czułem go całego na swoim ciele. Gdzie ja byłem? Chciałem zadać taktowne pytanie zdrowotne, ale najwyraźniej już padła na nie odpowiedź, bo kiedy nareszcie znalazłem w sobie odwagę, odparł:

— Już ci mówiłem, ze mną OK.

— A ja też ci to mówiłem?

— Tak — uśmiechnął się.

Odwróciłem wzrok, ponieważ patrzył na mnie, a wiedziałem, że się zaczerwieniłem, i wiedziałem, że zrobiłem minę, chociaż nadal chciałem, aby na mnie patrzył, nawet jeśli miałoby mnie to zawstydzić, chciałem też sam na niego patrzeć, kiedy powróciliśmy do naszej pozycji udawanych zapasów, w której jego ramiona ocierały się o moje kolana. Jakże daleko zaszliśmy od tego popołudnia, kiedy ja zdjąłem majtki, włożyłem na siebie jego kąpielówki i sądziłem, że już nigdy bardziej nie zbliżę się do jego ciała! A teraz to. Stałem na progu czegoś, a jednocześnie chciałem, żeby ta chwila trwała wiecznie, bo wiedziałem, że nie będzie już powrotu. Kiedy to się wydarzyło, nie było takie, jak sobie wymarzyłem, lecz niosło ze sobą pewną dozę dyskomfortu, który zmusił mnie do odsłonięcia się w większym stopniu, niżbym sobie życzył. Poczułem impuls, żeby powstrzymać Olivera, który to zauważył i zapytał, czy ma kontynuować, ale ja nie odpowiedziałem albo nie wiedziałem, co mam odpowiedzieć, i upłynęła wieczność między moim niezdecydowaniem a jego instynktowną wolą, żeby zdecydować za mnie. Od tej chwili, od tej chwili, pomyślałem... Jak nigdy wcześniej w życiu miałem dojmujące poczucie, że dotarłem do czegoś niezwykle cennego, że chcę to mieć na zawsze, być sobą, sobą, sobą, sobą, nikim innym, tylko sobą, w każdym dreszczu, przebiegającym po moich ramionach, znajdować coś zupełnie obcego, a przecież znajomego, tak jakby to wszystko całe życie we mnie tkwiło, ale gdzieś się zawieruszyłem i teraz on pomógł mi to odnaleźć. Mój sen miał rację — to było jak powrót do domu, jak pytanie: gdzie ja byłem przez całe życie? Albo inaczej: gdzie byłeś w moim dzieciństwie, Oliver? Albo jeszcze inaczej: czym jest życie bez tego? I właśnie dlatego to ja, a nie on, ostatecznie wyrzuciłem z siebie wiele, wiele razy: nie przestawaj, bo mnie zabijesz, nie przestawaj, bo mnie zabijesz. W ten sposób dopełniałem również koło snu i fantazji, mnie i jego, wytęsknione słowa z jego ust do moich ust i z powrotem do jego ust, wymiana słów z ust do ust, i chyba w tym momencie musiałem użyć obscenicznych wyrażeń, które po mnie powtórzył, z początku cicho, aż w końcu powiedział: „Nazywaj mnie swoim imieniem, a ja będę nazywał ciebie swoim", czego nigdy wcześniej nie robiłem i co, jak tylko wypowiedziałem moje imię tak, jakby to było jego imię, przeniosło mnie do krainy, w której nigdy wcześniej ani później z nikim nie przebywałem.

Narobiliśmy hałasu?

Uśmiechnął się. Nie ma powodów do zmartwienia.

Być może w tym momencie zaszlochałem, ale nie mam pewności. Zdjął koszulę i wytarł mnie nią. Mafalda zawsze szuka śladów.

— Nie znajdzie — powiedział.

— Nazywam tę koszulę „wydętą", miałeś ją na sobie w pierwszy dzień, jest ci bliższa niż ja.

— Wątpię — odparł.

Nie chciał mnie jeszcze puścić, ale kiedy nasze ciała oddzieliły się od siebie, przypomniałem sobie mgliście, że jakiś czas temu nieobecnym gestem odsunąłem na bok książkę, która wylądowała pod moimi plecami, kiedy on wciąż był we mnie. Teraz leżała na podłodze. Kiedy sobie uświadomiłem, że jest to egzemplarz *Se l'amore*? Kiedy w szponach namiętności znalazłem czas na to, żeby się zastanawiać, czy byłem na wieczorze autorskim w ten sam wieczór, co w księgarni z Marzią? Dziwne myśli, które zdawały się nadlatywać z bardzo dalekiej przeszłości, oddalonej o nie więcej niż pół godziny.

Musiałem to sobie uświadomić chwilę później, kiedy wciąż leżałem w jego ramionach. To mnie obudziło, jeszcze zanim zdałem sobie sprawę, że usnąłem, napełniło mnie niezrozumiałym uczuciem lęku i niepokoju. Czułem się słabo, tak jakbym zwymiotował i potrzebował nie tylko wielu sesji pod prysznicem, aby wszystko z siebie zmyć, ale również kąpieli w płynie do płukania ust. Potrzebowałem znaleźć się gdzieś daleko od niego, od tego pokoju, od tego, co razem zrobiliśmy. Tak jakbyśmy po okropnym koszmarze sennym lądowali z powrotem na ziemi, ale ja nie dotykałbym jej jeszcze stopami i nie miał pewności, czy tego chcę, ponieważ to, co na nas czeka, nie będzie o wiele lepsze, ale ja wiem, że nie mogę dłużej wisieć na tej gigantycznej, bezkształtnej grudzie koszmaru, wyglądającej jak największa chmura skruchy i obrzydzenia do siebie samego, jaka kiedykolwiek przyleciała do mojego życia. Już nigdy nie będę tym samym człowiekiem. Jak mogłem pozwolić, żeby zrobił ze mną te wszystkie rzeczy? Jakże gorliwie w nich współuczestniczyłem i namawiałem go do nich, a potem czekałem na niego i błagałem: „proszę, nie przestawaj". Teraz jego maź kleiła się do mojej klatki piersiowej jako dowód, że przekroczyłem jakąś straszną granicę, nie wobec najbliższych, nie wobec siebie samego, nie wobec czegoś świętego, nie wobec rasy, która umieściła nas dwóch tak blisko siebie, i nie wobec Marzii, która stała teraz jak daleka syrena na tonącej skale, odległa i nieistotna, obmywana przez letnie fale, podczas gdy ja próbowałem do niej podpłynąć, wyrywając się z wiru lęków i nadziei, że Marzia stanie się elementem kolekcji obrazów, które pomogą mi odbudować się za dnia. To nie ich wszystkich uraziłem, lecz tych, którzy jeszcze się nie narodzili albo nie stanęli na mojej drodze, tych, których nie miałem szans kochać bez świadomości, że między moim życiem a ich życiem wyrasta góra wstydu i obrzydzenia, prześladując i kalając moją miłość do nich. Ta tajemnica miała zawsze stać między nami, rzucając cień na wszystko, co we mnie dobre.

A może dotknąłem czegoś jeszcze głębszego? Jeśli tak, to czego?

Może obrzydzenie, które teraz odczuwałem, zawsze we mnie tkwiło, tylko w zakamuflowanej postaci, i potrzebna była taka noc, żeby przebiło się na wierzch?

Zaczęło mnie ogarniać coś zbliżonego do mdłości, podobnego do skruchy, i nabierało wyraźniejszych konturów w miarę jak przez okna sączyło się coraz więcej światła dziennego.

Ale tak samo jak światło, skrucha — o ile to rzeczywiście była skrucha — co jakiś czas przygasała, a potem wracała ze zdwojoną siłą, tak jakby chciała zdobyć punkt za każdym razem, kiedy mnie się wydawało, że ją przezwyciężyłem. Wiedziałem wcześniej, że będzie bolało, nie spodziewałem się jednak, że skrucha zwinie się w pulsujący kłębek. O tym również nikt mi nie powiedział.

Na zewnątrz świtało.

Dlaczego on tak na mnie patrzy? Odgadł, co czuję?

— Nie jesteś szczęśliwy — powiedział.

Wzruszyłem ramionami.

To nie jego nienawidziłem, lecz tego, co zrobiliśmy. Na razie nie chciałem, żeby zaglądał mi do serca. Chciałem się wydostać z trzęsawiska odrazy do siebie samego, ale nie wiedziałem, jak to zrobić.

— Brzydzisz się sobą, prawda? — Znowu wzruszyłem ramionami. — Wiedziałem, że nie powinniśmy tego robić, wiedziałem — powtórzył. Po raz pierwszy w życiu widziałem go niepewnego, targanego wątpliwościami. — Trzeba było porozmawiać...

— Może.

Ze wszystkich rzeczy, które mogłem tego ranka powiedzieć, zdawkowe „może" było najokrutniejsze.

— Źle ci było?

Nie, wcale nie było mi źle. Złe było to, co w tym momencie czułem. Nie chciałem pamiętać, nie chciałem o tym myśleć. Jazda z tym, to się w ogóle nie wydarzyło. Spróbowałem i nie zadziałało, chciałem, żeby mi oddali pieniądze, chciałem przewinąć film do początku, wrócić do tego momentu, kiedy prawie wychodzę boso na balkon, nie pójdę dalej, usiądę, będę się kisił we własnym sosie i nigdy się nie dowiem — lepiej wiecznie polemizować z własnym ciałem niż czuć to, co teraz czułem. „Elio, Elio, przecież cię ostrzegaliśmy!"

Dalej leżałem w jego łóżku, nie ruszałem się stamtąd powodowany przesadną uprzejmością.

— Prześpij się, jeśli chcesz — powiedział z dłonią na moim ramieniu.

Były to chyba najżyczliwsze słowa, jakie od niego usłyszałem, a ja w tym czasie rozumowałem jak Judasz: gdyby on wiedział! Gdyby on wiedział, że chcę teraz być tysiące kilometrów albo całe jedno życie od niego. Uścisnąłem go. Zamknąłem oczy.

— Patrzysz na mnie — stwierdziłem, nie otwierając ich. To było przyjemne uczucie, kiedy ktoś na mnie patrzył, a ja miałem zamknięte oczy.

Abym mógł poczuć się lepiej i zapomnieć, on musiał być jak najdalej ode mnie — ale jednocześnie w pobliżu na wypadek, gdyby mój stan się pogorszył i nie miałbym się do kogo zwrócić.

Zarazem jednak byłem zadowolony z tego, że mam to wszystko za sobą. Raz na zawsze uwolniłem się od Olivera. Miałem zapłacić za to cenę. Pytanie brzmiało: czy on zrozumie? I wybaczy?

A może to była kolejna sztuczka, która miała powstrzymać następną falę obrzydzenia i wstydu?

Wczesnym rankiem poszliśmy razem popływać. Być może ostatni raz. Potem wrócę do swojego pokoju, zasnę, obudzę się, zjem śniadanie, wyjmę zeszyt nutowy i spędzę te cudowne przedpołudniowe godziny zanurzony w transkrybowaniu Haydna, od czasu do czasu poczuję ukłucie lęku, antycypując kolejny afront, ale natychmiast sobie przypomnę, że zostawiliśmy już tę fazę za sobą i zaledwie kilka godzin wcześniej był we mnie, potem spuścił się na mojej klatce piersiowej, bo miał na to ochotę, jak powiedział, a ja mu na to pozwoliłem może dlatego, że jeszcze nie miałem orgazmu i podniecało mnie patrzenie, jakie on robi miny i szczytuje na moich oczach.

Teraz brodził prawie po kolana w wodzie, nie zdjąwszy koszuli. Wiedziałem, po co tak robi: gdyby Mafalda spytała, wyjaśniłby, że koszula niechcący się zmoczyła.

Razem popłynęliśmy na wielką skałę. Rozmawialiśmy. Chciałem wzbudzić w nim przekonanie, że jestem szczęśliwy w jego towarzystwie. Chciałem, żeby morze zmyło to paskudztwo z mojej piersi, ale nasienie Olivera mocno przywarło do mojego ciała. Bardzo niedługo, kiedy namydlę się i spłuczę pod prysznicem, wszystkie moje wątpliwości na temat samego siebie, które zaczęły się trzy lata wcześniej, kiedy anonimowy młody rowerzysta zatrzymał się, zsiadł z roweru, położył mi dłoń na ramieniu i gestem tym albo rozbudził, albo przyspieszył coś, co bez tego mogłoby znacznie dłużej przebijać się do świadomości — wszystko to nareszcie zostanie spłukane, rozwiane jak złośliwe plotki na mój temat albo fałszywe przekonanie, wypuszczony z butelki dżin, który odbył swoją karę i teraz oczyszcza się w miękkim, promiennym zapachu mydła rumiankowego, które można znaleźć w każdej łazience w naszym domu.

Siedzieliśmy na skałach i rozmawialiśmy. Dlaczego nie zrobiliśmy tego wcześniej? Nie tęskniłbym za nim tak rozpaczliwie, gdybym kilka tygodni wcześniej zaznał tego rodzaju przyjaźni. Może uniknęlibyśmy spania ze sobą. Chciałem mu powiedzieć, że przedwczoraj kochałem się z Marzią zaledwie dwieście metrów od tej skały. Zmilczałem jednak. Zamiast tego rozmawialiśmy o *Es ist vollbracht* Haydna, którego transkrypcję właśnie skończyłem. Mówiąc o tym, nie miałem poczucia, że chcę w ten sposób zrobić wrażenie na Oliverze, ściągnąć na siebie jego uwagę albo rozpiąć między nami chybotliwą kładkę. O Haydnie mógłbym mówić godzinami — ależ to byłaby piękna przyjaźń!

Kiedy rozkoszowałem się uczuciem, że mam Olivera z głowy, zabarwionym odrobiną rozczarowania, że tak szybko stanąłem na nogi po wielotygodniowym zauroczeniu, nie przyszło mi do głowy, że moje pragnienie, aby usiąść z Oliverem i w wyjątkowo swobodnej atmosferze dyskutować o Haydnie, jest teraz moją piętą achillesową, że jeśli pożądanie zechce znowu dać znać o sobie, muzyczną furtką, którą zawsze uważałem za najpewniejszą, przekradnie się z równą łatwością jak furtką widoku prawie nagiego ciała Olivera koło basenu.

— W porządku z tobą? — spytał w pewnym momencie, wyrywając mnie z zamyślenia.

— Tak, dziękuję.

Z zakłopotanym uśmiechem, jakby chciał skorygować swoje pierwsze pytanie, dorzucił:

— We wszystkich obszarach?

Odwzajemniłem uśmiech bez przekonania, bo zdążyłem już zauważyć, że się zaskorupiam, zamykam okna i drzwi i zdmuchuję świeczki, ponieważ słońce stoi już wysoko na niebie i wstyd rzuca długie cienie.

— Chodziło mi...

— Wiem, o co ci chodziło. Otarcie.

— Ale czy miałeś mi za złe, kiedy...?

Odwróciłem głowę, jakbym chciał ochronić twarz przed podmuchem zimnego powietrza, który już dotknął mojego ucha.

— Musimy o tym rozmawiać?

To samo pytanie zadała mi Marzia, kiedy chciałem wiedzieć, czy podobało jej się to, co z nią zrobiłem.

— Jeśli nie chcesz, to nie.

Dokładnie widziałem, o czym Oliver chce rozmawiać. O tej chwili, kiedy prawie go poprosiłem, żeby przestał.

Mogłem teraz myśleć tylko o tym, że tego dnia pójdę na spacer z Marzią i będę odczuwał ból przy siadaniu. O tym, jakie to będzie upokarzające. Siedzimy na murach miejskich — bo tam spotykali się wieczorem wszyscy nasi rówieśnicy, o ile nie siedzieli w kawiarniach — ale ja ciągle się wiercę i każdy ruch przypomina mi o tym, co robiliśmy ubiegłej nocy. Ograny dowcip szkolny. Wiedzieć, że Oliver to zobaczy i pomyśli: „Ja ci to zrobiłem...".

Żałowałem, że się ze sobą przespaliśmy. Nawet jego ciało pozostawiało mnie obojętnym. Patrzyłem teraz na jego ciało tak, jak się patrzy na stare koszule i spodnie pakowane do pudeł, żeby mogła je zabrać Armia Zbawienia.

Ramię: odfajkowane.

Wnętrze łokcia, które kiedyś wielbiłem: odfajkowane.

Krocze: odfajkowane.

Szyja: odfajkowana.

Krzywizny moreli: odfajkowane.

Stopa — ach, ta stopa: ale tak, odfajkowana.

Uśmiech przy jego pytaniu — „We wszystkich obszarach?": również odfajkowany. Nie wolno niczego zostawiać losowi.

Wszystkie te miejsca kiedyś kochałem, dotykałem ich tak jak cyweta ociera się o miejsca, które chce oznaczyć jako własne.

Przez całą noc należały do mnie. Teraz ich nie chciałem. Nie umiałem sobie przypomnieć, a tym bardziej zrozumieć, dlaczego ich pragnąłem, dlaczego robiłem wszystko, co w mojej mocy, żeby być blisko nich, dotykać ich, spać z nimi. Po powrocie do domu nareszcie, nareszcie wezmę prysznic. Zapomnę. Zapomnę.

Kiedy płynęliśmy do brzegu, zapytał z pozoru obojętnym tonem:

— Będziesz mi wyrzucał ostatnią noc?

— Nie. — Odpowiedziałem jednak za szybko, żeby zabrzmiało to przekonująco. Chcąc złagodzić dwuznaczność mojego „nie", powiedziałem, że pewnie prześpię cały dzień — chyba nie będę w stanie jeździć dzisiaj na rowerze.

— Ponieważ...

Nie zadawał mi pytania, tylko podsuwał odpowiedź.

— Tak, ponieważ.

Miałem wrażenie, że nie chcę się od niego zbyt szybko dystansować nie tylko dlatego, aby nie urazić jego uczuć, nie wpędzić go w panikę oraz nie wywołać niezręcznej i kłopotliwej sytuacji w domu, ale również dlatego, że nie miałem pewności, czy po kilku godzinach nie będę rozpaczliwie go pragnął.

Kiedy dotarliśmy do naszego balkonu, zawahał się przed drzwiami i wszedł do mojego pokoju. Kompletnie mnie to zaskoczyło.

— Zdejmij kąpielówki.

Zdumiewająca prośba, ale nie zdobyłem się na nieposłuszeństwo. Zsunąłem kąpielówki i wyskoczyłem z nich. Po raz pierwszy byłem przy nim nagi w świetle dziennym. Czułem się zakłopotany i coraz bardziej podenerwowany.

— Siadaj.

Ledwie zdążyłem wykonać polecenie, on przysunął usta do mojego fiuta i połknął go całego. Błyskawicznie mi stanął.

— Zostawimy to sobie na później — powiedział z ironicznym uśmiechem i zniknął.

Czy była to zemsta za to, iż uznałem, że z nim skończyłem? W każdym razie wszystko poszło z dymem — moja pewność siebie, lista miejsc do odfajkowania i moje pragnienie, żeby z nim skończyć. Świetna robota! Wytarłem się, włożyłem dół od piżamy, który miałem na sobie ubiegłej nocy, rzuciłem się na łóżko i obudziło mnie dopiero pukanie Mafaldy, która spytała, czy chcę na śniadanie jajka.

Usta, które za chwilę będą jadły jajka, ubiegłej nocy były wszędzie.

Jak na ciężkim kacu zastanawiałem się, kiedy miną mdłości.

Od czasu do czasu nagła obolałość uruchamiała falę wstydu. Ktokolwiek powiedział, że dusza i ciało spotykają się ze sobą w szyszynce, był idiotą. Nie w szyszynce, tylko w dupie, ty kretynie!

Kiedy zszedłem na śniadanie, Oliver miał na sobie moje kąpielówki. Nikt nie zwróciłby na to uwagi, ponieważ w naszym domu wszyscy ciągle wymieniali się kąpielówkami, ale on zrobił to po raz pierwszy. Były to te same kąpielówki, które miałem na sobie tego dnia o świcie, kiedy poszliśmy popływać. Niesamowicie mnie podniecało, że Oliver nosi coś mojego. A on o tym wiedział. Jego też to podniecało. Myśl o jego fiucie ocierającym się o splot płótna dokładnie w tym samym miejscu, gdzie przed chwilą był mój fiut, przypomniało mi o tym, jak na moich oczach po wielkim wysiłku nareszcie rozładował towar na moją pierś. Ale nie to mnie podnieciło, lecz porowatość i wymienność naszych ciał. Coś, co należało do mnie, należało do niego i na odwrót. Czy jestem ponownie wabiony? Postanowił usiąść koło mnie przy stole i kiedy nikt nie patrzył, wśliznął stopę pod moją. Wiedziałem, że moja stopa jest szorstka od ciągłego chodzenia boso. Jego stopa była gładka. Ubiegłej nocy całowałem ją i lizałem palce. Teraz przycupnęły pod moją zrogowaciałą podeszwą i musiałem chronić mojego protektora.

Nie pozwalał mi, żebym o nim zapomniał. Skojarzył mi się z zamężną panią na zamku, która przespała się z młodym wasalem, a następnego dnia rano kazała straży pałacowej pojmać go i stracić w lochu pod zmyślonymi zarzutami, nie tylko w celu usunięcia wszelkich dowodów na ich wspólną cudzołożną noc czy zapobieżenia temu, aby młody kochanek, przekonany, że pozyskał jej łaski, stał się uciążliwy — arystokratka chciała również zdusić w sobie wszelkie pokusy powtórzenia tego samego występku kolejnej nocy. Czy Oliver staje się uciążliwością, która będzie mnie nękała? Co ja mam w tej sytuacji zrobić — powiedzieć matce?

Tego przedpołudnia pojechał do miasta sam. Poczta, signora Milani, zwyczajowa runda. Widziałem go, jak pedałuje cyprysową aleją, wciąż w moich kąpielówkach. Nikt nigdy wcześniej nie nosił moich ubrań. Być może fizyczne i metaforyczne znaczenia kiepsko oddają to, co się dzieje, kiedy dwie istoty potrzebują nie tylko być blisko siebie, ale również stać się tak plastyczne, żeby stanowić jedność. Być tym, kim jestem, z twojego powodu. Być tym, kim on jest z mojego powodu. Być w jego ustach, kiedy on jest moich, i nie wiedzieć już, czyj fiut, jego czy mój, tkwi w moich ustach. Oliver był tajnym przewodem prowadzącym do mnie samego — jak katalizator, który pozwala nam stać się tym, kim jesteśmy, obce ciało, rozrusznik serca, przeszczep, wszywka, która wysyła odpowiednie impulsy, stalowy bolec zespalający kość żołnierza, serce innego człowieka, dzięki któremu jesteśmy bardziej sobą niż przed transplantacją.

Na samą myśl o tym miałem ochotę rzucić wszystko, co zamierzałem tego dnia zrobić, i pobiec do niego. Odczekałem mniej więcej dziesięć minut, a potem wyjąłem z szopy rower i na przekór swojej zapowiedzi, że tego dnia nie będę jeździł, popedałowałem obok domu Marzii i jak najszybciej pokonałem stromy podjazd. Kiedy dotarłem na *piazzetta*, zorientowałem się, że przyjechałem tuż po nim. Zakupił już „Herald Tribune" i opierał właśnie rower, żeby pójść na pocztę — pierwsza sprawa do załatwienia.

— Musiałem się z tobą zobaczyć — wypaliłem, kiedy do niego podjechałem.

— Dlaczego, co się stało?

— Po prostu musiałem się z tobą zobaczyć.

— Nie masz mnie dosyć?

„Myślałem, że mam — zamierzałem powiedzieć — i że tego chcę...” „Po prostu chciałem być z tobą”.

A potem do mnie dotarło:

— Jeśli chcesz, to wrócę do domu.

Stał bez ruchu, opuścił dłoń, w której trzymał plik niewysłanych jeszcze listów i patrzył na mnie, kręcąc głową.

— Nie wyobrażasz sobie, jak bardzo się cieszę, że się ze sobą przespaliśmy.

Wzruszyłem ramionami, jakbym chciał zbyć kolejny komplement. Nie byłem godzien komplementów, zwłaszcza od niego.

— Nie wiem...

— Typowe, że nie wiesz. Ale chcę uniknąć tego, żebym musiał czegokolwiek pożałować — łącznie z tym, o czym nie pozwoliłeś mi dzisiaj rano mówić. Drżę na myśl, że namotałem ci w głowie. Nie chcę, żeby którykolwiek z nas musiał za to w ten czy inny sposób zapłacić.

Wiedziałem dokładnie, do czego pije, ale udałem, że błędnie go zrozumiałem.

— Nikomu nie powiem. Nie będzie żadnych kłopotów.

— Nie o to mi chodziło. Jestem pewien, że w jakiś sposób za to zapłacę. — Po raz pierwszy zobaczyłem w świetle dziennym sugestię innego Olivera. — Niezależnie od tego, co sobie wyobrażasz, dla ciebie to jest tylko zabawa i figle, o co zresztą nie mam pretensji. Dla mnie to jest coś innego i przeraża mnie, że wciąż nie wykombinowałem, co to jest.

— Żałujesz, że przyjechałem?

Czy specjalnie zachowywałem się głupkowato?

— Przytuliłbym cię i pocałował, gdybym mógł.

— Ja ciebie też.

Wchodził już na pocztę, kiedy nachyliłem się do jego ucha i szepnąłem:

— Zerżnij mnie, Elio.

Przypomniał sobie i natychmiast trzy razy wyjęczał swoje imię, tak jak minionej nocy. Już czułem, że mi twardnieje. Potem postanowiłem podroczyć się z Oliverem tymi samymi słowami, które do mnie powiedział po powrocie z plaży:

— Zostawimy to sobie na później.

Powiedziałem mu, że „później!” zawsze będzie o nim przypominało. Roześmiał się i rzucił: „Później!” — dla odmiany słowo to oznaczało dokładnie to, co chciałem, żeby znaczyło: nie tylko do widzenia czy spadaj, ale również popołudniowe kochanie się. Odwróciłem się, wskoczyłem na rower i pognałem z powrotem w dół z promiennym uśmiechem na twarzy. Gdybym mógł, to bym zaśpiewał.

Nigdy w życiu nie byłem taki szczęśliwy. Nie mogło się wydarzyć nic złego, wszystko przebiegało po mojej myśli, wszystkie drzwi po kolei się otwierały i życie nie mogło być jaśniejsze, świeciło mi prosto w twarz, kiedy skręcałem w lewo albo w prawo i próbowałem uciec od tego światła, podążało za mną jak światło reflektora scenicznego za aktorem. Pragnąłem Olivera, ale mogłem równie dobrze żyć bez niego — jedno i drugie było dobre.

Postanowiłem zatrzymać się koło domu Marzii. Wybierała się na plażę i razem zeszliśmy na skały, żeby się poopalać. Uwielbiałem jej zapach, jej usta. Zdjęła górę od kostiumu kąpielowego i poprosiła mnie, żebym posmarował jej plecy kremem przeciwsłonecznym, wiedząc, że moje dłonie nieuchronnie ujmą jej piersi. Jej rodzina miała krytą strzechą kabinę na plaży. Marzia zaproponowała, żebyśmy tam weszli. Nikt się tam nie wybiera, zapewniała mnie. Zamknąłem drzwi od środka, posadziłem ją na stole, zdjąłem z niej kostium kąpielowy i przyłożyłem usta tam, gdzie pachniała morzem. Odchyliła się do tyłu i uniosła obie nogi nad moje ramiona. Jakie to dziwne, pomyślałem, że jedno z nich ocienia i zasłania drugie, ale się nawzajem nie wykluczają. Zaledwie pół godziny temu prosiłem Olivera, żeby mnie zerżnął, a tutaj za chwilę będę się kochał z Marzią, chociaż nie łączy ich ze sobą nic oprócz Elio, którym zawsze miałem pozostać dla nich obojga.

Po obiedzie Oliver powiedział, że musi jeszcze raz pojechać do B., aby przekazać signorze Milani swoje najnowsze poprawki. Zerknął w moją stronę, ale widząc, że nie zareagowałem, ruszył do wyjścia. Po dwóch kieliszkach wina nie mogłem się doczekać drzemki. Zabrałem ze stołu dwie duże brzoskwinie i na odchodnym pocałowałem matkę. „Zjem je później", powiedziałem. W swoim ciemnym pokoju położyłem owoce na marmurowym blacie stołu. Potem rozebrałem się do naga. Czysta, chłodna, sztywno wykrochmalona, wybielona przez słońce pościel leżała naprężona na moim łóżku — niech Bóg cię błogosławi, Mafalda. Czy chciałem być sam? Tak. Jedna osoba ubiegłej nocy, a potem znowu o świcie. Przed południem druga. Teraz leżałem na pościeli szczęśliwy jak wyrośnięty słonecznik pełen leniwego wigoru w to najsłoneczniejsze z letnich popołudni. Czy cieszyłem się z tego, że jestem sam w tym momencie, kiedy spływa na mnie sen? Tak. Ale właściwie nie. Tak. Może jednak nie. Tak, tak, tak. Byłem szczęśliwy i tylko to się liczyło, z innymi czy bez innych, byłem szczęśliwy.

Po półgodzinie, a może trochę wcześniej, obudził mnie gęsty, brązowy, klasztorny zapach kawy. Czułem go przez zamknięte drzwi i wiedziałem, że to nie jest kawa moich rodziców, zaparzona i skonsumowana jakiś czas temu, lecz kawa z neapolitańskiego ekspresu wypijana w drugim poobiednim rzucie przez Mafaldę, jej męża i Anchise. Niedługo oni też urządzą sobie sjestę. W powietrzu wisiało już ciężkie odrętwienie — świat zasypiał. Wszystko, czego chciałem, to żeby Oliver przeszedł obok moich drzwi balkonowych i pod spuszczonymi do połowy żaluzjami zobaczył moje rozciągnięte na łóżku nagie ciało. Oliver albo Marzia — w każdym razie chciałem, żeby któreś z nich tamtędy przeszło i mnie zauważyło, a następnie samo zdecydowało, co chce zrobić — pozwolić mi spać dalej czy też przytulić się do mnie, zrobiłbym miejsce i spalibyśmy razem. Wyobraziłem sobie, jak jedno z nich wchodzi do mojego pokoju, bierze do ręki brzoskwinię, zbliża się do mojego łóżka i dotyka nią mojego twardego fiuta. „Wiem, że nie śpisz", powiedzieliby i delikatnie przycisnęli miękką, przejrzałą brzoskwinię do mojego fiuta, aż w końcu pękłaby wzdłuż zmarszczki, która tak bardzo mi przypominała tyłek Olivera. Ta myśl nie chciała się ode mnie odczepić.

Wstałem, wziąłem jedną z brzoskwiń, rozchyliłem kciukami, wypchnąłem pestkę na biurko i delikatnie przyłożyłem puszysty miąższ w kolorze rumieńca do krocza, a następnie ścisnąłem rozchylony owoc po obu stronach fiuta i miąższ zaczął się zsuwać. Gdyby Oliver wszedł w tym momencie do mojego pokoju, pozwoliłbym mu ssać, tak jak to zrobił o świcie. Jeśli przyjdzie Marzia, pozwolę jej dokończyć robotę. Brzoskwinia była zarazem miękka i twarda. Kiedy w końcu udało mi się podzielić ją na dwie części za pomocą fiuta, zauważyłem, że jej czerwony rdzeń przypomina mi nie tyle odbyt, ile waginę, toteż przyciskając oburącz połówki owocu do fiuta, zacząłem go pocierać, myśląc o nikim i o wszystkich, łącznie z tą biedną brzoskwinią, która nie miała pojęcia, co się z nią robi, ale musiała brać w tym udział i pewnie czerpała z tego jakąś przyjemność, aż w końcu usłyszałem, jak mówi do mnie: „Rżnij mnie, Elio, rżnij mnie mocniej", a po chwili: „Mocniej, mówiłam!", podczas gdy ja szukałem w pamięci obrazów z Owidiusza — czy nie było tam postaci, która zamieniła się w brzoskwinię, a jeśli nie było, to czy nie mógłbym na poczekaniu wymyślić, powiedzmy, nieszczęsnego młodzieńca i dziewczyny, którzy, oboje piękni jak brzoskwinie, odtrącili zazdrosne bóstwo, które z zemsty zamieniło ich w drzewo brzoskwiniowe i dopiero teraz, po trzech tysiącach lat, dostali to, co im tak niesprawiedliwie odebrano, i mówią zdyszanymi głosami: „Umrę, jeśli skończysz, nie możesz skończyć, nigdy nie możesz skończyć"? Ta historia tak mnie podnieciła, że orgazm zbliżył się prawie bez ostrzeżenia. Mogłem przestać albo skończyć po jednym ruchu więcej, co też zrobiłem, ostrożnie, celując wytryskiem w poczerwieniałe zagłębienie otwartej brzoskwini, jakby w rytualnym zapłodnieniu.

Mocno odjechane. Położyłem się z powrotem z połówką brzoskwini w każdej dłoni, ucieszony, że nie zabrudziłem pościeli ani sokiem, ani spermą. Poobijana i uszkodzona brzoskwinia, jak ofiara gwałtu, leżała na boku na moim biurku, pohańbiona, lojalna, obolała i zdezorientowana, próbując nie rozlać tego, co zostawiłem w środku. Przypomniała mi, że prawdopodobnie nie wyglądałem inaczej, kiedy leżałem na łóżku ubiegłej nocy po tym, jak on spuścił się we mnie po raz pierwszy.

Włożyłem na siebie bezrękawnik, ale potem zdjąłem i wślizgnąłem się pod pościel.

Obudził mnie dźwięk podnoszenia, a potem opuszczania haczyka okiennic. Podobnie jak w moim śnie, Oliver szedł w moją stronę na palcach, nie po to, żeby mnie zaskoczyć, tylko żeby mnie nie obudzić. Wiedziałem, że to on i z zamkniętymi oczami uniosłem ku niemu ramię. Chwycił mnie za dłoń i pocałował, a potem podniósł pościel i najwyraźniej był zaskoczony, że widzi mnie nagiego. Natychmiast przyłożył usta w miejsce, w które rano obiecały powrócić. Lepki smak mu się spodobał. Chciał wiedzieć, co nawyprawiałem.

Powiedziałem mu i wskazałem na poobijane dowody rzeczowe, które leżały na moim biurku.

— Niech się przyjrzę.

Wstał i spytał, czy zostawiłem to dla niego.

Może tak. A może po prostu odłożyłem na później kwestię, jak pozbyć się brzoskwini.

— Czy to jest to, co myślę? — Skinąłem głową z udawanym wstydem. — Masz pojęcie, ile Anchise wkłada pracy w każdą brzoskwinię?

Żartował, ale miałem wrażenie, że kryje się za tym pytanie o pracę, które postawili mi kiedyś rodzice.

Przyniósł połówkę brzoskwini do łóżka, uważając, żeby nie rozlać zawartości podczas rozbierania się.

— To było chore, co? — spytałem.

— Nie, na pewno nie. Chciałbym, żeby wszyscy byli tacy chorzy jak ty. Chcesz zobaczyć coś naprawdę chorego? — Do czego on zmierza? Wahałem się, czy powiedzieć „tak". — Pomyśl o tych wszystkich ludziach, którzy żyli przed tobą — twój ojciec, twój dziadek, twój pradziadek i wszystkie pokolenia Eliów przed tobą, rozsiane po świecie. Wszyscy wciśnięci w tę strużkę, która czyni cię tym, kim jesteś. Mogę skosztować?

Pokręciłem głową.

Włożył palec do miseczki brzoskwini i podniósł do ust.

— Proszę cię, nie.

To było dla mnie za dużo.

— Mojej nigdy nie znosiłem, ale ta jest twoja. Wytłumacz się, proszę.

— Czuję się okropnie...

Zbył moje słowa wzruszeniem ramion.

— Nie musisz tego robić. To ja za tobą ganiałem, ja o ciebie zabiegałem, wszystko wydarzyło się przeze mnie. Nie musisz tego robić.

— Bzdura! Chciałem cię od pierwszego dnia, tylko lepiej to ukrywałem.

— Jasne...

Próbowałem wyrwać mu owoc z dłoni, ale drugą ręką chwycił mnie za nadgarstek i mocno ścisnął, jak na filmie, kiedy jeden człowiek zmusza drugiego do wypuszczenia z ręki noża.

— Boli.

— To puść.

Patrzyłem, jak wkłada sobie brzoskwinię do ust i powoli zaczyna ją jeść. Jego spojrzenie jest bardziej inwazyjne niż penetracja, pomyślałem.

— Jeśli chcesz wypluć, to nie ma problemu, nie będę miał pretensji — powiedziałem, głównie dla przerwania milczenia.

Pokręcił głową. Miał taką minę, jakby zapoznawał się ze smakiem. Coś, co należało do mnie, było w jego ustach, teraz bardziej jego niż moje. Nie mam pojęcia, co się ze mną stało, ale łzy napłynęły mi do oczu. Zamiast z nimi walczyć, jak wcześniej z orgazmem, dałem im upust choćby po to, żeby powiedzieć Oliverowi coś równie osobistego na swój temat. Stłumiłem szloch na jego ramieniu. Płakałem, ponieważ żaden obcy człowiek nie był dla mnie tak dobry ani nie posunął się dla mnie tak daleko, nawet Anchise, który rozkroił mi kiedyś stopę i wyssał z niej jad skorpiona. Płakałem, ponieważ nigdy wcześniej nie czułem tak wielkiej wdzięczności, a nie znałem innego sposobu na jej okazanie. Płakałem, ponieważ rano źle myślałem o Oliverze. Płakałem z powodu minionej nocy, ponieważ, ze wszystkimi tego dobrymi i złymi skutkami, nie mogłem jej cofnąć i teraz był dobry moment na to, aby pokazać Oliverowi, że miał rację, że to nie jest łatwe, że zabawa i figle potrafią zwieść na manowce, że jest za późno na odwrót, bo za bardzo się pospieszyliśmy. Płakałem, ponieważ coś się stało, ale nie miałem pojęcia co.

— Cokolwiek się między nami wydarzy, Elio, chcę, żebyś wiedział. Nigdy nie mów, że nie wiedziałeś.

Dalej przeżuwał. W porywie namiętności słowa te być może nie miałyby większego znaczenia, ale to była inna sytuacja. Odsuwał mnie od siebie.

Jego słowa nie miały sensu, ale dokładnie wiedziałem, co znaczą.

— W taki sposób to okazuję. To lepsze niż słowa. Ze wszystkich ludzi, których znam, ty najlepiej to zrozumiesz.

Pogłaskałem go po twarzy, a potem, nie wiedzieć dlaczego, zacząłem lizać jego powieki.

— Pocałuj mnie, zanim zniknie — powiedziałem, mając na myśli smak brzoskwini w jego ustach.

Zostałem w swoim pokoju długo po wyjściu Olivera. Kiedy się nareszcie obudziłem, był prawie wieczór, co wprawiło mnie w zły nastrój. Ból zniknął, ale wróciła ta sama niemoc, której doznałem przed świtem. Nie wiedziałem, czy jest to to samo uczucie, które ponownie wypłynęło na powierzchnię po długiej przerwie, czy też poranna dolegliwość się zagoiła i przyszła nowa, wynikająca z popołudniowej miłości. Czy zawsze będę doświadczał samotnego poczucia winy po upajających wspólnych momentach? Dlaczego nie przeżywam tego samego z Marzią? Czyżby natura przypominała mi w ten sposób, że wolę być z Marzią?

Wziąłem prysznic i włożyłem na siebie czyste ubranie. Na dole wszyscy pili drinki. Znowu przyszli dwaj goście z poprzedniego wieczoru, zajmowała się nimi moja matka, a nowy przybysz, kolejny dziennikarz, z zaangażowaniem słuchał opowieści Olivera o jego książce na temat Heraklita. Oliver do perfekcji opanował sztukę przedstawiania obcym ludziom pięciozdaniowego streszczenia, które sprawiało wrażenie stworzonego na poczekaniu dla tego konkretnego słuchacza.

— Zostaniesz? — spytała mnie mama.

— Nie, idę zobaczyć się z Marzią.

Mama spojrzała na mnie z zaniepokojeniem i bardzo dyskretnie pokręciła głową w znaczeniu: „Nie pochwalam tego, to dobra dziewczyna, powinniście wychodzić razem w grupie".

— Zostaw go w spokoju, ty i twoje grupy — zripostował ojciec, zapalając dla mnie zielone światło. — Wolałabyś, żeby siedział całymi dniami w domu? Niech robi to, co sprawia mu przyjemność.

Co sprawia mu przyjemność!

Gdyby ojciec wiedział...

Co by było, gdyby wiedział?

Na pewno by się nie sprzeciwiał. W pierwszym odruchu by się skrzywił i natychmiast za to przeprosił.

Nie przyszło mi do głowy, żeby ukrywać przed Oliverem to, co robię z Marzią. Piekarze i masarze nie rywalizują ze sobą, pomyślałem. Uznałem zresztą, że Oliver najprawdopodobniej nie byłby tym szczególnie zainteresowany.

Tego wieczoru Marzia i ja poszliśmy do kina. Jedliśmy lody na *piazzetta*. Potem następne u niej w domu.

— Chciałabym pójść jeszcze raz do księgarni — powiedziała, odprowadzając mnie do furtki ogrodu. — Ale nie lubię chodzić z tobą do kina.

— Możemy pójść jutro tuż przed zamknięciem.

— Czemu nie?

Chciała powtórzyć tamtą noc.

Pocałowała mnie. Ja wolałem iść do księgarni tuż po otwarciu, z opcją powtórzenia wizyty wieczorem.

Kiedy wróciłem do domu, goście zbierali się do wyjścia. Olivera nie było.

Mam za swoje, pomyślałem.

Poszedłem do swojego pokoju i z braku innego pomysłu otworzyłem dziennik.

Wpis z poprzedniego wieczoru: „»Zobaczymy się o północy«. Uważaj, on nie przyjdzie. »Spadaj« — takie jest prawdziwe znaczenie »Wydoroślej«. Trzeba było nic nie mówić!".

Z nerwowych bazgrołów, którymi otoczyłem te słowa przed pójściem do jego pokoju, próbowałem wydobyć wspomnienia o lękach ubiegłej nocy. Może chciałem je ponownie przeżyć w celu zamaskowania dzisiejszych oraz przypomnienia samemu sobie, że skoro moje najgorsze obawy nagle się rozwiały po wejściu do pokoju Olivera, to może dzisiaj obawy te również zostaną bez problemu przezwyciężone, kiedy usłyszę jego kroki.

Nie mogłem sobie jednak przypomnieć lęków z ubiegłej nocy. Całkowicie przesłaniały je następne wydarzenia, spychając je do segmentu czasu, do którego nie miałem żadnego dostępu. Wszystko, co się wiązało z minioną nocą, nagle zniknęło. Nic nie pamiętałem. Szepnąłem do siebie: „Spadaj!", żeby potrząsnąć pamięcią, ale słowo, które poprzedniej nocy tak mnie poruszyło, teraz było tylko dźwiękiem, który nie miał większego sensu.

Wtedy mnie olśniło. To, co przeżywałem tego wieczoru, było inne — znacznie gorsze — od wszystkiego, czego doświadczyłem wcześniej.

Nawet nie wiedziałem, jak to nazwać.

Po zastanowieniu doszedłem jednak do wniosku, że lęków z poprzedniej nocy też nie umiem nazwać.

Poprzedniej nocy zrobiłem gigantyczny krok do przodu.

Nie stałem się jednak dzięki temu mądrzejszy, pewniejszy swego. Tak jakbyśmy w ogóle się ze sobą nie przespali.

Poprzedniej nocy był przynajmniej strach przed porażką, przed odrzuceniem, przed zostaniem nazwanym tym samym imieniem, którego mnie zdarzało się użyć wobec innych. Teraz, kiedy udało mi się przezwyciężyć ten strach, musiałem zadać sobie pytanie, czy niepokój nie tkwił we mnie przypadkiem od samego początku w ukrytej postaci, jak zapowiedź, jak ostrzeżenie przed morderczymi rafami za spienioną wodą.

I dlaczego mnie obchodziło, gdzie on teraz jest? Czy nie tego chciałem dla nas obu — masarze, piekarze i tak dalej? Dlaczego tak bardzo mnie rozstrajało, że go nie ma czy że uciekł przede mną? Skąd się bierze to poczucie, że cały mój dzień jest tylko czekaniem na niego?

I dlaczego czekanie staje się dla mnie torturą?

Jeśli jesteś z kimś, Oliver, to czas wrócić do domu. O nic nie będę pytał, obiecuję, tylko oszczędź mi dalszego czekania.

Jeśli nie pojawi się w ciągu dziesięciu minut, to coś będę musiał zrobić.

Po dziesięciu minutach, czując się bezradny i nienawidząc siebie samego za to uczucie, postanowiłem dać mu jeszcze dziesięć minut, ale tym razem ani sekundy więcej.

Dwadzieścia minut później nie mogłem już tego wytrzymać. Włożyłem sweter, wróciłem z balkonu do pokoju i zszedłem do salonu. Jeśli będzie trzeba, to pojadę do B. i sam sprawdzę. Poszedłem do szopy z rowerami i zacząłem dyskutować z samym sobą, czy nie lepiej byłoby najpierw pojechać do N., bo ludzie na ogół imprezują tam dłużej niż w B. Właśnie przeklinałem się w duchu, że nie dopompowałem przed południem kół, kiedy nagle coś mi kazało znieruchomieć, żeby nie obudzić Anchise, który spał w domku koło szopy. Groźny Anchise — wszyscy go tak oceniali. Czy podejrzewałem coś wcześniej? Chyba tak. Upadek z roweru, chłopska maść Anchise, dobroć, z jaką się nim zaopiekował i oczyścił szramę...

Ale wtedy zobaczyłem go na brzegu morza, w świetle księżyca. Siedział na jednej z wyższych skał w marynarskim swetrze w biało-niebieskie pasy, zakupionym na początku lata na Sycylii. Sweter miał guziki na ramieniu, których Oliver nigdy nie zapinał. Nic nie robił, siedział z rękami opasanymi wokół kolan i słuchał, jak niewielkie fale uderzają w dole o skały. Kiedy patrzyłem na niego zza naszej balustrady, ogarnęła mnie wielka czułość, która mi przypomniała, z jak wielką skwapliwością pognałem do B. i złapałem go, jeszcze zanim zdążył wejść na pocztę. Był najlepszym człowiekiem, jakiego znałem. Dokonałem dobrego wyboru. Otworzyłem furtkę i zbiegłem do niego na dół.

— Czekałem na ciebie — powiedziałem.

— Myślałem, że poszedłeś spać. Albo że nie chcesz.

— Nie. Czekałem, tylko przy zgaszonym świetle.

Spojrzałem w górę na nasz dom. Okiennice były pozamykane. Pochyliłem się i pocałowałem go w szyję. Po raz pierwszy pocałowałem go z uczuciem, nie tylko z pożądaniem. Objął mnie ramieniem — w oczach ewentualnego obserwatora byłoby to niewinny gest.

— Co robiłeś? — spytałem.

— Rozmyślałem.

— O czym?

— O różnych rzeczach. O powrocie do Stanów. O zajęciach, które będę musiał prowadzić tej jesieni. O książce. O tobie.

— O mnie?

— O mnie? — powtórzył, przedrzeźniając moją skromność.

— O nikim innym?

— O nikim innym. — Milczał przez chwilę. — Siedzę tutaj każdego wieczoru. Czasami przez wiele godzin.

— Zupełnie sam? — Skinął głową. — Nie miałem pojęcia. Myślałem…

— Wiem, co myślałeś.

Nie byłby w stanie bardziej mnie uszczęśliwić. Ta kwestia niewątpliwie ciążyła na wszystkim, co było między nami. Postanowiłem jej nie drążyć.

— Za tym miejscem będę chyba najbardziej tęsknił. — Po namyśle dodał: — Byłem szczęśliwy w B. — Brzmiało to jak wstęp do pożegnania. — Patrzyłem tam — podjął, wskazując w stronę horyzontu — i myślałem, że za dwa tygodnie będę z powrotem na uczelni.

Miał rację. Świadomie nie liczyłem dni. Z początku dlatego, że nie chciałem zastanawiać się, jak długo on z nami zostanie, później dlatego, że nie potrafiłem spojrzeć prawdzie w oczy: zostało ich już tak niewiele.

— Kiedy za dziesięć dni popatrzę na tę skałę, ciebie tu nie będzie. Nie wiem, co wtedy zrobię. Ty przynajmniej będziesz gdzie indziej, w miejscu bez żadnych wspomnień.

Przyciągnął mnie do siebie.

— Twoje myśli czasem chodzą dziwnymi drogami... Poradzisz sobie.

— Może. A może nie. Zmarnowaliśmy tak wiele dni — tak wiele tygodni.

— Zmarnowaliśmy? No nie wiem. Może po prostu potrzebowaliśmy czasu, żeby się dowiedzieć, czy tego chcemy.

— Niektórzy specjalnie utrudniali sprawę.

— Niby ja?

Skinąłem głową.

— Wiesz, co robiliśmy dwadzieścia cztery godziny temu?

Uśmiechnął się.

— Do tej pory nie wiem, co o tym myśleć.

— Ja też. Ale cieszę się, że to zrobiliśmy.

— Wszystko OK u ciebie?

— Wszystko OK. — Wsunąłem mu dłoń pod spodnie. — Cudownie się tu z tobą siedzi.

Chciałem mu w ten sposób powiedzieć, że ja też byłem tutaj szczęśliwy. Zastanowiłem się, co dla niego znaczy, że był tutaj szczęśliwy: szczęśliwy po przybyciu na miejsce, które z nawiązką spełniło jego oczekiwania, szczęśliwy przy swojej pracy w te upalne poranki w „niebie", szczęśliwy podczas jazdy do swojej tłumaczki i z powrotem, szczęśliwy wieczorami, kiedy znikał w mieście i wracał bardzo późno, szczęśliwy z moimi rodzicami i kolacyjnym nudziarstwem, szczęśliwy z kumplami od pokera i wszystkimi innymi mieszkańcami, których poznał i o których ja zupełnie nic nie wiedziałem? Może mi kiedyś powie. Jaką ja odegrałem rolę w tym wielkim pakiecie szczęścia?

Potrafiłem sobie wyobrazić, że kiedy następnego dnia wcześnie rano pójdziemy popływać, znowu ogarnie mnie obrzydzenie do siebie. Czy można się do tego przyzwyczaić? Czy też gromadzi się w nas tak wielka ilość złego samopoczucia, że uczymy się lepić z niego jedną wielką bryłę emocji, z amnestiami i ułaskawieniami? Czy też obecność tego drugiego, który wczoraj rano był dla nas prawie jak intruz, staje się coraz bardziej niezbędna, ponieważ chroni nas przed naszym własnym piekłem — innymi słowy, czy ta sama osoba, która za dnia jest przyczyną naszej udręki, w nocy nas od niej uwalnia?

Następnego dnia parę minut po szóstej rano poszliśmy razem popływać, a wczesna pora dodała nam energii. Kiedy Oliver położył się na plecach i udawał topielca, miałem ochotę go przytrzymać, tak jak to robią instruktorzy pływania: utrzymują cię na powierzchni tak delikatnie, jakby tylko muskali cię koniuszkami palców. Dlaczego czułem się w tym momencie starszy od niego? Tego ranka chciałem go przed wszystkim ochronić — przed skałami, przed meduzami, przyszedł bowiem sezon meduz, przed Anchise z jego szyderczym śmiechem, z którym wchodził do ogrodu, aby włączyć spryskiwacze i bez przerwy wyrywał chwasty, nawet kiedy padało, nawet kiedy z kimś rozmawiał, nawet kiedy groził, że od nas odejdzie, z jego złowieszczym spojrzeniem docierającym do wszystkich twoich tajemnic, nawet tych, o których sądziłeś, że są bezpiecznie ukryte przed jego wzrokiem.

— Jak się masz? — echo pytania, które zadał mi poprzedniego dnia rano.

— Tak jakbyś nie wiedział.

Przy śniadaniu — sam nie wiem, co mi strzeliło do głowy — odciąłem czubek jego jajka na miękko, zanim Mafalda zdążyła zabrać się do dzieła albo zanim on zdążył rozbić skorupkę łyżeczką. Nigdy wcześniej tego nie robiłem, dla nikogo. Bardzo uważałem na to, żeby w jajku nie został ani jeden kawałek skorupki. Oliver był zadowolony ze swojego jajka. Ucieszyłem się, kiedy Mafalda przyniosła mu jego codzienną *polpo*. Domowa sielanka. Tylko dlatego, że poprzedniej nocy pozwolił mi leżeć na górze.

Kiedy odcinałem czubek drugiego jajka, zauważyłem, że ojciec mi się przygląda.

— Amerykanie nie umieją tego robić — tłumaczyłem się.

— Jestem pewien, że mają swoje sposoby... — odparł ojciec.

Stopa, która spoczęła na mojej pod stołem, powiedziała mi, że może powinienem odpuścić i uznać, że ojciec nabrał jakichś podejrzeń.

— Nie jest głupi — powiedział do mnie Oliver po śniadaniu, szykując się do wyjazdu do B.

— Chcesz, żebym z tobą pojechał?

— Nie, lepiej się nie wychylać. Powinieneś popracować dzisiaj nad Haydnem. Później.

— Później.

W tym momencie zadzwoniła Marzia. Oddając mi słuchawkę, Oliver puścił do mnie oko, ale bez śladu ironii. Jeśli czegoś nie przegapiłem — a nie sądzę, żebym przegapił — w żaden sposób nie próbował mi przypomnieć, że obowiązuje między nami całkowita transparentność, która może zaistnieć tylko wśród przyjaciół.

Może byliśmy przede wszystkim przyjaciółmi, a dopiero potem kochankami.

Ale może zawsze tak właśnie jest między kochankami.

Kiedy sięgam pamięcią do naszych ostatnich dziesięciu wspólnych dni, widzę poranne pływanie, leniwe śniadania, wyjazdy do miasta, pracę w ogrodzie, obiady, popołudniowe drzemki, znowu pracę w ogrodzie, może tenis, wieczorne szlajanie się po *piazzetta* i noc w noc miłość, w której człowiek traci poczucie czasu. Kiedy patrzę wstecz na te dni, to mam wrażenie, że nie było minuty — nie licząc jego z grubsza półgodzinnych pobytów u tłumaczki i tych paru godzin z Marzią, które mnie czasami udało się skraść — której nie spędzilibyśmy razem.

— Kiedy się o mnie dowiedziałeś? — spytałem go pewnego dnia. Miałem nadzieję, że powie: „Kiedy ścisnąłem cię za bark i prawie osunąłeś się w moich ramionach". Albo: „Kiedy zmoczyłeś kąpielówki tego popołudnia, kiedy rozmawialiśmy w twoim pokoju". Coś w tym stylu.

— Kiedy się zarumieniłeś — powiedział.

— Ja?

Rozmawialiśmy wtedy o tłumaczeniu poezji; wcześnie rano, w pierwszym tygodniu jego pobytu u nas. Tego dnia zaczął pracować szybciej niż zwykle, prawdopodobnie dlatego, że spontaniczne rozmowy pod lipą podczas nakrywania do stołu zaczynały mi sprawiać przyjemność i zależało mi na tym, żebyśmy spędzili ze sobą trochę czasu. Zapytał mnie, czy tłumaczyłem kiedyś poezję. Odparłem, że tak. Czytał Leopardiego i natrafił na kilka wersetów, których nie dało się przetłumaczyć. Gadaliśmy, nie zdając sobie sprawy, jak długo może się rozwijać zaimprowizowana rozmowa, bo w trakcie zagłębiania się w Leopardiego od czasu do czasu znajdowaliśmy boczne uliczki, w których nasze wrodzone poczucie humoru i zamiłowanie do wygłupów miało pole do popisu. Przetłumaczyliśmy wspomniany przez niego fragment na angielski, potem na starożytną grekę, a następnie na angielski w wersji bełkotliwej i na włoski w wersji surrealistycznej. Ostatnie linijki *Alla Luna* Leopardiego wyszły tak pokręcone, że powtarzaliśmy je wiele razy, zanosząc się śmiechem — a potem na moment zapadła cisza i kiedy podniosłem na niego wzrok, mierzył mnie tym bezkompromisowym, lodowatym, szklanym spojrzeniem, które zawsze mnie rozstrajało. Próbowałem coś powiedzieć, a kiedy mnie zapytał, skąd tyle wiem, starczyło mi przytomności umysłu, aby wspomnieć coś o tym, że jestem synem profesora. Nie zawsze miałem ochotę popisywać się swoją wiedzą, zwłaszcza wobec osoby, która mnie tak onieśmielała. Nie miałem się czym bronić, nie miałem nic do dodania, do wrzucenia w mętne wody, które nas od siebie oddzielały, nie miałem gdzie się ukryć ani szukać osłony. Czułem się wystawiony na cel jak zabłąkane jagnię na suchych, bezwodnych równinach Serengeti.

Jego spojrzenie nie należało do rozmowy ani nawet do wygłupów związanych z tłumaczeniem; zastąpiło je i stało się samoistnym tematem, którego żaden z nas nie śmiał albo nie chciał poruszać. W oczach Olivera był taki blask, że musiałem odwrócić wzrok, a kiedy znowu na niego popatrzyłem, nadal był skupiony na mojej twarzy, tak jakby chciał powiedzieć: „Odwróciłeś wzrok, a teraz znowu jesteś, czy zamierzasz niedługo znowu uciec z oczami?", dlatego musiałem jeszcze raz odwrócić wzrok, jakbym był pogrążony w myślach, jednak cały czas rozglądałem się za czymś do powiedzenia, tak jak ryba rozgląda się za wodą w błotnistym stawie, który szybko wysycha podczas upału. Oliver z pewnością dokładnie wiedział, jak się czuję. Tak, w końcu się zarumieniłem, nie z powodu naturalnego zawstydzenia wywołanego faktem, że nie wytrzymałem jego spojrzenia; zarumieniłem się z powodu niewiarygodnej możliwości, że on naprawdę mnie lubi, i to w ten sam sposób, co ja jego.

Przez wiele tygodni wyczytywałem z jego spojrzenia wrogość. Nie mogłem się bardziej pomylić. Niektórzy nieśmiali ludzie usiłują w ten sposób nawiązać z kimś kontakt wzrokowy.

W końcu mi zaświtało, że jesteśmy dwoma najbardziej nieśmiałymi ludźmi na świecie.

Mój ojciec jako jedyny od pierwszej chwili przejrzał go na wskroś.

— Lubisz Leopardiego? — spytałem, aby przerwać milczenie, ale również dać mu do zrozumienia, że jeśli podczas przerwy w rozmowie sprawiałem wrażenie trochę rozkojarzonego, to dlatego, że myślałem o Leopardim.

— Tak, bardzo.

— Ja też bardzo go lubię.

Miałem świadomość, że nie mówię o Leopardim. Pytanie brzmiało, czy on też zdaje sobie z tego sprawę.

— Wiedziałem, że wprawiam cię w zakłopotanie, ale po prostu musiałem się upewnić.

— Czyli cały czas wiedziałeś?

— Mniej więcej.

Innymi słowy, to się zaczęło zaledwie kilka dni po jego przyjeździe. Czyli wszystko, co nastąpiło potem, było udawane? Ta ciągła oscylacja między przyjaźnią a obojętnością — co to miało znaczyć? Że się nawzajem szpiegowaliśmy, udając brak zainteresowania? Czy też był to sprytny manewr, który polegał na tym, że trzymaliśmy się na dystans w nadziei, że to, co czujemy, jest autentyczną obojętnością?

— Dlaczego nie dałeś mi znaku? — spytałem.

— Dałem. A przynajmniej próbowałem.

— Kiedy?

— Któregoś dnia po tenisie. Dotknąłem cię. Żeby ci pokazać, że cię lubię. Zareagowałeś tak, jakbym cię molestował. Postanowiłem trzymać się na dystans.

Najlepsze chwile były po południu. Po obiedzie, kiedy podawano kawę, szedłem do siebie na sjestę. Kiedy obiadowi goście sobie poszli albo odpoczywali w domku gościnnym, mój ojciec albo udawał się do gabinetu, albo ucinał sobie drzemkę razem z moją matką. O drugiej po południu na dom albo wręcz na cały świat spływała intensywna cisza, od czasu do czasu zakłócana przez gruchanie gołębi bądź odgłosy młotka Anchise, który naprawiał narzędzia, usiłując nie narobić zbyt wiele hałasu. Lubiłem słuchać, jak Anchise pracuje po południu i nawet jeżeli jego okazjonalne stukanie czy piłowanie mnie obudziło albo kiedy ostrzyciel noży w każde środowe popołudnie włączał swój kamień szlifierski, czułem się równie wypoczęty i pogodzony ze światem, jak wiele lat później po usłyszeniu odległej syreny przeciwmgielnej koło przylądka Cod w środku nocy. Oliver otwierał po południu okna i okiennice, żeby od życia zewnętrznego oddzielały nas tylko firanki, ponieważ byłoby „zbrodnią" zasłaniać tyle słońca i taki krajobraz, zwłaszcza jeśli nie ma się go na co dzień, powiedział. Pofałdowane pola w dolinie prowadzącej na wzgórza zdawały się wisieć w zielonej mgiełce: słoneczniki, winorośl, płachetki lawendy i przysadziste, niepozorne drzewka oliwne przygarbione jak sękate, leciwe strachy na wróble zaglądające w nasze okna, kiedy leżeliśmy nadzy na naszym łóżku, pachnąc potem — jego potem, który był również moim potem — a wokół nas unosił się zapach używanego przez Mafaldę rumiankowego proszku do prania, czyli klasyczny aromat popołudniowego świata w naszym domu.

Patrzę wstecz na te dni i niczego nie żałuję. Nie żałuję ryzyka, wstydu, kompletnej krótkowzroczności. Liryczne pasma słońca, wybujała roślinność pochylająca głowy w intensywnym wczesnopopołudniowym upale, skrzypienie drewnianych podłóg albo chrobot delikatnie przesuwanej po marmurowym blacie glinianej popielniczki, która stała na moim nocnym stoliku. Wiedziałem, że nasze minuty są policzone, chociaż nie miałem odwagi ich liczyć, tak samo jak widziałem, w jakim kierunku to wszystko zmierza, chociaż nie miałem odwagi czytać drogowskazów. W pewnym okresie zamiast rzucać za siebie okruszki chleba, żeby oznaczyć drogę powrotną, zjadałem je. Oliver mógł się okazać skurwielem, mógł mnie zmienić albo zniszczyć, plotki i upływ czasu mogły wypatroszyć albo obrać do kości wszystko, co nas łączyło. Może zatęsknię za tymi dniami, a może będę miał znacznie szczęśliwsze życie, ale tak czy owak nikt mi nie odbierze tych popołudni spędzonych w moim pokoju.

Pewnego ranka obudziłem się jednak i zobaczyłem, że nad całym B. nisko przesuwają się ciemne chmury. Wiedziałem, czego to zwiastun: jesień była tuż za rogiem.

Kilka godzin później niebo się rozchmurzyło. Pogoda chciała się chyba zrehabilitować za poranny chuligański wybryk, ponieważ usunęła z naszego życia wszelkie sugestie jesieni i sprezentowała nam jeden z najprzyjemniejszych dni lata. Wziąłem sobie jednak do serca to ostrzeżenie na takiej samej zasadzie, na jakiej przysięgli uwzględniają nawet te dowody, które sędzia uznał za niedopuszczalne i kazał wykreślić z protokołu. Nagle zrozumiałem, że żyjemy na kredyt, że czas zawsze jest pożyczony, że firma pożyczkowa domaga się jego spłaty dokładnie w tym momencie, kiedy jesteśmy na to najmniej przygotowani i potrzebujemy pożyczyć go jeszcze więcej. Zacząłem pstrykać w głowie fotki Olivera, podnosiłem okruszki chleba, które spadły z naszego stołu i gromadziłem je w mojej kryjówce, a także, wstydząc się tego, sporządzałem listy: skała, plener Moneta, łóżko, odgłos popielniczki. Skała, plener Moneta, łóżko... Żałowałem, że nie jestem jak ci żołnierze na filmach, którzy uciekają przed ostrzałem i rzucają na ziemię karabiny, jakby już nigdy nie mieli ich użyć, albo jak uciekinierzy na pustyni, którzy zamiast wydzielać sobie porcje wody z bukłaka, ulegają pragnieniu, wypijają wszystko naraz i rzucają bukłak za siebie. Ja chomikowałem małe rzeczy, aby w czekających mnie chudych dniach przebłyski z przeszłości przyniosły mi trochę jej ciepła. Z wahaniem zacząłem okradać teraźniejszość, żeby mieć z czego spłacać długi, które nieuchronnie czekały mnie w przyszłości. Miałem świadomość, że jest to taka sama zbrodnia jak zamykanie okiennic w słoneczne popołudnia. Ale wiedziałem również, że przewidywanie najgorszego scenariusza to najlepszy sposób na zapobiegnięcie mu.

Kiedy pewnego wieczoru poszliśmy na spacer i powiedział mi, że niedługo wraca do domu, uzmysłowiłem sobie, jak daremna była moja rzekoma dalekowzroczność. Bomby nigdy nie spadają dwa razy na ten sam cel; ta bomba, mimo wszystkich moich prewencyjnych działań, trafiła dokładnie w moją kryjówkę.

Oliver odlatywał do Stanów Zjednoczonych w drugim tygodniu sierpnia. Na początku tego miesiąca powiedział, że chce spędzić kilka dni w Rzymie i wykorzystać ten czas na dopracowanie ostatecznej wersji maszynopisu razem ze swoim włoskim wydawcą. Potem poleci bezpośrednio do domu. Chciałbym do niego dołączyć?

Oczywiście, odparłem. Nie powinienem najpierw zapytać rodziców? Nie trzeba, nigdy mi niczego nie zabraniają. Tak, ale nie mieliby...? Nie mieliby. Usłyszawszy, że Oliver wyjeżdża wcześniej, niż zapowiadał, i spędzi kilka dni w Rzymie, moja matka spytała ojca, czy mogę mu towarzyszyć — oczywiście za zgodą „il kaiboya". Ojciec nie miał nic przeciwko temu.

Mama pomogła mi się spakować. Mogę potrzebować marynarki, na wypadek gdyby wydawca zaprosił nas na kolację, zasugerowała. „Nie będzie żadnych kolacji. Poza tym dlaczego mieliby mnie też zaprosić?" Mimo to uważała, że powinienem zabrać marynarkę. Chciałem wziąć plecak, podróżować tak jak wszyscy moi rówieśnicy. „Jak chcesz", skomentowała. Mimo to pomogła mi opróżnić i ponownie spakować torbę, kiedy stało się oczywiste, że nie starczy miejsca na wszystko, co chciałem zabrać. Wyjeżdżasz tylko na dwa albo trzy dni. Ani Oliver, ani ja nie wyrażaliśmy się zbyt precyzyjnie na temat naszych ostatnich wspólnych dni. Mama nigdy się nie dowiedziała, jak bardzo mnie dotknęło to jej „dwa albo trzy dni". „Wiemy, w jakim hotelu się zatrzymamy?", spytała. W *penzione* takim a takim. Nigdy o nim nie słyszała, ale co ona tam wie. Ojciec się obruszył — to on zarezerwował dla nas ten pensjonat. „W ramach prezentu", powiedział.

Oliver nie tylko spakował swój worek marynarski, ale w dniu, w którym mieliśmy wsiąść w *direttissimo* do Rzymu, wyjął swoją walizkę i postawił ją dokładnie w tym samym miejscu, w którym opuściłem ją na podłogę jego pokoju w dniu jego przyjazdu. Przewinąłem wtedy film do momentu, kiedy odzyskam swój pokój. Teraz zadawałem sobie pytanie, czego gotów byłbym się wyrzec, gdybym tylko mógł przewinąć wszystko do tyłu, do tego popołudnia pod koniec czerwca, kiedy zabrałem Olivera na obowiązkową rundę po naszej posiadłości i od jednego do drugiego zaczęliśmy się zbliżać do spalonego przez słońce pustego terenu koło porzuconych torów kolejowych, gdzie otrzymałem pierwszą z niezliczonych dawek „później". Każdy mój rówieśnik zdecydowanie wolałby się przespać niż wlec na tyły naszego majątku w tak upalny dzień. Najwyraźniej już wtedy wiedziałem, co robię.

Symetria tego wszystkiego, a może porządek w opróżnionym, jakby splądrowanym pokoju Olivera, ścisnęły mnie za gardło.

Przypominał mi nie tyle pokój hotelowy, w którym czekasz na portiera, żeby zabrał twoje rzeczy na dół po kończącym się zbyt szybko wspaniałym pobycie, ile salę szpitalną w sytuacji, kiedy twoje rzeczy zostały już spakowane, a następny pacjent, który zapewne znajduje się na progu śmierci, czeka w izbie przyjęć na puste łóżko, tak samo jak ty czekałeś tydzień wcześniej.

Była to próba generalna przed naszym ostatecznym rozstaniem — jak ostatnie spojrzenie na człowieka pod respiratorem, który za dwa dni zostanie odłączony.

Cieszyłem się, że mój pokój do mnie powróci, a w obecnie przeze mnie zajmowanym ponownie rozgości się mój brat, jak tylko przyjedzie z Azji. W moim/jego pokoju łatwiej będzie pamiętać nasze noce, myślałem.

Albo nie, lepiej zatrzymać mój obecny pokój. Wtedy przynajmniej będę mógł udawać, że Oliver nadal jest w swoim pokoju, a jeśli go tam nie ma, to dlatego, że nadal wychodzi z domu równie często jak w te wieczory, kiedy liczyłem minuty, godziny, odgłosy.

Otworzyłem jego szafę i zauważyłem, że zostawił kąpielówki, majtki, spodnie i czystą koszulę. Rozpoznałem ją. Ta wydęta. Rozpoznałem też kąpielówki. Czerwone. Chciał w nich pójść na ostatnie poranne pływanie.

— Te kąpielówki... — powiedziałem po zamknięciu drzwi szafy.

— Tak?

— Powiem ci w pociągu. — Powiedziałem mu jednak od razu. — Obiecaj, że mi je zostawisz.

— To wszystko?

— Noś je dzisiaj dużo — i nie idź w nich pływać.

— Chore i pokręcone.

— Chore, pokręcone i bardzo, bardzo smutne.

— Nigdy cię takiego nie widziałem.

— Chcę też wydętą koszulę. I espadryle. I okulary przeciwsłoneczne. I ciebie.

W pociągu powiedziałem mu o dniu, kiedy myślałem, że się utopił, ja zaś postanowiłem poprosić ojca, żeby skrzyknął jak najwięcej rybaków na poszukiwania, a po znalezieniu Olivera mieli rozpalić na brzegu stos pogrzebowy, po czym ja wziąłbym z kuchni nóż Mafaldy i wykroił jego serce, ponieważ serce i koszula Olivera byłyby wszystkim, co by mi w życiu pozostało. Serce i koszula. Jego serce zawinięte w mokrą koszulę — jak ryba Anchise.

umm...-
ok

CZĘŚĆ **III**

Syndrom San Clemente

W środę o siódmej wieczór przyjechaliśmy na Stazione Termini. W Rzymie było parno i duszno, ponieważ nad miastem przeszła burza, która nie oczyściła atmosfery. Do zmierzchu pozostała już nie więcej niż godzina. Latarnie uliczne przeświecały przez gęste aureole, a podświetlone witryny sklepowe opływały w połyskujące kolory własnej inwencji. Wilgoć lepiła się do każdego czoła i każdej twarzy. Chciałem pieścić twarz Olivera. Nie mogłem się doczekać, kiedy dotrzemy do hotelu, gdzie wezmę prysznic i rzucę się na łóżko, chociaż zdawałem sobie sprawę, że jeśli nie będzie dobrej klimatyzacji, to po prysznicu nie poczuję się lepiej. Mimo tego wszystkiego uwielbiałem odrętwienie, które spoczęło na Rzymie jak zmęczona, niepewna dłoń kochanka na twoim ramieniu.

Może będziemy mieli balkon. Przydałby się. Usiąść na chłodnych marmurowych stopniach i patrzeć, jak słońce zachodzi nad Rzymem. Woda mineralna. Albo piwo. I drobne przekąsski do pogryzania. Ojciec zarezerwował nam pokój w jednym z najbardziej luksusowych hoteli w Rzymie.

Oliver chciał wziąć taksówkę, ale ja wolałem pojechać autobusem, przepychać się przez spocony tłum ludzi, mając jego za plecami. Jednak kilka sekund po wskoczeniu do autobusu postanowiliśmy wysiąść. To było za bardzo *realne*, żartowaliśmy sobie. Wycofywałem się przez gęstą ciżbę rozjuszonych pracowników, którzy wracali do domu i nie mogli zrozumieć, co my robimy. Udało mi się nadepnąć jakiejś kobiecie na stopę. „*E non chiede manco scusa*, nawet nie przeprosi", syknęła do otaczających ją pasażerów, którzy właśnie wepchnęli się do autobusu i nie przepuszczali nas do wyjścia.

W końcu zatrzymaliśmy taksówkę. Po zarejestrowaniu nazwy hotelu i usłyszeniu, że mówimy po angielsku, taryfiarz bez powodu zaczął nadkładać drogi.

— *Inutile prendere tante scorciatoie*, nie ma potrzeby jeździć skrótami. Nigdzie nam się nie spieszy — powiedziałem w dialekcie rzymskim.

Z zachwytem stwierdziliśmy, że większa z sąsiadujących ze sobą sypialni ma okno i balkon. Kiedy otworzyliśmy drzwi, lśniące kopuły niezliczonych kościołów bezkresnej panoramy odbijały zachodzące słońce. Ktoś przysłał nam bukiet kwiatów i miskę owoców, opatrzone bilecikiem od włoskiego wydawcy Olivera: „Przyjedź do księgarni koło wpół do dziewiątej. Przywieź maszynopis. Robią imprezę dla jednego z naszych autorów. *Ti aspettiamo,* czekamy na ciebie".

Nie planowaliśmy niczego oprócz kolacji, a następnie spaceru po mieście.

— Ale czy ja też jestem zaproszony? — spytałem odrobinę zaniepokojony.

Usiedliśmy przed telewizorem, wzięliśmy miskę z owocami i obieraliśmy sobie nawzajem figi.

Postanowił wziąć prysznic. Kiedy zobaczyłem go nagiego, natychmiast też się rozebrałem.

— Tylko na chwilę — powiedziałem, kiedy nasze ciała się zetknęły, bo uwielbiałem wilgoć, która przylegała do niego całego. — Szkoda, że musisz się umyć.

Jego zapach przypomniał mi o Marzii i o tym, że zawsze pachniała solą i morzem, a w dni, kiedy na plażach nie było wiatru, dochodził do tego ostry, popielaty zapach parzącego w stopy piasku. Uwielbiałem sól jego ramion, barków, grani kręgosłupa. Wciąż były dla mnie nowe.

— Jeśli się teraz położymy, to z wieczoru autorskiego nici — powiedział.

Słowa te, wygłoszone z wyżyn rozkoszy, z których, jak się wydawało, nic nie mogło nas ściągnąć, przetransportowały mnie z powrotem do pokoju hotelowego i wilgotnego *ferragosto* wieczoru. Obaj staliśmy nagusieńcy z ramionami na parapecie, patrząc na ostatnie podrygi nieznośnie upalnego rzymskiego popołudnia, nadal wydzielając zapach dusznego przedziału pociągu, który zapewne dojeżdżał już do Neapolu i w którym spaliśmy podczas naszej podróży na południe, ja z głową opartą na głowie Olivera, w obecności innych pasażerów. Wychyliwszy się w wieczorne powietrze, wiedziałem, że być może już nigdy nie będzie nam to dane, a przecież nie potrafiłem zdobyć się na to, żeby w to uwierzyć. Oliver chyba myślał o tym samym, kiedy lustrowaliśmy przepiękny wielkomiejski krajobraz, paliliśmy i jedliśmy świeże figi, ramię przy ramieniu, każdy z nas chciał jakoś zaznaczyć tę chwilę, przez co, ulegając impulsowi, który w tym momencie wydawał się najzupełniej naturalny, pozwoliłem mojej lewej dłoni pogłaskać jego pośladki, a następnie wsunąłem w niego środkowy palec.

— Jeśli będziesz dalej tak zrobił, to możemy zapomnieć o wieczorze autorskim.

Poprosiłem go, żeby był tak miły i nadal patrzył przez okno, ale trochę się pochylił. Kiedy cały mój palec był już w środku, urządziłem sobie burzę mózgów: możemy zacząć, ale pod żadnym pozorem nie wolno nam skończyć. Potem weźmiemy prysznic, wyjdziemy z hotelu i poczujemy się jak dwa nieosłonięte kable pod napięciem, które od najlżejszego zetknięcia sypią iskrami. Będziemy patrzyli na stare kamienice i będziemy chcieli uściskać każdą z nich, zauważymy każdą latarnię na rogu ulicy i jak psy będziemy chcieli ją obsikać, mijając galerię sztuki, poszukamy dziur w akcie kobiecym, na widok każdej twarzy, która się do nas uśmiechnie, rozbierzemy tę osobę wzrokiem niezależnie od jej płci i spytamy, czy zechciałaby —

albo w liczbie mnogiej, jeśli tych osób będzie więcej — przyłączyć się do nas na drinka, na kolację itd. W każdym miejscu Rzymu znajdziemy Kupidyna, ponieważ obcięliśmy mu jedno skrzydło, dlatego musi latać w kółko.

Nigdy wcześniej nie braliśmy razem prysznica. Nigdy wcześniej nie byliśmy nawet w tej samej łazience.

— Nie spuszczaj wody — powiedziałem — chcę popatrzeć.

To, co zobaczyłem, wywołało we mnie falę współczucia — dla niego, dla jego ciała, dla jego życia, które nagle wydało mi się tak delikatne i kruche.

— Nasze ciała nie mają teraz przed sobą żadnych tajemnic — powiedziałem, kiedy przyszła kolej na mnie i sam usiadłem na sedesie. Wskoczył do wanny i miał właśnie odkręcić prysznic. — Chcę, żebyś zobaczył moją — powiedziałem.

Zrobił coś więcej. Wyszedł z wanny, pocałował mnie w usta, a potem przyglądał się całej operacji, ugniatając i masując mój brzuch dłonią.

Nie chciałem między nami żadnych tajemnic, żadnych parawanów. Nie zdawałem sobie sprawy, że jeśli rozkoszowałem się huraganem szczerości i otwartości, który zespalał nas ze sobą coraz mocniej za każdym razem, kiedy składaliśmy przysięgę „moje ciało jest twoim ciałem", to między innymi dlatego, że lubiłem ponownie zaświecać latarenkę nieuświadamianego wstydu. Swoim nikłym blaskiem oświetlała dokładnie tę część mnie, którą wolałabym trzymać w ciemnościach. Bez wstydu nie ma intymności. Czy intymność przetrwa, kiedy skończą się bezecności, kiedy naszym ciałom wyczerpie się repertuar sztuczek?

Nie wiem, czy zadałem wtedy to pytanie, tak samo jak nie jestem pewien, czy znam dzisiaj odpowiedź. Czy za intymność płaciliśmy niewłaściwą walutą?

Czy też intymność jest pożądanym towarem niezależnie od tego, gdzie ją znajdziemy, w jaki sposób ją nabędziemy, ile za nią zapłacimy — czarny rynek, szary rynek, opodatkowana, nieopodatkowana, pod stołem, legalnie?

Wiedziałem tylko, że nie mam już przed nim nic do ukrycia. Nigdy nie czułem się bardziej wolny i bezpieczny.

Przez trzy dni byliśmy razem sami, nikogo w mieście nie znaliśmy, mogłem być kimkolwiek, powiedzieć i zrobić wszystko. Czułem się jak jeniec wojenny, którego armia najeźdźcy niespodziewanie wypuściła i usłyszał, że może wyruszyć w drogę powrotną do domu, bez formularzy do wypełnienia, bez odprawy, bez zadawania pytań, bez autobusów, bez kontroli na bramce, bez czystej odzieży, po którą trzeba stać w kolejce — po prostu idź przed siebie.

Wzięliśmy prysznic. Każdy z nas włożył ubranie drugiego. Łącznie z bielizną. To był mój pomysł.

Być może pomogło mu to znowu stać się głupkowatym młodzieńcem.

Może był „tam" już przed laty i przed powrotem do domu na chwilę się tam zatrzymał.

Może po prostu obserwował mnie i podejmował moją grę.

Może z nikim wcześniej tego nie robił i ja pojawiłem się jak na zawołanie.

Zabrał maszynopis i okulary przeciwsłoneczne, po czym zamknęliśmy za sobą drzwi pokoju hotelowego. Jak dwa kable pod napięciem. Stanęliśmy pod windą. Szerokie uśmiechy dla każdego. Dla personelu hotelowego. Dla sprzedawcy kwiatów na ulicy. Dla dziewczyny w kiosku z gazetami.

Uśmiechnij się, świat to odwzajemni.

— Jestem szczęśliwy, Oliver.

Spojrzał na mnie zaskoczony.

— Jesteś napalony i tyle.

— Nie, szczęśliwy.

Po drodze napotkaliśmy Dantego pod postacią posągu w czerwonym płaszczu, z przerysowanym orlim nosem i karcącym spojrzeniem wpisanym we wszystkie jego rysy. W czerwonej todze, czerwonej mycce i okularach w grubych drewnianych oprawach wyglądał jak pomarszczony surowy spowiednik. Tłum zgromadził się wokół wielkiego barda, który stał bez ruchu prosto jak świeca, z wyniośle skrzyżowanymi ramionami, wyprężony jak człowiek, który czeka na Wergiliusza albo na autobus. Jak tylko któryś turysta wrzucił monetę do pustej w środku antykwarycznej książki, Dante wcielał się w zadurzonego mężczyznę, który właśnie podejrzał przechodzącą przez Ponte Vecchio Beatrycze i po chwili, wyciągając swoją kobrowatą szyję, zawodził jak plujący ogniem uliczny komediant:

Guido, vorrei che tu e Lapo ed io
fossimo presi per incantamento,
e messi ad un vascel, ch'ad ogni vento
per mare andasse a voler vostro e mio.

Guido, jakże bym chciał, byśmy wraz z Lapo
Wsiedli na pokład czarodziejskiej galery,
Co z wiatrem naszej woli tam popłynie,
Dokąd ją skierują naszej fantazji stery.

Jakże prawdziwe, pomyślałem. Oliver, szkoda, że ja, ty i wszyscy, których kochamy, nie możemy po wsze czasy mieszkać w jednym domu…

Po wydeklamowaniu *sotto voce* tych wersów Dante ponownie przybrał zapatrzoną, mizantropiczną pozę, w której trwał do momentu, aż kolejny turysta wrzucił do książki monetę.

E io, quando 'l suo braccio a me distese,
ficcaï li occhi per lo cotto aspetto,
sì che 'l viso abbrusciato non difese
la conoscenza süa al mio 'ntelletto;
e chinando la mano a la sua faccia,
rispuosi: "Siete voi qui, ser Brunetto?"

Więc ja do ducha, który tak mię witał
Ściągnięciem dłoni, obrócę powiekę

Dość blisko, żem z lic, kto był zacz, wyczytał.
Potem do twarzy, przez piekielną spiekę
Skróś przepalonej, twarzy mej nachylę;
„Czy to wy, panie Brunetto?" — tak rzekę.[2]

To samo karcące spojrzenie. Ten sam grymas uśmiechu. Tłum się rozszedł. Najwyraźniej nikt nie rozpoznał fragmentu piętnastej pieśni *Inferna*, gdzie Dante spotyka swojego dawnego nauczyciela, Brunetto Latiniego, pośród homoseksualistów. Dwaj Amerykanie, którym w końcu udało się wygrzebać z plecaka trochę drobnych, rzucili Dantemu grad monet. To samo krytyczne, wkurzone spojrzenie:

Ma che ciarifrega, che ciarimporta,
se l'oste ar vino cia messo l'acqua:
e noi je dimo, e noi je famo,
"ciai messo l'acqua
e nun te pagamo"!

Żadna to męka, żadna to niedola,
Że karczmarz wody do wina dolał.
Tak mu rzekniemy, tak go zganimy,
„Wody dolałeś,
to nie płacimy"!

---

[2] Dante Alighieri, *op. cit.*, s. 85.

Oliver nie mógł zrozumieć, dlaczego wszyscy zaczęli się śmiać z nieszczęsnych turystów. Bo Dante wyrecytował rzymską pijacką przyśpiewkę, a bez tej wiedzy nie jest to śmieszne.

Powiedziałem mu, że znam skrót do księgarni. Odparł, że nie ma nic przeciwko dłuższej drodze, przecież nam się nie spieszy. Moja jest lepsza, przekonywałem. Oliver sprawiał wrażenie zirytowanego i pozostał przy swoim zdaniu.

— Coś się stało? — spytałem w końcu. Chciałem taktownie pozwolić mu wyrzucić z siebie to, co go gryzie. Czy to ma coś wspólnego z jego wydawcą? Albo z kimś innym? Może z moją obecnością? Potrafię zająć się sobą, jeśli wolałbyś iść sam. Nagle zrozumiałem, co go gryzie: jestem synem profesora, którego on wlecze za sobą.

— Wcale nie o to chodzi, ty ośle.

— W takim razie o co?

Objął mnie ramieniem w talii.

— Zaczynam za tobą tęsknić. Nie chcę, żeby dziś wieczorem cokolwiek się zmieniło albo stanęło między nami.

— I kto tutaj jest osłem?

Długo mi się przyglądał.

Postanowiliśmy pójść moją drogą, z Piazza Montecitorio na Corso, a potem via Belsiana.

— Gdzieś tutaj to się zaczęło — powiedziałem.

— Co?

— To.

— Dlatego chciałeś pójść tą drogą?

— Z tobą.

Opowiedziałem mu wcześniej tę historię. Młody człowiek na rowerze trzy lata temu, zapewne podczas wiosennych ferii, pomocnik sklepikarza albo chłopiec na posyłki, śmiga wąską alejką w fartuchu, patrzy mi prosto w twarz, a ja jemu, bez uśmiechu, z przejętymi minami, w końcu mnie mija. Zrobiłem to, czego każdy oczekuje od drugiej strony w takich sytuacjach. Odczekałem kilka sekund, a potem się odwróciłem. On zrobił dokładnie to samo. Nie pochodzę z rodziny, w której rozmawia się z obcymi. W jego przypadku najwyraźniej było inaczej. Zawrócił i podjechał do mnie. Kilka nic nieznaczących słów zagajenia. Jak łatwo mu to przyszło. Pytania, pytania, pytania — wyłącznie dla podtrzymania rozmowy — podczas gdy ja nie miałem dostatecznie dużo powietrza, żeby wydusić z siebie „tak" albo „nie". Podał mi rękę do uściśnięcia, ale z pewnością chodziło mu o pretekst, żeby potrzymać moją. Potem objął mnie ramieniem i przycisnął, jakby jakiś żart rozśmieszył nas obu i zbliżył do siebie. Poszedłbym z nim do kina? Pokręciłem głową. To może do jego księgarni — o tej porze szefa już prawdopodobnie nie ma. Znowu pokręciłem głową. „Jesteś nieśmiały?" Przytaknąłem. Przez cały ten czas nie puszczał mojej ręki, ściskał ją, ściskał mnie za ramię, gładził mnie w szyję z protekcjonalnie wybaczającym uśmiechem, jakby dał już za wygraną, ale nie chciał się jeszcze ze mną pożegnać. „Dlaczego nie?", pytał uporczywie. Z łatwością mogłem się zgodzić... ale nie zrobiłem tego.

— Tak wielu odrzuciłem, za nikim nie poszedłem.

— Za mną poszedłeś.

— Bo pozwoliłeś mi na to.

Via Frattina, via Borgognona, via Condotti, via delle Carrozze, della Croce, via Vittoria. Nagle je wszystkie pokochałem. Kiedy zbliżaliśmy się do księgarni, Oliver powiedział, żebym szedł dalej, bo on musi wykonać szybki telefon. Mógł zadzwonić z hotelu, ale może sprawa była poufna. Poszedłem dalej i wstąpiłem do baru po papierosy. Kiedy dotarłem do księgarni, z dużymi szklanymi drzwiami i dwoma glinianymi rzymskimi popiersiami na pseudoantycznych postumentach, nagle ogarnął mnie niepokój. Przez grubą szybę w cienkiej oprawie z brązu zobaczyłem tłum dorosłych ludzi jedzących coś, co wyglądało na *petit four.* Parę osób zobaczyło, że zaglądam i zasygnalizowali mi, żebym wszedł. Pokręciłem głową i dałem znak palcem wskazującym, że czekam na kogoś, kto już nadchodzi ulicą. Jednak właściciel albo jego asystent, jak kierownik klubu nocnego, otworzył szklane drzwi, wyciągnięty na całą długość ramienia, i w gruncie rzeczy rozkazał mi, żebym wszedł. *Venga, su, venga!*, powiedział. Rękawy koszuli miał zawadiacko podwinięte do ramion. Czytanie jeszcze się nie zaczęło, ale księgarnia była już przepełniona, wszyscy palili, głośno rozmawiali, przeglądali nowe książki, każdy z małym plastikowym kubkiem czegoś, co wyglądało na szkocką whisky. Nawet antresola z rzędem gołych, kobiecych łokci i przedramion, była gęsto obsadzona. Natychmiast rozpoznałem autora: ten sam człowiek, który podpisał Marzii i mnie dwa egzemplarze swojego tomiku poezji, *Se l'amore*. Ściskał kilku osobom dłonie.

Kiedy przechodził obok mnie, odruchowo wyciągnęłam do niego rękę i powiedziałem, że bardzo mi się podobały jego wiersze. Jak to możliwe, że je czytałem, skoro książka jeszcze się nie ukazała? Ktoś usłyszał to pytanie — wyrzucą mnie teraz z księgarni jako uzurpatora?

— Kupiłem ją w księgarni w B. kilka tygodni temu, a pan był łaskaw ją podpisać.

Przypomniał sobie ten wieczór, w każdym razie tak powiedział.

— *Un vero fan*, a zatem prawdziwy fan — dodał głośno, żeby stojący w pobliżu ludzie go usłyszeli.

Wszyscy się odwrócili.

— Może nie fan — w tym wieku mówimy raczej o groupies — uzupełniła starsza pani, która ze swoim wolem i ubraniem w jaskrawych kolorach przypominała tukana.

— Który wiersz najbardziej ci się podobał?

— Alfredo, zachowujesz się jak nauczyciel na egzaminie ustnym — zażartowała z niego trzydziestoparoletnia kobieta.

— Chciałem się tylko dowiedzieć, który wiersz najbardziej mu się podobał. Nie wolno o to zapytać? — żalił się z udawanym rozdrażnieniem w głosie.

Na moment uwierzyłem, że kobieta, która się za mną wstawiła, wybawiła mnie z opresji. Pomyliłem się.

— Dobra, który? — nie ustępował poeta.

— Ten porównujący życie do San Clemente.

— Ten porównujący *miłość* do San Clemente — skorygował mnie takim tonem, jakby analizował głębię obu naszych stwierdzeń. — „Syndrom San Clemente". — Przyjrzał mi się uważnie. — Dlaczego?

— Na litość boską, zostaw tego biednego chłopca w spokoju — wtrąciła się inna kobieta, która usłyszała to, co powiedziała moja pierwsza obrończyni. Chwyciła mnie za rękę. — Chodź, zaprowadzę cię do jedzenia, żebyś mógł uciec od tego potwora, który ego ma równie wielkie jak stopy. Widziałeś jego buty? Alfredo, naprawdę powinieneś coś zrobić ze swoimi butami! — zawołała z drugiego końca zatłoczonej księgarni.

— Co masz przeciwko moim butom? — spytał poeta.

— Są. Za. Duże. Prawda, że ogromne? — powiedziała do mnie. — Poeci nie mogą mieć takich dużych stóp.

— Odczep się od moich stóp.

Któryś z innych gości zlitował się nad poetą.

— Nie kpij z jego stóp, Lucia. Nic im nie dolega.

— Stopy biedaka. Całe życie chodził boso i dalej kupuje buty o rozmiar większe, na wypadek, gdyby urósł przed następnym Bożym Narodzeniem, kiedy rodzina robi zapasy butów na cały rok.

Najwyraźniej grała rolę rozgoryczonej albo porzuconej sekutnicy.

Ja jednak nie puszczałem jej ręki, a ona mojej. Wielkomiejska brać. Jak miło trzymać kobietę za rękę, zwłaszcza jeśli nic o niej nie wiesz. *Se l'amore*, pomyślałem. Wszystkie te opalone ramiona i łokcie należące do wszystkich tych kobiet, które patrzyły w dół z antresoli. *Se l'amore.*

Właściciel księgarni przerwał coś, co równie dobrze mogło być zaaranżowaną sprzeczką między mężem a żoną. „*Se l'amore*!", krzyknął. Wszyscy się roześmiali. Nie miałem pewności, czy ich śmiech oznacza ulgę, że małżeńska awantura dobiegła końca czy też rozbawienie pewną interpretacją *Se l'amore*: „Skoro tak wygląda miłość, to..."

W każdym razie ludzie zrozumieli, że jest to również sygnał do rozpoczęcia czytania i każdy znalazł sobie wygodny kącik albo ścianę, o którą mógł się oprzeć. Nasz kącik był najlepszy, na prawo od spiralnych schodów. Każde z nas usiadło na jednym stopniu, dalej trzymaliśmy się za ręce. Wydawca miał właśnie przedstawić poetę, kiedy zaskrzypiały drzwi wejściowe. Oliver próbował się przecisnąć w towarzystwie dwóch powalających dziewczyn, modelek albo aktorek. Poczułem się tak, jakby poderwał je po drodze do księgarni i przyprowadził jedną dla siebie, jedną dla mnie. *Se l'amore.*

— Oliver! Nareszcie! — zawołał wydawca, unosząc swój kubek z whisky. — Witamy, witamy. — Wszyscy się odwrócili. — Jeden z najmłodszych i najbardziej uzdolnionych amerykańskich filozofów w towarzystwie moich ślicznych córek, bez których *Se l'amore* nigdy nie ujrzałoby światła dziennego.

Poeta potwierdził. Jego żona odwróciła się do mnie i szepnęła:

— Niezłe laski, co?

Wydawca zszedł z drabinki i uściskał Olivera. Wziął od niego dużą kopertę — jak na zdjęcie rentgenowskie — do której Oliver włożył swój tekst.

— Maszynopis?

— Maszynopis — potwierdził Oliver.

W zamian wydawca wręczył mu omawiany tego wieczoru tomik poezji.

— Już mi dałeś.

— Racja.

Jednak Oliver uprzejmie podziwiał okładkę, a potem rozejrzał się i w końcu zauważył mnie siedzącego obok Lucii. Podszedł do mnie, objął mnie ramieniem i pochylił się, żeby mnie pocałować. Spojrzała na nas, oceniając sytuację:

— Oliver, *sei un dissoluto*, jesteś rozpustnikiem.

— *Se l'amore* — odparł, podnosząc tomik, jakby chciał powiedzieć, że wszystko, co w życiu robi, jest zawarte w wierszach jej męża, a zatem najzupełniej dopuszczalne.

— Ja ci dam *Se l'amore*!

Nie umiałem ocenić, czy nazwano go rozpustnikiem z powodu dwóch lasek, które przyprowadził, czy z mojego powodu. Albo jedno i drugie.

Oliver przedstawił mnie obu dziewczynom. Najwyraźniej dobrze je znał i obie go lubiły.

— *Sei l'amico di Oliver, vero*? Jesteś przyjacielem Olivera, racja? — spytała jedna z nich. — Sporo o tobie mówił, kiedy zadzwonił kilka dni temu.

— I co powiedział?

— Same dobre rzeczy.

Oparła się o ścianę koło mnie i żony poety.

— On nigdy nie puści mojej ręki, prawda? — powiedziała Lucia takim tonem, jakby mówiła do nieobecnej strony trzeciej. Może chciała, żeby dwie laski to zauważyły. Wolałbym nie puszczać od razu jej ręki, ale wiedziałem, że muszę. Ująłem ją oburącz, przysunąłem do ust, pocałowałem z boku i puściłem. Miałem wrażenie, jakbym trzymał Lucię za rękę przez całe popołudnie, a teraz przekazywał ją mężowi, tak jak wypuszcza się ptaka ze złamanym skrzydłem, które potwornie długo się goiło.

— *Se l'amore* — powtórzyła, cały czas kręcąc głową w ramach udawanej reprymendy. — Nie mniej rozpustny od tego drugiego, tylko bardziej uroczy. Zostawiam go wam.

Jedna z sióstr zachichotała sztucznie.

— Zobaczymy, co da się z nim zrobić.

Byłem w niebie.

Wiedziała, jak mam na imię. Ona miała na imię Amanda, a jej siostra Adele.

— Jest jeszcze trzecia — wyjaśniła Amanda, dbając o arytmetyczną precyzję. — Powinna gdzieś tu być.

Poeta odchrząknął i zaczął od sztampowych podziękowań, przede wszystkim dla Lucii, światła jego życia. Jak ona z nim wytrzymuje? „I dlaczego?", syknęła żona z kochającym uśmiechem zaadresowanym do poety.

— Dla jego butów — odparł.

— Trafiony — zatopiony.

— Do rzeczy, Alfredo — powiedział tukan z wolem.

— *Se l'amore. Se l'amore* to zbiór wierszy zainspirowany pobytem w Tajlandii, gdzie przez jeden semestr wykładałem Dantego. Jak wielu spośród was wie, kochałem Tajlandię przed wyjazdem i znienawidziłem ją natychmiast po przyjeździe. Albo inaczej: nienawidziłem ją, kiedy tam mieszkałem, i pokochałem ją, jak tylko wyjechałem.

Śmiech.

Roznoszono napoje.

— W Bangkoku ciągle myślałem o Rzymie — o czym innym miałbym myśleć? O tym sklepiku w pobliżu, o sąsiednich ulicach tuż przed zachodem słońca, o dźwięku dzwonów kościelnych w niedzielę wielkanocną, a w deszczowe dni, które w Bangkoku ciągną się bez końca, chciało mi się płakać. Lucia, Lucia, Lucia, dlaczego nie zaprotestowałaś, skoro wiedziałaś, jak bardzo będę za tobą tęsknił w te dni, w które czułem się bardziej pusty w środku niż Owidiusz zesłany na koniec świata, gdzie umarł? Wyjechałem głupi i wróciłem ani trochę mądrzejszy. Mieszkańcy Tajlandii są piękni, więc samotność może być okrutna, kiedy trochę wypijesz i masz ochotę dotknąć pierwszej obcej osoby, która się trafi — wszyscy są tam piękni, ale za uśmiech płacisz szkłem. — Przerwał, jakby chciał pozbierać myśli. — Nazwałem te wiersze „Tristia".

„Tristia" zajęły prawie dwadzieścia minut. Aplauz. Jedna z sióstr posłużyła się słowem *forte. Molto forte.* Tukan odwrócił się do innej kobiety, która prawie każdą sylabę wypowiadaną przez poetę kwitowała skinieniem głowy, a teraz powtarzała: *Straordinario — fantastico.* Poeta zszedł na dół, wziął do ręki szklankę wody i na chwilę wstrzymał oddech — żeby zastopować dokuczliwą czkawkę. Którą pomyliłem wcześniej z tłumionym szlochem. Poeta, bezowocnie przeszukawszy wszystkie kieszenie sportowej marynarki, złączył palec wskazujący i środkowy, i pomachał nimi przed ustami, sygnalizując w ten sposób właścicielowi księgarni, że chciałby zapalić i może wmieszać się na parę minut w tłum. Pani *Straordinario — fantastico,* która przechwyciła ten sygnał, natychmiast wyjęła papierośnicę.

— *Stasera non dormo,* nie zasnę dzisiaj, taka jest cena poezji — powiedziała, obwiniając wiersze za rozdzieraną bólem głowy bezsenność, która ją nieuchronnie czekała.

Na tym etapie wszyscy się pocili. Szklarniowy klimat zarówno w księgarni, jak i na zewnątrz, stał się nieznośnie lepki.

— Na litość boską, otwórz drzwi! — zawołał poeta do właściciela. — Dusimy się tutaj.

Pan Venga wyjął z szuflady mały drewniany klin, otworzył drzwi i zablokował je w tej pozycji.

— Lepiej? — zapytał pełnym czci tonem.

— Nie, ale przynajmniej wiemy, że drzwi są otwarte.

Oliver spojrzał na mnie, co miało znaczyć: „Podobało ci się?". Wzruszyłem ramionami jak ktoś, kto zostawia sobie ocenę ją na później. Nie byłem jednak szczery; bardzo mi się podobało.

Może podobał mi się wieczór. Zachwycała mnie każda jego chwila. Każde napotykane spojrzenie działało na mnie jak komplement albo jak pytanie i obietnica, która wisiała w powietrzu między mną a otaczającym mnie światem. Byłem naelektryzowany — żartami, ironią, spojrzeniami, uśmiechami, które zdawały się ucieszone moim istnieniem, ożywioną atmosferą, która przenikała wszystko, od szklanych drzwi po *petit fours*, złocistoochrowy czar plastikowych kubków wypełnionych szkocką po podwinięte rękawy pana Vengi, a nawet samego poetę, po spiralne schody przy których tworzyliśmy grupkę razem z dwiema laskami — wszystko zdawało się świecić blaskiem hipnotyzującej żądzy.

Zazdrościłem wszystkim tym ludziom ich życia i wróciłem myślami do wyzutego z wszelkiego libido życia moich rodziców z ich ogłupiającymi obiadami i kolacyjnym nudziarstwem, do naszego życia w domu dla lalek i do czekającego mnie ostatniego roku szkoły. Dlaczego mam za rok jechać do Ameryki, skoro mógłbym spędzić cztery lata studiów na takich wieczorach autorskich, siedzieć i rozmawiać, tak jak niektórzy z gości już to robili? W zatłoczonej małej księgarni mogłem się więcej nauczyć niż na prestiżowych uczelniach za Atlantykiem.

Starszy pan z krzaczastą długą brodą i brzuchem Falstaffa przyniósł mini szklankę whisky.

— *Ecco.*

— Dla mnie?

— Oczywiście, że dla ciebie. Podobały ci się wiersze?

— Bardzo — odparłem, nie wiedzieć czemu robiąc ironiczną i nieszczerą minę.

— Jestem jego ojcem chrzestnym i szanuję twoją opinię — oznajmił, jakby przejrzał mój blef i nie zamierzał dalej ciągnąć mojej gry. — Ale bardziej szanuję twoją młodość.

— Za parę lat młodość przeminie — stwierdziłem ze zgryźliwą rezygnacją człowieka, który z niejednego pieca chleb jadł i zna siebie na wylot.

— Ale mnie już nie będzie, żeby to zauważyć. — Dlaczego mnie zaczepił? — Więc bierz.

Podał mi plastikowy kubek. Zawahałem się, zanim wziąłem go do ręki. Mój ojciec pił ten sam gatunek whisky.

Lucia, która usłyszała tę wymianę zdań, powiedziała:

— *Tanto,* jedna szkocka więcej nie zrobi z ciebie mniejszego rozpustnika.

— Chciałbym być rozpustny — odparłem, ignorując Falstaffa.

— Czemu? Czego ci w życiu brakuje?

— Czego mi w życiu brakuje? — Zamierzałem powiedzieć „wszystkiego”, ale się zreflektowałem. — Przyjaźni, która najwyraźniej łączy wszystkich tu zgromadzonych. Chciałabym mieć takich przyjaciół jak twoi przyjaciele, jak ty.

— Będziesz miał mnóstwo czasu na takie przyjaźnie. Czy przyjaciele uratują cię od bycia *dissoluto*?

Słowo to powracało jak oskarżenie o jakąś brzydką, głęboko zakorzenioną cechę charakteru.

— Chciałbym mieć przyjaciela, którego nie musiałbym stracić.

Spojrzała na mnie z zamyślonym uśmiechem.

— Podejmujesz epickie tematy, przyjacielu, a dzisiaj wieczorem mamy w programie tylko krótkie wiersze. — Dalej na mnie patrzyła. — Współczuję ci.

Smutnym, przeciągłym gestem pogładziła mnie po twarzy, jakbym nagle stał się jej dzieckiem.

Tym też byłem zachwycony.

— Jesteś za młody, żeby rozumieć, co mówię — ale mam nadzieję, że niedługo znowu porozmawiamy i przekonamy się, czy jestem dostatecznie dorosła, aby odszczekać słowo, którego dzisiaj użyłam. *Schercavo*, żartowałam.

Pocałowała mnie w policzek.

Cóż to za świat! Była ponad dwa razy starsza ode mnie, ale w każdej chwili mógłbym się z nią kochać i płakać razem z nią.

— Będzie toast czy jak? — krzyknął ktoś w innym kącie księgarni.

Ogólny zgiełk.

A potem: dłoń na moim ramieniu. Dłoń Amandy. Druga na mojej talii. Tę drugą dobrze znałem. Dziś wieczorem niech mnie nie puszcza. Wielbiłem każdy palec tej dłoni, każdy paznokieć, który obgryzałeś, najdroższy Oliverze — nie puszczaj mnie jeszcze, bo potrzebuję tej dłoni w tym miejscu. Dreszcz przeszedł po moim kręgosłupie.

— A ja jestem Ada — powiedziała jakaś kobieta niemal przepraszającym tonem, jakby zdawała sobie sprawę, że przebicie się na nasz koniec księgarni zajęło jej zbyt wiele czasu, dlatego też wynagradza nam to teraz, ogłaszając wszystkim w naszym kącie, że jest tą Adą, o której wszyscy z pewnością rozmawiali. Coś krzykliwego i zawadiackiego w jej głosie, przeciągły sposób wypowiadania imienia Ada czy fakt, że zdawała się traktować wszystko — wieczory autorskie, przedstawianie się, a nawet przyjaźń — lekceważąco, zakomunikowały mi dobitnie, że tego wieczoru naprawdę znalazłem się w zaczarowanym świecie.

Nigdy wcześniej nie podróżowałem po tym świecie, ale go kochałem. I miałem go pokochać jeszcze bardziej, gdy już nauczę się jego języka — była to bowiem mowa, w której najgłębsze tęsknoty przemyca się pod postacią luźnych pogaduszek, nie dlatego, że coś, co może zaszokować, lepiej jest powiedzieć z uśmiechem, lecz dlatego, że niuanse żądzy w tym nowym dla mnie świecie można przekazać tylko w formie zabawy.

Wszyscy byli dostępni, żyli *dostępnie* — jak samo miasto — i zakładali, że wszyscy inni również tego pragną. Tak bardzo chciałem być taki jak oni. Księgarz zadzwonił dzwonkiem przy kasie i wszyscy umilkli. Przemówił poeta.

— Nie zamierzałem czytać tego wiersza dziś wieczorem, ale ponieważ *ktoś* — w tym miejscu zmienił głos — *ktoś* o nim wspomniał, nie mogłem się oprzeć. Zatytułowany jest „Syndrom San Clemente". Wierszokleta nie powinien mówić takich rzeczy na temat własnej twórczości, ale przyznam, że jest to mój ulubiony wiersz. — Później się dowiedziałem, że nigdy nie nazywał siebie poetą, a swojej twórczości poezją. — Ponieważ był najtrudniejszy, ponieważ wzbudził we mnie potworną tęsknotę za domem, ponieważ uratował mnie w Tajlandii, ponieważ wyjaśnił mi całe moje życie. Liczyłem dni, liczyłem noce, mając w głowie San Clemente. Myśl o powrocie do Rzymu przed skończeniem tego długiego wiersza bardziej mnie przerażała niż koczowanie na lotnisku w Bangkoku przez kolejny tydzień. A jednak to właśnie w Rzymie, gdzie mieszkamy nie dalej niż dwieście metrów od bazyliki San Clemente, nadałem ostateczny szlif temu wierszowi, który paradoksalnie zacząłem pisać wieki temu w Bangkoku właśnie dlatego, że Rzym sprawiał wrażenie oddalonego od Tajlandii o całe galaktyki.

Kiedy poeta czytał ten długi wiesz, pomyślałem, że w odróżnieniu od niego zawsze znajdowałem sposób na uniknięcie liczenia dni. Wyjeżdżaliśmy za trzy dni — i to, co mnie łączyło z Oliverem, miało rozpłynąć się w powietrzu. Rozmawialiśmy o spotkaniu się w Stanach, o pisaniu do siebie i telefonowaniu, jednak cała sprawa miała tajemniczo surrealistyczny charakter, którego obaj świadomie nie poruszaliśmy – nie dlatego że chcieliśmy, aby bieg wydarzeń nas zaskoczył, bo wtedy moglibyśmy zrzucić winę na okoliczności, lecz dlatego że nie planując podtrzymania naszego związku przy życiu, unikaliśmy myślenia o tym, że może on umrzeć. W tym samym duchu unikania przyjechaliśmy do Rzymu. Rzym był ostatnią balangą, zanim szkoła i podróż nas rozłączą, sposobem na odroczenie wyroku i kontynuowanie imprezy już po zamknięciu lokalu. Może było to coś więcej niż krótki urlop: może nie myśląc o tym w ten sposób, uciekaliśmy z biletami powrotnymi do różnych miejsc docelowych.

Może był to jego prezent dla mnie.

Może był to prezent mojego ojca dla nas obu.

Czy potrafię żyć bez jego dłoni na moim brzuchu? Bez brzoskwini? Bez całowania i lizania rany na jego talii, która będzie goiła się tygodniami z dala ode mnie? Kogo innego będę mógł w życiu nazywać swoim imieniem?

Oczywiście będą inni, a po nich jeszcze inni, ale nazywanie ich moim imieniem w chwilach namiętności będzie sprawiało wrażenie wtórnej, afektowanej ekscytacji.

Przypomniałem sobie opróżnioną szafę i zapakowaną walizkę koło jego łóżka. Mój pokój przejmie mój brat, a ja będę nocował w pokoju Olivera. Będę sypiał z jego koszulą, leżał obok niej, nosił ją we śnie.

Po lekturze wiersza znowu aplauz, gwar, napoje. Zbliżała się pora zamknięcia księgarni. Pomyślałem o Marzii i księgarni w B. Jakże daleko, jakże inaczej. Marzia stała się zupełnie nierealna.

Ktoś powiedział, że wszyscy powinniśmy iść razem na kolację. Było nas około trzydziestki. Ktoś zaproponował restaurację nad jeziorem Albano. W mojej głowie pojawiła się restauracja pod rozgwieżdżonym niebem nad brzegiem jeziora — jak miniatura z iluminowanego średniowiecznego manuskryptu. Nie, to za daleko, powiedział ktoś. Tak, ale światła nad jeziorem w nocy...! Światła nad jeziorem w nocy będą musiały zaczekać na inną okazję. To może gdzieś przy via Cassia? Ale to nie rozwiązuje problemu samochodów, których jest za mało. Jak to za mało? Poza tym jeśli będziemy musieli przez chwilę jechać jeden na drugim, to korona nikomu z głowy nie spadnie. Oczywiście, że nie. Zwłaszcza jeśli ja wyląduję między tymi dwiema ślicznotkami. Ale co będzie, jeśli na ślicznotkach usiądzie Falstaff?

Było tylko pięć samochodów, wszystkie zaparkowane w różnych bocznych uliczkach niedaleko księgarni. Ponieważ nie mogliśmy się przemieszczać w zwartym szyku, wyznaczyliśmy sobie miejsce ponownego spotkania koło Ponte Milvio. Stamtąd pójdziemy via Cassia do trattorii, której dokładną lokalizację znała jedna osoba.

Dotarliśmy na miejsce w czterdzieści pięć minut z okładem, czyli szybciej, niż by nam zajął dojazd do świateł nad jeziorem...

Była to trattoria na wolnym powietrzu, z kraciastymi obrusami i kadzidełkami przeciw komarom oszczędnie rozstawionymi w liczbie jedna na kilka stołów. Minęła jedenasta i powietrze nadal było bardzo wilgotne. Widać to było po naszych twarzach i ubraniach, wszystko było obwisłe i przemoczone, włącznie z obrusami. Restauracja stała jednak na wzgórzu i apatyczny wiatr czasami przenikał przez drzewa, zapowiadając, że jutro będzie padało, ale parność nie ustąpi.

Kelnerka, kobieta pod sześćdziesiątkę, szybko nas policzyła i poprosiła innych pracowników, żeby ustawili stoły w podkowę. Potem nas poinformowała, co zjemy i wypijemy.

— Bogu dzięki, że nie mamy wyboru — powiedziała żona poety — bo gdyby on sam decydował, co zjemy, to zamknęliby kuchnię, zanim złożylibyśmy zamówienie.

Kelnerka wyrecytowała długą listę przystawek, które błyskawicznie się pojawiały, w ślad za nimi przyszedł chleb, wino i woda mineralna, *frizzante* i *naturale*.

— Proste jadło — wyjaśniła.

— Właśnie o to nam chodziło — utrzymywał wydawca. — W tym roku znowu jesteśmy na minusie.

Kolejny toast za poetę. Za wydawcę. Za księgarza. Za żonę, za córki — za kogo jeszcze?

Śmiech i sympatyczna atmosfera. Ada wygłosiła krótkie, zaimprowizowane przemówienie — no może nie całkiem zaimprowizowane, przyznała. Falstaff i Tukan zdradzili, że mieli z tym coś wspólnego.

Pół godziny później podano tortellini w sosie grzybowym. Już wcześniej postanowiłem nie pić więcej wina, ponieważ łyknięte w pośpiechu dwie szkockie dopiero teraz objawiły całą swoją moc. Trzy siostry siedziały między nami i na naszej ławce wszyscy się do siebie przyciskali. Niebiańsko.

Dużo później drugie danie: pieczeń duszona, groszek, sałatka.

Potem sery.

Od słowa do słowa zaczęliśmy rozmawiać o Bangkoku.

— Wszyscy są piękni, mają urodę mieszańców i właśnie dlatego chciałem tam pojechać — wyjaśnił poeta. — Nie są Azjatami, nie są biali, a termin „euroazjatycki" jest zbyt prosty. Są egzotyczni w najczystszym sensie tego słowa, ale nie obcy. Natychmiast ich rozpoznajemy, chociaż nigdy wcześniej ich nie widzieliśmy. Nie mamy słów również na to, jakie uczucia w nas pobudzają i czego wydają się od nas chcieć.

— Z początku sądziłem, że inaczej myślą. Potem sobie uświadomiłem, że inaczej przeżywają świat. A potem, że są niezwykle uroczy w sposób dla nas niewyobrażalny. Owszem, potrafimy być życzliwi, troskliwi i bardzo, bardzo ciepli na naszą słoneczną, emocjonalną śródziemnomorską modłę, ale oni są na wskroś uroczy, nie mają w sobie ani odrobiny egoizmu, smutku czy złośliwości, uroczy jak dzieci, bez ironii i wstydu. Wstydziłem się moich uczuć do nich. To mógł być raj, tak jak sobie to wyobrażałem przed wyjazdem. Dwudziestoczteroletni nocny portier w moim zapyziałym hotelu, który ma na głowie czapkę bez daszka, widzi najróżniejsze typy, które wchodzą i wychodzą, patrzy na mnie, a ja patrzę na niego. Ma urodę dziewczyny — dziewczyny, która wygląda jak chłopak. Dziewczyna w biurze American Express patrzy na mnie, a ja na nią. Wygląda jak chłopiec, który wygląda jak dziewczyna i dlatego jest po prostu chłopcem. Młodsi, mężczyźni i kobiety, zawsze chichoczą, kiedy na nich patrzę. Nawet dziewczyna z konsulatu, która płynnie mówi po mediolańsku i studenci, którzy każdego dnia rano o tej samej godzinie czekają na ten sam autobus, patrzą na mnie, a ja na nich i zadaję sobie pytanie, czy całe to patrzenie składa się na to, co myślę. Czy wam się to podoba czy nie, jeśli chodzi o zmysły, wszyscy ludzie mówią tym samym zwierzęcym językiem.

Druga runda grappy i sambuki.

— Chciałem się przespać z całą Tajlandią. Jak się okazało, cała Tajlandia flirtowała ze mną. Na każdym kroku się na kogoś wpadało.

— Masz, łyknij tej grappy i powiedz mi, że to nie jest dzieło czarownicy — przerwał mu księgarz.

Poeta pozwolił kelnerowi, żeby nalał mu kolejny kieliszek. Tym razem pił powoli. Falstaff obalił swoją grappę jednym haustem. Pani *Straordinario — fantastico* wlała w siebie alkohol z głośnym gulgotem. Oliver oblizał wargi. To człowieka odmładza, ocenił poeta.

— Chętnie piję wieczorem grappę, bo dodaje mi siły. Ale ty — spojrzał na mnie — tego nie rozumiesz. W twoim wieku takie wzmocnienie to ostatnia rzecz, której potrzebujesz. — Patrzył, jak wypijam kilka łyków. — Czujesz to?

— Co? — spytałem.

— Siłę.

Wypiłem jeszcze trochę.

— Nie bardzo.

— Nie bardzo — powtórzył z zaskoczoną, rozczarowaną miną.

— Bo w jego wieku siły nie brakuje — wyjaśniła Lucia.

— To prawda — poparł ją ktoś — to twoje „wzmocnienie" działa tylko na tych, którzy go potrzebują.

— W Bangkoku — podjął poeta — nietrudno o takie wzmocnienie. Pewnej nocy w moim pokoju myślałem, że zwariuję. Może chodziło o samotność, odgłosy ludzi na zewnątrz albo dzieło szatana, w każdym razie to wtedy zacząłem myśleć o San Clemente. Z początku było to nieokreślone, mgliste uczucie, częściowo podniecenie, częściowo tęsknota za domem, częściowo metafora. Podróżujesz w jakieś miejsce, ponieważ wyrobiłeś sobie jego obraz i chcesz obcować z całym krajem. Stwierdzasz, że nie masz nic wspólnego z tubylcami. Nie rozumiesz podstawowych sygnałów, o których sądziłeś, że są wspólne dla całej ludzkości. Uznajesz, że to wszystko było pomyłką, że to wszystko tkwiło tylko w twojej głowie. Potem schodzisz trochę głębiej i stwierdzasz, że mimo swoich jak najbardziej uzasadnionych podejrzeń nadal wszystkich pożądasz, ale nie wiesz, czego dokładnie od nich chcesz albo czego oni od ciebie chcą, ponieważ, jak się okazuje, oni też patrzą na ciebie takim wzrokiem, że mogą mieć tylko jedno w głowie. Mówisz jednak sobie, że ci się to wszystko przywidziało. Jesteś gotowy się spakować i wrócić do Rzymu, ponieważ wszystkie te naelektryzowane sygnały doprowadzają cię do szaleństwa. Ale nagle coś zaskakuje, jakby otworzyły się drzwi do tajnego podziemnego przejścia, i uzmysławiasz sobie, że tak samo jak ty, oni też są zdesperowani i łakną ciebie. Najgorsze jest to, że przy całym twoim doświadczeniu, dystansie do siebie i umiejętności przełamywania nieśmiałości, czujesz się jak wyrzucona na brzeg ryba. Nie znałem ich języka, nie znałem języka ich serc ani nawet własnego serca. Wszędzie widziałem zasłony, ukrywające to, czego chciałem, o czym nie wiedziałem, że tego chcę, o czym nie chciałem wiedzieć, że tego chcę i o czym zawsze wiedziałem, że tego chcę. Taki stan potrafi być cudowny, ale może też być piekłem.

— To się nazywa syndrom San Clemente. Bazylikę San Clemente zbudowano w miejscu, które kiedyś dawało schronienie prześladowanym chrześcijanom. Willa konsula rzymskiego Klemensa z Aleksandrii spłonęła za panowania cesarza Nerona. Koło zgliszcz Rzymianie zbudowali w wielkiej podziemnej grocie świątynię Mitry, solarnego bóstwa jutrzenki. Nad tą świątynią pierwsi chrześcijanie zbudowali kościół pod wezwaniem innego Klemensa — do tej pory nie ustalono, czy był to zbieg okoliczności — a mianowicie św. Klemensa papieża. Później stanął w tym miejscu inny kościół, który spłonął i dopiero wtedy powstała tam dzisiejsza bazylika. Można by tak bez końca wkopywać się coraz głębiej. Jak podświadomość, jak miłość, jak pamięć, jak czas, jak każdy człowiek, ten kościół jest zbudowany na ruinach kolejnych rekonstrukcji, nie ma absolutnej opoki, nie ma niczego pierwszego, niczego ostatniego, tylko kolejne warstwy, tajemne przejścia i połączone ze sobą komnaty, jak chrześcijańskie katakumby i znajdujące się tuż obok żydowskie katakumby.

— Ale jak mówi Nietzsche, przyjaciele, podałem wam morał przed samą bajką.

— Alfredo, mój skarbie, streszczaj się, proszę.

Szefostwo restauracji zdążyło się zorientować, że na razie nigdzie się nie wybieramy i podano kolejną rundę grappy i sambuki dla wszystkich.

W tę upalną noc, kiedy mi się wydawało, że tracę rozum, siedzę w zapyziałym barze mojego zapyziałego hotelu i przy stoliku obok widzę naszego nocnego portiera w tej dziwnej czapce bez daszka.

— Fajrant? — pytam.

— Fajrant — odparł.

— W takim razie dlaczego nie idzie pan do domu?

— Mieszkam tutaj. Chcę się czegoś napić przed pójściem spać.

Patrzę na niego, a on na mnie.

Potem bierze do jednej ręki szklankę, do drugiej karafkę — pomyślałem, że zachowałem się jak intruz, uraziłem go, chce być sam i przeniesie się do innego stolika, dalej od mojego — tymczasem zasiada naprzeciwko mnie.

— Chce pan spróbować? — pyta.

Jasne, czemu nie, myślę. Kiedy wejdziesz między wrony... Oczywiście słyszałem najróżniejsze historie, więc myślę sobie, że jest w tym coś podejrzanego i niesmacznego, ale nie chcę psuć zabawy. Strzela z palców i zamawia dla mnie mały kieliszek. Obsługa jest natychmiastowa.

— Niech pan wypije łyk.

— Może mi nie smakować — mówię.

— Niech pan wypije. — Nalewa mi trochę i sobie też.

Trunek jest pyszny. A kieliszek niewiele większy od naparstka mojej babci, którego używała do cerowania skarpetek.

— Jeszcze jeden łyk — mówi. — Dla pewności.

Wypijam. Alkohol przypomina grappę, jest mocniejszy, ale nie tak ostry.

Nocny portier cały czas na mnie patrzy. Nie lubię, jak ktoś na mnie patrzy tak intensywnie, czuję się nerwowo.

— Pan na mnie patrzy — mówię w końcu.

— Wiem.

— Dlaczego pan na mnie patrzy?

Pochyla się w moją stronę:

— Bo mi się pan podoba.

— Proszę posłuchać...

— Niech pan wypije jeszcze jeden. — Nalewa mi i sobie też.

— Ujmujemy to w ten sposób: nie jestem...

Ale on nie pozwala mi skończyć.

— Tym bardziej powinien pan wypić jeszcze jednego.

Zapalają mi się czerwone lampki w głowie. Upijają cię, zabierają gdzieś i okradają do czysta, a jak pójdziesz na policję, która jest nie mniej skorumpowana niż sami złodzieje, stawiają ci przeróżne zarzuty i mają zdjęcia na ich udokumentowanie. Dopada mnie kolejne zmartwienie: rachunek z baru może okazać się astronomiczny, a facet, który zamawia, być może pije odpowiednio zabarwioną herbatę i tylko udaje, że się upija. Najstarszy numer świata... Czy ja się wczoraj urodziłem?

— Chyba nie jestem zainteresowany. Czy moglibyśmy po prostu...

— Niech pan wypije jeszcze jednego.

Uśmiechy.

Mam już powtórzyć mój wątły protest, ale słyszę, jak on mówi:

— Niech pan wypije jeszcze jednego.

Jestem na granicy śmiechu. On to widzi, powód jest mu obojętny, najważniejsze, że jest mi wesoło. Nalewa sobie następną kolejkę.

— Posłuchaj, *amigo*, chyba nie myślisz, że za to wszystko zapłacę?

Moje małe burżuazyjne ego w końcu się odezwało. Znam te wszystkie przymilne grzeczności, które zawsze kończą się wykorzystaniem cudzoziemców.

— Nie prosiłem cię, żebyś zapłacił za alkohol. Ani zapłacił mnie.

Dziwna rzecz, ale nie jest urażony. Musiał się spodziewać czegoś takiego. Pewnie robił to już milion razy — ryzyko zawodowe.

— Wypij jeszcze jednego — w imię przyjaźni.

— Przyjaźni?

— Nie masz się czego bać.

— Nie prześpię się z tobą.

— Może nie, może tak. Noc jest jeszcze młoda. A ja nie dałem za wygraną.

Zdejmuje czapkę i wypuszcza spod niej tak dużo włosów, że nie mogę zrozumieć, jak taka potężna kaskada mogła się zmieścić pod takim maleńkim kapelusikiem. Był kobietą.

— Rozczarowany?

— Nie, wręcz przeciwnie.

Maleńkie nadgarstki, wstydliwa mina, niewiarygodnie miękka skóra, w spojrzeniu nie zuchwałość weteranki, tylko czułość zwiastująca rozkoszną słodycz i czystość w łóżku. Czy byłem rozczarowany? Może — ponieważ z całej sytuacji zniknął dreszcz napięcia.

Jej dłoń spoczęła na moim policzku, jakby chciała złagodzić szok i niedowierzanie:

— Teraz lepiej?

Skinąłem głową.

— Potrzebujesz wypić jeszcze jednego.

— Ty też — powiedziałem i tym razem ja nalałem.

Spytałem, dlaczego celowo wprowadza ludzi w błąd co do swojej płci. Spodziewałem się odpowiedzi stylu: „W tym fachu tak jest bezpieczniej" albo czegoś bardziej chuligańskiego: „Dla takich chwil jak ta".

Zachichotała, jakby spłatała komuś brzydkiego figla, ale nie była niezadowolona ani zaskoczona rezultatem.

— Kiedy ja jestem mężczyzną — powiedziała.

Kręciła głową na widok mojej niedowierzającej miny, być może w ramach tego samego psikusa.

— Mężczyzną? — spytałem nie mniej rozczarowany, niż kiedy odkryłem, że jest kobietą.

— Tak, niestety.

Z oboma łokciami na stole pochylił się do przodu, prawie dotknął mojego nosa swoim i powiedział:

— Bardzo, bardzo mi się podobasz, Alfredo. A ja też ci się bardzo, bardzo podobam — i najpiękniejsze jest to, że obaj o tym wiemy.

Gapiłem się na niego, na nią, Bóg raczy wiedzieć.

— Wypijmy jeszcze po jednym — powiedziałem.

— Właśnie miałem to zaproponować — powiedział mój figlarny przyjaciel.

— Chcesz mnie jako mężczyzny czy kobiety? — spytał/a, tak jakby można było zejść w dół po gałęziach naszego filogenetycznego drzewa.

Nie wiedziałem, co mam powiedzieć. Najchętniej, że chcę go jako *intermezzo*, więc oznajmiłem:

— Chcę cię jako jedno i drugie albo jako kogoś pomiędzy.

To go wyraźnie skonsternowało.

— Brzydki chłopczyk — odparł, tak jakby po raz pierwszy tego wieczoru udało mi się go zbulwersować czymś naprawdę bezecnym.

Kiedy wstała, żeby pójść do łazienki, zauważyłem, że ma na sobie sukienkę i buty na wysokich obcasach. Nie mogłem się powstrzymać od patrzenia na cudowną skórę jej cudownych kostek.

Wiedziała, że znowu mnie zaskoczyła i zaczęła chichotać.

— Popilnujesz mojej torebki? — Chyba wyczuła, że gdyby mnie o to nie poprosiła, to prawdopodobnie zapłaciłbym rachunek i wyszedł z baru.

— Tak w największym skrócie wygląda coś, co nazywam syndromem San Clemente.

Rozległ się aplauz, a potem zapadła pełna sympatii cisza. Sympatii nie tylko dla samej opowieści, ale również dla opowiadającego.

— Evviva la sindrome di San Clemente — powiedziała pani *Straordinario — fantastico.*

— *Sindromo* nie jest rodzaju męskiego, tylko żeńskiego, *la sindrome* — poprawił ją ktoś siedzący obok niej.

— *Evviva la sindrome di San Clemente* — zawołał inny gość, który najwyraźniej odczuwał pilną potrzebę wykrzyczenia czegoś z siebie. Bardzo późno dołączył do nas z małą grupką ludzi i z dobrym rzymskim akcentem zawołał do właścicieli restauracji *lassatece passà* — przepuście nas! — chcąc się w ten sposób zaanonsować. Wszyscy już dawno zaczęli jeść. Źle skręcił koło Ponte Milvio i potem nie mógł znaleźć restauracji, przez co ominęły go dwa pierwsze dania. Razem z ludźmi, których przywiózł z księgarni, usiadł na samym końcu stołu i dostali resztki serów z kuchni plus dwa podpłomyki na łebka, bo nic innego nie zostało. Niedobory jedzenia zrekompensował sobie wypiciem nadmiernej ilości wina. Zdążył usłyszeć większość przemówienia poety o San Clemente.

— Cała ta klementyzacja — powiedział — jest bardzo piękna i podoba mi się pomysł, że czasami życie jest dla nas na tyle łaskawe, aby podsuwać nam robocze metafory, które pomagają nam zobaczyć, kim jesteśmy, czego chcemy, dokąd zmierzamy, ale metafora to jedno, a życie to drugie. Być może prawdziwą metaforą nie jest San Clemente, tylko Tajlandia — ale mogę się mylić, bo za dużo wypiłem.

— *Evviva*! — zawołała Amanda i wypiła toast za spóźnialskiego, żeby zamknąć mu usta.

— *Evviva*!

Wszyscy za niego wypili.

— Musisz szybko napisać kolejny tomik wierszy — orzekła pani *Straordinario — fantastico.*

Ktoś zaproponował pobliską lodziarnię. Nie, darujmy sobie lody, chodźmy na kawę. Wcisnęliśmy się do samochodów i pojechaliśmy Lungotevere w stronę Panteonu.

W aucie byłem szczęśliwy. Cały czas myślałem jednak o bazylice i o tym, jak bardzo jest podobna do naszego wieczoru, kiedy jedna rzecz prowadzi do drugiej, a ta druga do następnej, do czegoś zupełnie nieprzewidzianego, a kiedy już ci się wydaje, że koło się zamknęło, wyskakuje coś nowego, a potem następna rzecz, aż w końcu zdajesz sobie sprawę, że mógłbyś z łatwością wylądować tam, gdzie zacząłeś, w centrum starego Rzymu, dokąd zresztą zmierzaliśmy. Dzień wcześniej poszliśmy popływać w świetle księżyca. Teraz byliśmy tutaj. Za kilka dni on wyjedzie. Gdyby tylko mógł wrócić dokładnie za rok. Objąłem go ramieniem i oparłem się o Adę. Zasnąłem.

Było sporo po pierwszej w nocy, kiedy nasza grupa przybyła do Caffè Sant'Eustachio. Zamówiliśmy kawę dla wszystkich. Sądziłem, że rozumiem, dlaczego wszyscy przysięgają na kawę z Sant'Eustachio, a może chciałem wierzyć, że rozumiem, ale nie miałem pewności. Nie miałem nawet pewności, że mi smakuje. Może inni też nie mieli, ale czuli się zobowiązani przychylić do opinii ogółu i twierdzili, że również nie potrafiliby bez niej żyć. Duży tłum amatorów kawy stał albo siedział wokół tej owianej sławą rzymskiej kawiarni. Zachwycony patrzyłem na tych wszystkich lekko ubranych ludzi, którzy stali tak blisko mnie. Łączyła ich wszystkich jedna fundamentalna rzecz: miłość do tej nocy, miłość do tego miasta, miłość do jego mieszkańców i żarliwe pragnienie obcowania z kimś — z kimkolwiek. Miłość do wszystkiego, co zapobiegłoby rozproszeniu grupek ludzi, którzy przyszli tu razem. Po kawie, kiedy pojawiły się rozważania, czy nie należałoby się rozejść, ktoś powiedział:

— Nie, nie możemy się jeszcze pożegnać.

Ktoś zasugerował pobliski pub. Najlepsze piwo w Rzymie. Czemu nie? Ruszyliśmy więc długą, wąską uliczką prowadzącą w kierunku Campo de'Fiori. Lucia szła między mną i starszym panem, a Oliver za nami, rozmawiając z obiema siostrami. Poeta zaprzyjaźnił się z panią *Straordinario — fantastico* i oboje rozprawiali na temat San Clemente.

— Co za metafora życia! — powiedziała pani *Straordinario — fantastico.*

— Proszę cię! Z klementyzacją nie należy przesadzać. To była tylko przenośnia — dodał Falstaff, który prawdopodobnie miał już wyżej uszu peanów na cześć swojego chrześniaka.

Zauważywszy, że Ada idzie sama, wróciłem do niej i wziąłem ją za rękę. Była ubrana na biało, a połysk jej opalonej skóry sprawiał, że miałem ochotę dotykać wszystkich porów jej ciała. Nie rozmawialiśmy. Słyszałem stukanie jej wysokich obcasów o łupkowy bruk. W ciemnościach była podobna do zjawy.

Mógłbym tak spacerować bez końca. Wyludnioną uliczkę spowijały ciemności, a jej prastary, dziobaty bruk lśnił w wilgotnym powietrzu, tak jakby starożytny woźnica rozlał na niego lepką zawartość transportowanej amfory. Wszyscy wyjechali z Rzymu. Puste miasto, które widziało wiele, a nawet zbyt wiele, teraz należało wyłącznie do nas i do poety, który wykuł je na swój obraz i podobieństwo, przynajmniej na tę jedną noc. Odrętwiająca parność nie miała się tej nocy rozproszyć. Gdybyśmy chcieli, moglibyśmy chodzić w kółko, a nikt by tego nie zauważył i nikomu by to nie przeszkadzało.

Kiedy niespiesznie wędrowaliśmy opustoszałym labiryntem skąpo oświetlonych ulic, blisko miejsca, gdzie Michał Anioł poznał Tommassa dei Cavalieri (w nieistniejącym już budynku), zacząłem się zastanawiać, co całe to gadanie o San Clemente ma wspólnego z nami — jak poruszamy się w czasie, jak czas porusza się w nas, jak się zmieniamy, a potem wracamy do wcześniejszej postaci. Można się zestarzeć, nic nie wiedząc na ten temat. To chciał nam przekazać poeta, jak sądzę. Kiedy za jakiś miesiąc znowu przyjadę do Rzymu, dzisiejsza noc z Oliverem wyda mi się zupełnie nierealna, jakby przeżyło ją zupełnie inne „ja". A pragnienie zrodzone w tym mieście trzy lata temu, kiedy chłopiec na posyłki zaproponował, że zabierze mnie do taniego kina o specyficznej reputacji, za trzy miesiące wyda mi się tak samo niespełnione, jak wtedy. Ja się nie zmieniłem. Świat się nie zmienił. A przecież nic nie będzie takie samo. Pozostały tylko marzenia i dziwne wspomnienia.

Kiedy dotarliśmy na miejsce, w pubie szykowali się już na fajrant.

— Zamykamy o drugiej.

— No to jeszcze zdążymy się napić.

Oliver miał ochotę na martini, amerykańskie martini. Wspaniały pomysł, uznał poeta. „Ja też", zameldował ktoś inny. Z dużej szafy grającej leciał ten sam przebój lata, którego słuchaliśmy przez cały lipiec. Usłyszawszy słowo „martini", starszy pan i wydawca także zapisali się do tej grupy. *„Ehi! Taverniere!"*, zawołał Falstaff. Kelner powiedział, że możemy dostać wino albo piwo — barman wyszedł wcześniej, bo jego matka ciężko zachorowała i trzeba ją było zawieźć do szpitala. Tłumiliśmy w sobie śmiech. Oliver zapytał, ile sobie liczą za martini. Kelner przekazał to pytanie dziewczynie za kasą. Podała cenę.

— Co by pan powiedział na to, żebym ja je zrobił, a wy nam policzycie normalną cenę, ponieważ sami sobie zmiksujemy?

Kelner i dziewczyna za kasą lekko się zawahali. Właściciel dawno wyszedł.

— W sumie czemu nie? — powiedziała dziewczyna. — Skoro wiecie, jak się to robi, to *faccia pure*, do roboty.

Aplauz dla Olivera, który wszedł za bar i parę sekund później, po wsypaniu lodu do dżinu i odrobiny wermutu, energicznie potrząsał shakerem. W maleńkiej lodówce nie znalazł oliwek. Kasjerka podeszła sprawdzić i wyjęła jakąś miskę.

— Oliwki — powiedziała, patrząc Oliverowi prosto w twarz, jakby chciała wysłać następujący komunikat: „Miałeś je pod samym nosem — w ogóle zajrzałeś? Co jeszcze?".

— Uda mi się panią namówić, żebyśmy postawili pani martini? — zapytał.

— To jest zwariowany wieczór. Od jednego drinka nie stanie się jeszcze bardziej zwariowany. Tylko nie za dużo, proszę.

— Chce pani, żebym panią nauczył?

Przystąpił do wyjaśniania zawiłości Dry Martini. Nie miał problemu z zagraniem roli barmana wobec barmanki.

— Gdzie się tego nauczyłeś? — spytałem.

— Miksologia 101, kurs pod auspicjami Harwardu. Przez całe studia dorabiałem w weekendy najpierw jako barman, potem jako kucharz, a potem cateringowiec. I ciągle grałem w pokera.

W opowieściach Olivera jego studenckie lata spowijała magiczna aura. Była to rzeczywistość, do której ja nie miałem żadnego przystępu, ponieważ należała do przeszłości. Czasem przebijały się jakieś dowody na jej istnienie, na przykład w postaci jego umiejętności mieszania drinków, odróżniania gatunków grappy, rozmawiania ze wszystkimi kobietami czy w formie zaadresowanych do niego tajemniczych kwadratowych kopert, które przychodziły do naszego domu z całego świata.

Nigdy nie zazdrościłem mu jego przeszłości ani nie czułem się przez nią zagrożony. Wszystkie te oblicza jego życia cechowała tajemniczość incydentów, które wydarzyły się w życiu mojego ojca na długo przed moim urodzeniem, ale do dzisiaj odbijały się echem. Nie zazdrościłem Oliverowi wcześniejszego życia ani nie marzyłem o przeniesieniu się z powrotem do czasu, kiedy był w moim wieku.

Zostało nas góra piętnaścioro i zasiedliśmy przy jednym z dużych drewnianych stołów w stylu rustykalnym. Kelner po raz drugi ogłosił ostatnią kolejkę. W ciągu dziesięciu minut wszyscy inni klienci wyszli. Kelner już wcześniej zaczął opuszczać metalową roletę, ponieważ przyszła pora *chiusura*. Szafa grająca została bezceremonialnie wyłączona z kontaktu. Gdybyśmy wszyscy dalej tak dużo gadali, moglibyśmy siedzieć tutaj do świtu.

— Zaszokowałem cię? — spytał poeta.

— Mnie? — zdziwiłem się, nie bardzo wiedząc, dlaczego ze wszystkich zgromadzonych przy stole ludzi wybrał akurat mnie.

Lucia zgromiła go wzrokiem.

— Obawiam się, Alfredo, że on wie znacznie więcej od ciebie na temat demoralizowania młodzieży. *È un dissoluto assoluto* — dodała czule, znowu z dłonią na moim policzku.

— W tym wierszu chodzi tylko o jedną rzecz — orzekła *Straordinario — fantastico.*

— Co najmniej o cztery — polemizował z nią poeta.

Ostatnia kolejka po raz trzeci!

— Może pozwoliłby nam pan zostać? — poprosił księgarz kelnera. — Wsadzimy tę młodą damę do taksówki, kiedy skończymy. I na pewno uregulujemy rachunek. Jeszcze jedna kolejka martini?

— Róbcie, co chcecie. — Zrezygnowany kelner zdjął fartuch. — Ja idę do domu.

Oliver podszedł do mnie i poprosił, żebym zagrał coś na pianinie.

— Czego chciałbyś posłuchać?

— Wszystko jedno.

To miało być moje podziękowanie za najpiękniejszy wieczór w moim życiu. Wypiłem łyk drugiego martini, czując się równie dekadencki jak jeden z tych pianistów jazzowych, którzy dużo palą, dużo piją i pod koniec każdego filmu leżą martwi w rynsztoku.

Chciałem zagrać Brahmsa, ale instynkt mi podpowiadał, żeby zagrać coś bardzo spokojnego i wyciszającego. Zagrałem więc jedną z *Wariacji Goldbergowskich*, która wprawiła mnie w spokojny i kontemplacyjny nastrój. Ktoś z piętnaściorga gości westchnął, co mnie ucieszyło, ponieważ tylko tak mogłem się zrewanżować za ten magiczny wieczór.

Kiedy mnie poproszono, żebym jeszcze coś zagrał, zaproponowałem *Capriccio* Brahmsa. Świetny pomysł, uznali zgodnie, ale potem diabeł we mnie wstąpił i po pierwszych kilku taktach ni stąd, ni zowąd przeszedłem do *stornello*. Kontrast ich zaskoczył i wszyscy zaczęli śpiewać, chociaż nie *unisono*, ponieważ każdy śpiewał takie *stornello*, jakie znał. Tylko przy refrenie jednoczyliśmy się wokół tekstu, który przed wieczorem autorskim Oliver i ja usłyszeliśmy z ust Dantego. Wszyscy byli zachwyceni i musiałem bez końca bisować. Rzymskie *stornelli* to na ogół rubaszne, melodyjne przyśpiewki, w odróżnieniu od melancholijnych, rozdzierających arii z Neapolu. Po trzeciej z kolei spojrzałem na Olivera i powiedziałem, że chciałbym na chwilę wyjść.

— Źle się poczuł? — spytał poeta Olivera.

— Nie, tylko potrzebuje zaczerpnąć świeżego powietrza. Nie przeszkadzajcie sobie.

Kasjerka się schyliła i jedną ręką podciągnęła roletę do połowy. Przecisnąłem się na zewnątrz i poczułem podmuch powietrza na pustej uliczce.

— Możemy się trochę przejść? — spytałem Olivera.

Pospacerowaliśmy ciemną uliczką jak dwa cienie u Dantego, młodszy i starszy. Nadal było mi bardzo gorąco, a w świetle lampy ulicznej zobaczyłem pot, który lśnił na czole Olivera. Zapuściliśmy się jeszcze głębiej w tę wąską uliczkę, a potem w następną, jakby coś nas ciągnęło przez te nierealne, brudne zaułki dla krasnali do jakiegoś podziemnego świata, do którego wkracza się w stanie osłupiałego zadziwienia. Słyszałem tylko bezpańskie koty i pluskanie wody w pobliżu. Albo marmurowa fontanna, albo jedna z niepoliczonych miejskich *fontanelle*.

— Wody — wydyszałem. — Martini to nie dla mnie. Jestem kompletnie pijany.

— Nie trzeba było pić martini. Najpierw szkocka, potem wino, potem grappa, teraz gin.

— Znakomita zaprawa przed dzisiejszym seksem!

Nie mógł się powstrzymać od śmiechu.

— Wyglądasz blado.

— Niedobrze mi.

— Ulżyj sobie, to najlepsze rozwiązanie.

— Jak?

— Pochyl się i wsadź sobie palec do gardła.

Pokręciłem głową. W życiu!

Na chodniku stał kubeł na śmieci.

— Załatw to tutaj.

Jeśli tylko mogłem, powstrzymywałem się od wymiotowania, ale tego wieczoru wstydziłem się takiej dziecinady. Z drugiej strony czułem się zakłopotany, musząc rzygać przy nim. Nie miałem nawet pewności, czy Amanda za nami nie poszła.

— Pochyl się, przytrzymam ci głowę.

Opierałem się.

— Na pewno mi przejdzie.

— Otwórz usta.

Otworzyłem. Zanim się zorientowałem, dotknął mojego języka i zwymiotowałem.

Cóż to było za wsparcie, że podtrzymywał moją głowę! Jakie to altruistyczne i odważne, trzymać czyjąś głowę podczas wymiotowania. Czy ja potrafiłbym się na to zdobyć w odwrotnej sytuacji?

— Już po wszystkim — powiedziałem.

— Może jeszcze coś podejdzie.

I rzeczywiście, następna fala wyrzuciła ze mnie kolejną porcję tego, co wcześniej zjadłem i wypiłem.

— Nie przeżuwasz groszku? — zapytał mnie z uśmiechem.

Byłem zachwycony, że tak się ze mną droczy.

— Mam nadzieję, że nie zapaskudziłem ci butów.

— To nie buty, tylko sandały.

Obaj o mało nie wybuchnęliśmy śmiechem.

Rozejrzałem się wokół siebie i zauważyłem, że zwymiotowałem tuż obok posągu Pasquina. Cały ja — wyrzygać się na oczach najbardziej znanego rzymskiego satyryka.

— Mówię ci, tam był groszek, w który nikt nie wbił nawet zębów i można byłoby nim nakarmić indyjskie dzieci.

Znowu śmiech. Umyłem twarz i wypłukałem usta wodą z fontanny.

Na wprost nas stał posąg Dantego. Poeta zdążył zdjąć przez ten czas czapkę i długie, czarne włosy spływały mu bezładnie na ramiona. W tym stroju musiał wypocić ze dwa kilo potu. Teraz kłócił się z Nefretete, która również zdjęła maskę i jej długie włosy były zlepione potem. „Dzisiaj w nocy zabieram zabawki i spadam. Jestem przeszczęśliwa, że już nigdy cię nie zobaczę". „Krzyżyk na drogę i *vaffanculo*". „Wsadź sobie gdzieś swoje *fanculo*!" Po tych słowach Nefretete rzuciła garścią monet w twarz Dantego, który się uchylił, ale jedna trafiła go w twarz. „*Aiiiio!*”, zaskowyczał. Przez moment myślałem, że dojdzie do rękoczynów.

Wracaliśmy inną, tak samo ciemną, opuszczoną i połyskującą boczną uliczką, a następnie via Santa Maria dell Anima. Ze ściany maleńkiego narożnego budynku świeciła kwadratowa lampa. W dawnych czasach jej funkcję spełniała prawdopodobnie latarnia gazowa. Stanąłem, Oliver też. „Najpiękniejszy dzień w moim życiu kończy się wymiotami”. Oliver nie słuchał. Przycisnął mnie do ściany i zaczął mnie całować, jego biodra wciskały się w moje, jego ramiona szykowały się do dźwignięcia mnie w górę. Oczy miałem zamknięte, ale wiedziałem, że rozgląda się dokoła, bo przestał mnie całować. Mógł ktoś przechodzić, ale ja nie chciałem tego sprawdzać. Niech on się martwi. Nie otwierając oczu, usłyszałem dwa głosy starszych panów, którzy gderali, że w dawnych czasach nie widywało się takich rzeczy. Nie chciałem jednak o nich myśleć. Nie chciałem się martwić. Skoro Oliver się nie martwi, to ja też nie będę. Mogłem tak spędzić resztę życia: z nim, w nocy, w Rzymie, z zaciśniętymi powiekami, z jedną nogą oplecioną wokół jego nogi. Pomyślałem, że będę tutaj w przyszłości wracał — to było nasze miejsce.

Po powrocie do baru stwierdziliśmy, że wszyscy już poszli. Musiała być trzecia rano albo nawet później. Nie licząc kilku samochodów, w mieście panowała martwa cisza. Kiedy przez pomyłkę dotarliśmy na zatłoczony zazwyczaj Piazza Rotonda wokół Panteonu, również było pusto, nie licząc kilku dźwigających wielkie plecaki turystów, kilku pijaczków i obsługujących ten rewir handlarzy narkotykami. Oliver zatrzymał ulicznego sprzedawcę i kupił mi lemonsodę. Smak gorzkich cytryn był orzeźwiający i poczułem się lepiej. Oliver kupił też napój z gorzkich pomarańczy i plaster arbuza. Poczęstował mnie, ale odmówiłem. Jakie cudowne, spacerować po pijaku z lemonsodą, w parną noc po lśniącej kostce brukowej Rzymu z czyimś ramieniem wokół mojej szyi. Skręciliśmy w lewo i zaczęliśmy iść w stronę Piazza Febo. Nagle, nie wiadomo skąd, doleciało do nas brzdąkanie na gitarze i czyjś wokal. Kiedy dotarliśmy bliżej, okazało się, że to nie jest ballada rockowa, tylko bardzo stara melodia neapolitańska. *Fenesta ca lucive.* Pomyślałem chwilę i przypomniałem sobie tę piosenkę.

Mafalda nauczyła mnie jej przed laty, kiedy byłem chłopcem. To była jej kołysanka. Słabo znałem Neapol, a nie licząc Mafaldy, jej bezpośredniego otoczenia i kilku krótkich wizyt w Neapolu z rodzicami, nie miałem kontaktu z neapolitańczykami. Te melancholijne nuty rozbudziły jednak we mnie tak silną tęsknotę za utraconymi miłościami, za rzeczami, które bezpowrotnie przepadły w moim życiu i w życiu moich przodków, że nagle znalazłem się w biednym, bezradosnym świecie prostych ludzi takich jak protoplaści Mafaldy, troskający się i krzątający w maleńkich *vicoli* starego Neapolu, świata, o którym chętnie opowiedziałbym teraz Oliverowi, tak jakby on również, jak Mafalda, Manfredi i Anchise, był południowcem spotkanym przeze mnie w zagranicznym mieście portowym i natychmiast zrozumiał, dlaczego ta stara piosenka, pradawna modlitwa za zmarłych w martwym języku, może wycisnąć łzy nawet z oczu tych, którzy nie rozumieją z niej ani jednego słowa.

Przypominała mu hymn narodowy Izraela. A może zainspirował ją poemat symfoniczny *Moldau*? Albo aria z *Sonnambulo* Belliniego, dywagował. Ciepło, ale nie gorąco, powiedziałem, chociaż piosenkę tę często przypisuje się Belliniemu. Klementyzujemy, stwierdził.

Przetłumaczyłem tekst z neapolitańskiego na włoski, a potem na angielski. Opowiada on o młodzieńcu, który przechodzi pod oknem ukochanej i dowiaduje się od jej siostry, że Nennélla zmarła. „Z ust, z których kiedyś rozkwitały kwiaty, dzisiaj wyłażą tylko robaki. Żegnaj, okno, bo Nenna już nigdy z niego nie wyjrzy".

Jakiś niemiecki turysta, który chyba był sam i wyglądał na kompletnie pijanego, podsłuchał moją translatorską próbę i zapytał łamaną angielszczyzną, czy nie moglibyśmy przetłumaczyć tej piosenki również na niemiecki. Po drodze do hotelu nauczyłem Olivera i Niemca refrenu, który zaczęliśmy śpiewać w kółko. Nasze głosy, każdy na swój sposób masakrujący neapolitański oryginał, odbijały się echem w wąskich, mokrych uliczkach starego Rzymu. Na Piazza Navona pożegnaliśmy się z naszym Niemcem i w pobliżu hotelu znowu zaczęliśmy śpiewać refren, tym razem cicho:

Chiagneva sempe ca durmeva sola,

mo dorme co' li muorte accompagnata.

Zawsze płakała, bo spała sama,

Teraz śpi pośród umarłych.

Po tylu latach wciąż mi się wydaje, że słyszę głosy dwóch młodych mężczyzn, którzy śpiewają te słowa i całują się bez końca w ciemnych uliczkach starego Rzymu, kochają się po raz ostatni.

— Jutro chodźmy do San Clemente — zaproponowałem.

— Jutro jest dzisiaj — odparł.

CZĘŚĆ **IV**

Miejsca ułudne

Anchise czekał na mnie na stacji. Zauważyłem go, jak tylko pociąg pokonał długi zakręt wzdłuż zatoki. Wcześniej zwolnił i prawie ocierał się o wysokie cyprysy, które tak bardzo kochałem i przez które przezierało — w ramach powitania — roziskrzone popołudniowe morze. Opuściłem okno i chłodziłem twarz na wietrze, patrząc na lokomotywę, która mozoliła się daleko z przodu. Przyjazd do B. zawsze mnie uszczęśliwiał. Kojarzył mi się z zakończeniem roku szkolnego na początku czerwca. Wiatr, upał, odbijający światło słoneczne szary peron, wiekowa budka zawiadowcy permanentnie zamknięta na cztery spusty od pierwszej wojny światowej, martwa cisza — wszystko to zapowiadało moją ulubioną część roku o tej wyludnionej i ukochanej porze dnia. Zawsze miałem wrażenie, że za chwilę zacznie się lato, że jeszcze nic się nie wydarzyło, w głowie nadal mi kipiało od wkuwania przed sprawdzianami końcowymi, po raz pierwszy każdego roku widziałem morze. Oliver? Kto to jest Oliver?

Pociąg zatrzymał się na kilka sekund i wysiadło nas około piątki. Zabrzmiał zwyczajowy hurkot, a potem głośny zgrzyt hydrauliki lokomotywy. Potem, z taką samą łatwością, z jaką się wcześniej zatrzymały, wagony jeden po drugim odjechały ze stacji. Absolutna cisza.

Postałem przez moment pod drewnianym wspornikiem. Cała stacja, nie wyłączając zabitej deskami budki zawiadowcy, wydzielała silny odór benzyny, papy, łuszczącej się farby i moczu.

Samotny kos, który siedział na pinii, zaśpiewał kilka treli, natychmiast zagłuszonych przez cykady.

Lato.

Rzadko myślałem o nadchodzącym roku szkolnym. Teraz cieszyłem się, że kiedy otacza mnie tyle upału i tyle lata, szkoła nadal sprawia wrażenie oddalonej o wiele miesięcy.

Po paru minutach od mojego przybycia na drugi tor wjechał *direttissimo* do Rzymu — jak zawsze punktualny. Trzy dni wcześniej wsiedliśmy do tego pociągu. Wyglądałem wtedy przez okno i myślałem: za kilka dni wrócisz i będziesz sam, czując się okropnie. Uzbrój się, przygotuj, nie daj się zaskoczyć. Przećwiczyłem utratę Olivera nie tylko po to, żeby zapobiec cierpieniom, przyjmując je wcześniej w małych dawkach, ale również po to, żeby jak wszyscy zabobonni ludzie sprawdzić, czy moja gotowość do zaakceptowania najgorszego przypadkiem nie skłoni losu do złagodzenia tortur. Jak żołnierze szkoleni do nocnej walki, żyłem w ciemnościach, żeby nie oślepnąć, kiedy przyjdzie mrok. Przećwiczyć ból w celu jego osłabienia. Homeopatycznie.

W takim razie jeszcze raz. Widok na zatokę: odfajkowany.

Zapach pinii: odfajkowany.

Budka zawiadowcy: odfajkowana.

Widok wzgórz w oddali, przypominających o przedpołudniu, kiedy pojechaliśmy na rowerach do B. i pędząc w dół, o mało nie rozjechaliśmy małej Cyganki: odfajkowany.

Zapach moczu, benzyny, papy, emalii: odfajkowany, odfajkowany, odfajkowany i odfajkowany.

Anchise podniósł mój plecak i zaproponował, że go za mnie poniesie. Nie zgodziłem się. Plecaki nie są stworzone do tego, żeby nosił je ktokolwiek inny niż właściciel. Anchise nie całkiem to rozumiał, ale oddał mi plecak.

Spytał, czy signor Ulliva wyjechał.

Tak, dziś rano.

— *Triste* — ocenił.

— Tak, trochę.

— *Anche a me duole*, mnie też jest przykro.

Unikałem jego oczu. Nie chciałem, żeby poruszał ten temat...

Moja matka oczekiwała wyczerpującego sprawozdania. Powiedziałem jej, że nie robiliśmy niczego szczególnego, zwiedziliśmy Kapitol, Villa Borghese, San Clemente. Poza tym dużo łaziliśmy. Mnóstwo fontann. Mnóstwo dziwnych miejsc w nocy. Dwie kolacje.

— Kolacje? — powtórzyła mama z triumfalnym „A nie mówiłam?" między wierszami. — Z kim?

— Z różnymi ludźmi.

— Z jakimi?

— Pisarzami, wydawcami, znajomymi Olivera. Każdej nocy do późna nie kładliśmy się spać.

— Nie skończył nawet osiemnastu lat, a już prowadzi *la dolce vita* — rzuciła sarkastycznie Mafalda.

Moja matka przychyliła się do jej opinii.

— Przywróciliśmy twój pokój do wcześniejszego stanu. Pomyśleliśmy, że będziesz w końcu chciał go odzyskać.

Natychmiast ogarnął mnie smutek i wściekłość. Kto dał im prawo? Najwyraźniej mnie szpiegowali, razem albo osobno.

Oczywiście od początku wiedziałem, że prędzej czy później wrócę do swojego pokoju, ale liczyłem na wolniejsze, bardziej stopniowe przejście do sytuacji sprzed Olivera. Wyobraziłem sobie, że leżę w łóżku i zbieram się na odwagę, żeby przejść do jego pokoju. Nie przewidziałem, że Mafalda zmieni pościel — naszą pościel. Na szczęście tego dnia rano znowu go poprosiłem, żeby mi dał wydętą koszulę, zmusiwszy go wcześniej, żeby ją nosił podczas całego pobytu w Rzymie. W pokoju hotelowym włożyłem ją do plastikowego worka na pranie. Liczyłem się z tym, że do końca życia będę musiał ją chować przed wzrokiem innych ludzi. W niektóre wieczory wyjmę wydętą koszulę z worka, sprawdzę, czy nie przesiąkła zapachem plastiku albo moich ubrań, i przycisnę ją do siebie, opaszę się jej długimi rękawami i wyszepczę w ciemnościach jego imię. *Ulliva, Ulliva, Ulliva.* Oliver nazywa mnie swoim imieniem w wersji zmodyfikowanej przez Mafaldę i Anchise, a jednocześnie ja nazywam go jego imieniem, licząc na to, że on nazwie mnie moim, które wypowiem za niego do siebie i do niego: *Elio, Elio, Elio, Elio.*

Żeby uniknąć sytuacji, że wchodzę do swojego pokoju z balkonu i nie zastaję tam Olivera, skorzystałem ze schodów wewnątrz domu. Otworzyłem drzwi, opuściłem plecak na podłogę i rzuciłem się na ciepłe od słońca łóżko. Nie wyprali narzuty, Bogu niech będą dzięki. Nagle się ucieszyłem, że jestem z powrotem w domu. Mógłbym od razu zasnąć, zapomnieć o wydętej koszuli, zapachu i samym Oliverze. Kto potrafi opierać się senności o drugiej czy trzeciej po południu w tych słonecznych stronach basenu śródziemnomorskiego?

Byłem tak zmęczony, że postanowiłem jeszcze nie otwierać zeszytu nutowego i dopiero po południu wrócić do transkrypcji Haydna. Ewentualnie pójdę na korty tenisowe, usiądę na rozgrzanej ławce, ogarnie mnie dobrostan i zobaczę, z kim można zagrać. Zawsze znajdzie się ktoś chętny.

Nigdy tak skwapliwie nie witałem snu. Będzie mnóstwo czasu na żałobę, pomyślałem. Na pewno przyjdzie, zapewne tylnymi drzwiami, bo słyszałem, że zawsze tak jest, i łatwo nie odpuści. Antycypować smutek, żeby go zneutralizować — to kiepskie, tchórzowskie, powiedziałem sobie, mając świadomość, że po mistrzowsku opanowałem tę sztukę. A co, jeśli smutek spadnie na mnie z całą siłą, zostanie ze mną na stałe i zrobi ze mną to, co tęsknota za Oliverem robiła ze mną w te noce, kiedy mi się wydawało, że w moim życiu brakuje czegoś podstawowego, wręcz organicznego, toteż utrata Olivera byłaby jak utrata ręki, którą można zobaczyć na każdym twoim zdjęciu w domu i bez której przestałbyś być sobą? Zawsze wiedziałeś, że ją stracisz i przygotowywałeś się na to, ale nie potrafisz żyć z tą stratą. I chociaż liczysz na to, że nie będziesz musiał o tym myśleć ani śnić, i tak cię boli.

Potem przyszła mi do głowy przedziwna myśl. A może moje ciało — tylko ciało, serce — będzie się go domagać? Co mam wtedy zrobić?

Co będzie, jeśli w nocy poczuję, że nie potrafię żyć, nie mając go obok siebie, w sobie?

Myśl o bólu, zanim przyjdzie.

Wiedziałem, co robię. Nawet we śnie. Próbujesz się uodpornić, do tego zmierzasz, chcesz wszystko uśmiercić, jesteś podstępny, przebiegły, bezduszny. Uśmiechnąłem się, kiedy usłyszałem ten głos. Leżałem teraz w słońcu i kochałem je niemal pogańską miłością do rzeczy tej ziemi. Poganinie! Nie zdawałem sobie wcześniej sprawy, jak bardzo kocham ziemię, słońce, morze — ludzie, mienie, nawet sztuka zajmowały dalsze miejsca. A może oszukiwałem sam siebie?

Po południu uświadomiłem sobie, że nie tylko schroniłem się w sen, ale również że sprawia mi on przyjemność. Czy może być coś lepszego niż sen we śnie, marzenie senne w marzeniu sennym? Ogarnęło mnie cudowne uczucie, coś jak czysta błogość. Dzisiaj musi być środa, pomyślałem, i rzeczywiście była środa, dzień, w którym ostrzyciel noży rozkłada się z całym swoim kramem na naszym dziedzińcu i zaczyna szlifować wszystkie ostrza w naszym domu. Mafalda zawsze staje koło niego i zagaduje, trzyma dla niego szklankę z lemoniadą, kiedy on przykłada noże do kamienia szlifierskiego. Zgrzytliwy, chrapliwy wizg kamienia wyje i gwiżdże w popołudniowym skwarze, wysyłając do mojego pokoju dźwiękowe fale błogości.

Nigdy nie potrafiłem przyznać się przed samym sobą, jak bardzo uszczęśliwił mnie Oliver w tym dniu, kiedy połknął moją brzoskwinię. Oczywiście poruszyło mnie to, a także mi pochlebiło: tak jakby jego gest komunikował: „Wierzę każdą komórką mojego ciała, że żadnej komórce twojego nie wolno umrzeć, nigdy, a jeśli któraś będzie musiała umrzeć, niech to zrobi w moim ciele". Podniósł od zewnątrz haczyk uchylonych drzwi balkonowych, wszedł do środka — w tym dniu właściwie ze sobą nie rozmawialiśmy; nie spytał mnie, czy może wejść. Co miałem zrobić? Wyprosić go? To wtedy uniosłem ramię, żeby go pozdrowić i powiedzieć mu, że skończyłem z dąsaniem się, już nigdy nie będzie dąsów, podnieś pościel i wejdź do mojego łóżka. Teraz, jak tylko usłyszałem hałas szlifierki pośród śpiewu cykad, wiedziałem, że wszystko jedno, czy się obudzę, czy będę spał dalej. Marzenie albo spanie — obie te rzeczy były dobre i w gruncie rzeczy tożsame ze sobą, zaakceptowałbym każdą z nich z osobna albo obie naraz.

Kiedy się obudziłem, dochodziła piąta. Nie miałem już ochoty grać w tenisa, a transkrybować Haydna już zupełnie mi się nie chciało. Czas popływać, pomyślałem. Włożyłem kąpielówki i poszedłem na plażę. Vimini siedziała na krótkim murku obok domu swoich rodziców.

— Idziesz pływać? Dlaczego? — spytała.

— Nie wiem. Po prostu mi się zachciało. Idziesz ze mną?

— Nie dzisiaj. Zmuszają mnie do noszenia tej idiotycznej czapki, jeśli nie chcę siedzieć w domu. Wyglądam jak meksykański rozbójnik.

— Pancho Vimini. Co będziesz robiła, kiedy ja wejdę do wody?

— Patrzyła. Chyba że pomożesz mi wspiąć się na którąś skałę, to posiedzę tam, pomoczę nogi i nie będę zdejmowała czapki.

— To chodźmy.

Vimini nigdy nie trzeba było prosić o podanie ręki, wyciągała ją w sposób naturalny, tak jak niewidomi automatycznie biorą cię pod łokieć.

— Tylko nie idź za szybko — poprosiła.

Zeszliśmy po schodach, dotarliśmy do jej ulubionego kamienia i usiadłem obok niej. Zawsze ją tam widywałem z Oliverem.

Kamień był ciepły, a późnopopołudniowe słońce przyjemnie grzało mnie w plecy.

— Cieszę się, że wróciłem.

— Dobrze ci było w Rzymie? — Skinąłem głową. — Tęskniliśmy za tobą.

— A konkretnie kto?

— Ja. Marzia. Pytała kiedyś o ciebie.

— Aha.

— Powiedziałam jej, dokąd pojechałeś.

— Aha — powtórzyłem.

Vimini przyglądała mi się badawczo.

— Myślę, że ona wie, że ty nie bardzo ją lubisz.

Nie było sensu polemizować.

— No i?

— No i nic. Po prostu zrobiło mi się jej żal. Powiedziałam jej, że wyjechałeś w wielkim pośpiechu.

Vimini była wyraźnie zadowolona ze swojej przebiegłości.

— Uwierzyła ci?

— Chyba tak. To nie było do końca kłamstwo.

— Jak to?

— Obaj wyjechaliście bez pożegnania.

— Racja. Nie chcieliśmy niczego dawać w ten sposób do zrozumienia.

— Och, do ciebie nie mam pretensji, ale do niego mam, i to bardzo duże.

— Dlaczego?

— Dlaczego, Elio? Nie bierz mi za złe, że to mówię, ale nigdy nie byłeś za bardzo bystry.

Zajęło mi chwilę, zanim zrozumiałem, do czego ona pije.

— Ja też może już nigdy go nie zobaczę — powiedziałem.

— Ty przynajmniej masz na to jakieś szanse, ale ja?

Ścisnęło mnie za gardło. Zostawiłem Vimini na kamieniu i zacząłem brnąć przez wodę. Dokładnie tak to sobie wyobrażałem. Tego wieczoru będę gapił się w wodę i na ułamek sekundy zapomnę, że jego tu już nie ma, że nie ma sensu odwracać się i patrzeć w stronę balkonu, z którego jeszcze nie całkiem zniknął jego obraz. A przecież zaledwie godziny temu jego ciało i moje ciało... Teraz Oliver pewnie jest już po drugim posiłku w samolocie i szykuje się do lądowania na JFK. Poczułem jego smutek, kiedy pocałował mnie po raz ostatni w jednej z toalet na Fiumicino i wiedziałem, że nawet jeżeli drinki i film w samolocie oderwą go na chwilę od tego wszystkiego, w nowojorskim pokoju znowu zrobi mu się smutno. Czułem się okropnie, wyobrażając go sobie, tak jak on na pewno czuł się okropnie, wyobrażając mnie sobie smutnego w naszym pokoju, który o wiele za szybko stał się moim pokojem.

Ktoś zbliżał się do naszych skał. Żeby uciec od moich trosk, zacząłem myśleć o pewnej ciekawostce, a zarazem igraszce losu: od Vimini dzieliło mnie dokładnie tyle samo lat, co od Olivera. Siedem lat. Za siedem lat, pomyślałem... Nagle poczułem, że niemal rozerwało mi gardło. Zanurkowałem.

Po kolacji zadzwonił telefon. Oliver dotarł bezpiecznie na miejsce. Tak, Nowy Jork. Tak, to samo mieszkanie, ci sami ludzie, ten sam hałas, niestety za oknem ta sama muzyka, chcecie posłuchać? Wystawił słuchawkę za okno, żebyśmy mogli posmakować latynoskich rytmów Nowego Jorku. Sto Czternasta Ulica, poinformował nas. Idę na kolację ze znajomymi. Moi rodzice rozmawiali z nim z dwóch osobnych telefonów w salonie, a ja z trzeciego w kuchni. Tutaj? Nic nowego. Jak zwykle goście na kolacji. Właśnie wyszli. Tak, tutaj też jest bardzo, bardzo gorąco. Mój ojciec wyraził nadzieję, że to było owocne. To? Pobyt u nas, wyjaśnił. Najlepsza rzecz w moim życiu. Gdybym mógł, wskoczyłbym w ten sam samolot i przyleciał w jednej koszuli, z dwiema parami kąpielówek i szczoteczką do zębów. Wszyscy się roześmiali. Z otwartymi ramionami, *caro*. Przerzucaliśmy się żartami. Znasz naszą tradycję, stwierdziła moja matka, musisz wrócić choćby na kilka dni. „Choćby na kilka dni" znaczyło nie więcej niż na kilka dni — ale powiedziała to szczerze i on o tym wiedział. *Allora ciao, Oliver, e a presto*, dodała. Mój ojciec powtórzył z grubsza te same słowa, a następnie dorzucił: *Dunque, ti passo Elio — vi lascio*. Usłyszałem dwa stuknięcia, które zasygnalizowały, że nikogo innego nie ma na linii. Jak taktownie ze strony ojca! Ale nagła wolność rozmawiania z nim ponad barierą czasu sparaliżowała mnie. Miał dobry lot? Tak. Obiad jak zawsze paskudny? Tak. Myśli o mnie? Skończyły mi się pytania. To nie był dobry pomysł, żeby dalej go nimi bombardować. „A jak sądzisz?”, brzmiała jego kunktatorska odpowiedź — czyżby się bał, że ktoś niechcący podniesie słuchawkę? Vimini go pozdrawia. Bardzo się na ciebie gniewa. Pójdę jutro jej coś kupić i wyślę ekspresem. Do końca życia nie zapomnę Fiumicino. Ja też. Podoba ci się twój pokój? Jako tako. Wychodzi na hałaśliwe podwórze, zero słońca, na nic nie ma miejsca, nie wiedziałem, że mam tyle książek, łóżko o wiele za małe. Szkoda, że nie możemy zacząć wszystkiego od początku w tym pokoju, powiedziałem. Obaj wychylamy się wieczorem przez okno, stykamy się ramionami, tak jak w Rzymie — każdego dnia mojego życia, powiedziałem. Mojego też. Koszula, szczoteczka do zębów, zeszyt nutowy i przylatuję, więc mnie nie kuś. Zabrałem coś z twojego pokoju, powiedział. Co? Nigdy nie zgadniesz. Co? Sam sprawdź. Wtedy to powiedziałem, nie dlatego, że chciałem, lecz dlatego, że cisza nam ciążyła i przemycenie tych słów było najprostszą rzeczą pod słońcem: nie chcę cię stracić. Będziemy do siebie pisali. Będę dzwonił z poczty — mniejsze ryzyko, że ktoś podsłucha. Była mowa o Bożym Narodzeniu, może nawet o Święcie Dziękczynienia. Tak, Boże Narodzenie. Ale jego świat, który do tego czasu wydawał się nie bardziej odległy od mojego niż grubość skóry zerwanej kiedyś przez Chiarę z jego ramienia, nagle został odessany od mojego i uleciał w kosmos. Zanim przyjdzie Boże Narodzenie, to może już nie mieć znaczenia. Chciałbym jeszcze raz posłuchać hałasu zza okna. Usłyszałem trzaski. Chciałbym posłuchać dźwięku, jak ty... Nikły, nieśmiały dźwięk — to dlatego, że w domu są inni ludzie, powiedział. Roześmialiśmy się. Poza tym czekają na mnie z kolacją. Pożałowałem, że w ogóle zadzwonił. Chciałem usłyszeć, jak wymawia moje imię. Teraz, kiedy byliśmy już daleko od siebie, zamierzałem go spytać, co było między nim a Chiarą. Zapomniałem również spytać, co zrobił ze swoimi czerwonymi kąpielówkami. Przypuszczalnie zapomniał o naszych ustaleniach i zabrał je ze sobą.

Po naszej rozmowie telefonicznej poszedłem do swojego pokoju, żeby sprawdzić, co takiego mógł zabrać na pamiątkę. Od razu zauważyłem jaśniejszy prostokąt na ścianie. Zrobiło mi się cieplej na sercu. Zabrał oprawioną w ramki antykwaryczną pocztówkę z plenerem Moneta mniej więcej z 1905 roku. Jeden z naszych wcześniejszych amerykańskich letnich rezydentów wyszperał ją dwa lata temu na pchlim targu w Paryżu i przysłał mi pocztą jako upominek. Wyblakła kolorowa pocztówka pierwotnie została wysłana w 1914 roku — na odwrocie widniało kilka pospiesznie skreślonych słów po niemiecku, zaadresowanych do jakiegoś doktora z Anglii. Wspomniany amerykański student czarnym atramentem napisał obok nich pozdrowienia dla mnie — „Pomyśl o mnie kiedyś". Obrazek miał przypominać Oliverowi o tym przedpołudniu, kiedy w końcu wyrzuciłem z siebie prawdę. Albo o dniu, kiedy przejeżdżaliśmy obok pleneru i udawaliśmy, że go nie zauważamy. Albo o dniu, kiedy postanowiliśmy urządzić sobie piknik i poprzysięgliśmy sobie, że nie będziemy się dotykali, żeby mieć większą przyjemność ze wspólnego leżenia w łóżku po południu. Chciałem, żeby miał ten obraz przed oczami cały czas, całe życie, na biurku, koło łóżka, wszędzie. „Wieszaj go wszędzie, gdzie pojedziesz", napisałem. Wyjaśnienie jak zawsze przyszło do mnie we śnie. Od dwóch lat leżało pod samym nosem. Na imię miał Maynard. Pewnego popołudnia, podczas sjesty, zapukał do mojego okna i spytał, czy mam czarny atrament, bo jemu się skończył, a tak samo jak ja używa tylko czarnego. Wszedł do pokoju. Miał na sobie tylko kąpielówki. Zbliżył się do mojego biurka i podałem mu buteleczkę. Przez chwilę stał i patrzył na mnie, dopiero potem wziął atrament. Wieczorem zostawił go za drzwiami balkonowymi. Każda inna osoba znowu by zapukała i oddała mi buteleczkę do rąk własnych. Miałem wtedy piętnaście lat, ale bym nie odmówił. Podczas jednej z naszych rozmów powiedziałem mu o moim ulubionym miejscu na wzgórzach.

Od tego czasu w ogóle o nim nie myślałem, dopóki Oliver nie zdjął ze ściany widokówki.

Jakiś czas po kolacji zobaczyłem ojca siedzącego w tym samym miejscu co zawsze przy śniadaniu. Odwrócił krzesło w stronę morza, na kolanach miał korektę swojej najnowszej książki. Jak zwykle pił herbatę rumiankową i cieszył się wieczorną atmosferą. Obok szklanki stały trzy grube świeczki antykomarowe. Komary były tego wieczoru szczególnie napastliwe. Zszedłem do niego. O tej porze zazwyczaj siedzieliśmy razem, lecz w ostatnim miesiącu go zaniedbywałem.

— Opowiedz mi o Rzymie — poprosił, kiedy koło niego usiadłem. Była to dla niego również pora na ostatniego papierosa. Ze zmęczonym szarpnięciem, jakby chciał powiedzieć: „Teraz przechodzimy do przyjemnej części wieczoru", odłożył maszynopis i po knajacku odpalił papierosa od świecy. — No?

Nie było co opowiadać. Powtórzyłem to, co powiedziałem mamie: hotel, Kapitol, Villa Borghese, San Clemente.

— Dobrze jadłeś? — Skinąłem głową. — Dobrze piłeś? — Znowu skinąłem głową. — Robiłeś rzeczy, które pochwaliłby twój dziadek? — Roześmiałem się. Nie tym razem. Opowiedziałem mu o incydencie koło Pasquina. — Co za pomysł, żeby wymiotować przed gadającym pomnikiem! — skomentował. — Kino? Koncerty?

Zaczęło mi świtać, że ojciec, być może nie do końca świadomie, prowadzi mnie w określonym kierunku. Zauważyłem to, ponieważ odpowiadając na jego pytania, które krążyły wokół tematu, odruchowo zacząłem stosować uniki na długo zanim to, co czyhało za rogiem, znalazło się w polu widzenia. Mówiłem o wiecznie zaśmieconych i zaniedbanych rzymskich placach. O upale, pogodzie, korkach. Za dużo zakonnic. Taki a taki kościół zamknięty. Podejrzane renowacje. Skarżyłem się na miejscowych i turystów, na minibusy wożące całe hordy ludzi z minikamerami.

— Zwiedziłeś któryś z tych prywatnych dziedzińców, o których ci opowiadałem? — Nie, nie uwzględniliśmy tego w naszej marszrucie. — Złożyłeś ode mnie hołd pomnikowi Giordano Bruno?

Oczywiście. Tam również prawie zwymiotowałem.

Roześmialiśmy się.

Króciutka przerwa. Kolejne zaciągnięcie się papierosem.

Teraz.

— Wy dwaj bardzo ładnie się ze sobą zaprzyjaźniliście.

Było to znacznie bardziej bezpośrednie niż oczekiwałem.

— Tak.

Moje „tak" wisiało w powietrzu, jakby podtrzymywał je negatywny komentarz, którym je w duchu opatrzyłem. Miałem nadzieję, że ojciec nie wychwycił odrobinę niechętnego, wymijającego, poirytowanego „I co z tego?" w moim głosie.

Z drugiej strony miałem również nadzieję, że wykorzysta niewypowiedziany dopisek do mojego „tak" jako pretekst do skarcenia mnie — nie pierwszy raz — za to, że jestem surowy, obojętny albo zdecydowanie za bardzo krytyczny wobec ludzi, którzy mają wszelkie powody uważać się za moich przyjaciół. Z reguły szedł za tym frazes, że dobra przyjaźń to coś rzadkiego oraz że nawet jeśli w dłuższej perspektywie ludzie mogą się okazać trudni we współżyciu, większość z nich ma dobre intencje i coś pozytywnego do przekazania. Nikt nie jest samotną wyspą, nie możesz odgradzać się od innych, ludzie potrzebują ludzi, blablabla.

Pomyliłem się jednak w swoich przewidywaniach.

— Jesteś zbyt mądry, aby nie wiedzieć, jak rzadkie i wyjątkowe było to, co was łączyło.

— Oliver był Oliverem — zakomunikowałem, jakby to wszystko podsumowywało.

— *Parce que c'était lui, parce que c'était moi* — powiedział ojciec, cytując Montaigne'a, który w ten całościowy sposób wyjaśnił swoją przyjaźń z Etienne'em de la Boétie.

Mnie z kolei przyszła do głowy Emily Brontë: „...dlatego, że jest bardziej mną niż ja sama"[3].

— Może Oliver jest bardzo inteligentny... — zacząłem.

Nieszczera intonacja wznosząca zdradziła krytyczne „ale", które wisiało między nami. Nie cofnąłbym się przed niczym, żeby zawrócić ojca z tego tropu.

— Inteligentny? On był więcej niż inteligentny, ale to, co was łączyło, tylko w niewielkim stopniu opierało się na inteligencji. Oliver to dobry człowiek i obaj mieliście szczęście, że na siebie trafiliście, ponieważ ty też jesteś dobrym człowiekiem.

— Myślę, że on jest lepszy ode mnie, Papa.

— Jestem pewien, że on powiedziałby to samo o tobie, co dobrze świadczy o was obu.

Pochylił się w stronę popielniczki, żeby strzepać papierosa i przy okazji dotknął mojej dłoni.

---

[3] Emily Brontë, *Wichrowe Wzgórza*, przeł. T. Bieroń, Zysk i S-ka, Poznań 1997, s. 77.

— To, co cię czeka, będzie bardzo trudne — stwierdził zmienionym głosem.

Jego ton sugerował: „Nie musimy o tym rozmawiać, ale nie udawajmy, że nie wiemy, o czym ja mówię".

— Właściwie to nie wiem, co czuję. Może zresztą nic nie czuję.

Tylko wyrażając się abstrakcyjnie, nie musiałem go okłamywać.

— Nie bój się, to do ciebie przyjdzie. Przynajmniej mam taką nadzieję. Przyjdzie w najbardziej nieoczekiwanym momencie. Natura ma sprytne sposoby na znajdowanie naszego najsłabszego punktu. Pamiętaj, że zawsze możesz na mnie liczyć. Rozumiem, że w tej chwili nie chcesz niczego czuć. Może nigdy nie chciałeś. Może nie ze mną masz ochotę rozmawiać o tych sprawach. To wszystko nie zmienia faktu, że coś czułeś. — Spojrzałem na niego. To był moment, kiedy należałoby skłamać i powiedzieć ojcu, że jest na zupełnie błędnym tropie. Już miałem to zrobić, ale nie dopuścił mnie do głosu. — Miałeś piękną przyjaźń. Może coś więcej niż przyjaźń. Zazdroszczę ci. Większość rodziców na moim miejscu liczyłaby na to, że wszystko rozejdzie się po kościach albo modliłaby się, żeby ich syn szybko stanął na nogi. Ale ja nie jestem takim rodzicem. Jeśli jest ból, pielęgnuj go, a jeśli jest płomień, nie zdmuchuj go, nie obchodź się z nim brutalnie. Ból rozstania potrafi być straszny, a patrzenie, jak druga strona zapomina, jeszcze go pogłębia. Chcąc jak najszybciej zapomnieć, wyrywamy z siebie mnóstwo uczuć i każdej następnej osobie mamy mniej do zaoferowania, a w wieku trzydziestu lat jesteśmy bankrutami. Ale nic nie czuć, żeby nie musieć czuć — co za marnotrawstwo! — Nie pojmowałem tego wszystkiego. Odebrało mi mowę. — Powiedziałem za dużo? — zapytał. Pokręciłem głową. — W takim razie powiem jeszcze jedno, żeby nie było niejasności. Może byłem blisko, ale nigdy nie miałem tego, co ty. Zawsze mnie coś powstrzymywało albo stało na przeszkodzie. To twoja sprawa, jak pokierujesz swoim życiem, ale pamiętaj, że nasze dusze i ciała są nam podarowane tylko raz. Większość ludzi zachowuje się tak, jakby mieli dwa życia, oryginał i kopię. Już nie mówiąc o wszystkich wariantach pośrednich. Ale życie jest tylko jedno i zanim się obejrzysz, twoja dusza jest zużyta, a na twoje ciało od pewnego momentu nikt nie ma ochoty patrzeć, a tym bardziej zbliżać się do niego. Teraz czujesz smutek. Ból nie jest czymś godnym pozazdroszczenia, a mimo to ci go zazdroszczę. — Zrobił głęboki wdech. — Może już nigdy nie poruszymy tego tematu, ale mam nadzieję, że nie będziesz miał mi za złe, że dzisiaj to zrobiliśmy. Byłbym fatalnym ojcem, gdybyś pewnego dnia chciał ze mną o tym porozmawiać i miał poczucie, że drzwi są zamknięte albo za mało otwarte.

Chciałem zapytać, skąd wie. Ale jak mógł nie wiedzieć? Jak ktokolwiek mógł nie wiedzieć?

— Czy mama wie? — spytałem.

Chciałem użyć słowa „podejrzewa", ale w ostatniej chwili zmieniłem zamiar.

— Chyba nie — odparł tonem, który sugerował: „A nawet gdyby wiedziała, na pewno podeszłaby do tego dokładnie tak samo jak ja".

Powiedzieliśmy sobie dobranoc. Po drodze na górę postanowiłem, że zapytam ojca o jego życie. Wszyscy słyszeliśmy o jego kobietach z czasów młodości, ale o wszystkich innych obszarach nie miałem najmniejszego pojęcia.

Czy mój ojciec był kimś innym? A jeśli tak, to kim byłem ja?

Oliver dotrzymał słowa. Przyjechał tuż przed świętami i został do Nowego Roku. Z początku zmiana strefy czasowej strasznie dawała mu w kość. Potrzebuje czasu, pomyślałem. Ja też. Dużo przebywał z moimi rodzicami i z Vimini, przeszczęśliwą, że najwyraźniej nic się między nimi nie zmieniło. Ogarnęła mnie obawa, że powrócimy do stanu z pierwszych dni, kiedy nie licząc uprzejmości wymienianych na patio, normą między nami było wzajemne unikanie się i obojętność. Dlaczego telefony Olivera nie przygotowały mnie na to? Czy to ja ponoszę odpowiedzialność za ten nowy klimat naszej przyjaźni? Czy moi rodzice coś mu powiedzieli? Czy on przyjechał ze względu na mnie, czy ze względu na nich, na dom, na chęć oderwania się od codzienności? Przyjechał ze względu na swoją książkę, która ukazała się już w Anglii, we Francji i w Niemczech, a teraz nareszcie miała wyjść we Włoszech. Książka została bardzo ładnie wydana i wszyscy cieszyliśmy się w jego imieniu, łącznie z księgarzem w B., który obiecał, że następnego lata zorganizuje wieczór autorski. „Może. Zobaczymy", odpowiedział Oliver na tę propozycję, kiedy przyjechaliśmy do księgarni na rowerach. Budka z lodami była nieczynna poza sezonem. Podobnie jak kwiaciarnia i apteka, do której zajrzeliśmy po tej pierwszej wizycie w plenerze Moneta, kiedy mi pokazał, jak mocno się poharatał. To wszystko należało do poprzedniego życia. Miasto wyludnione, niebo szare. Pewnego wieczoru Oliver odbył długą rozmowę z moim ojcem. Najprawdopodobniej dyskutowali o mnie, o moich perspektywach uniwersyteckich, o ubiegłym lecie albo o jego nowej książce. Z dołu dobiegł mnie śmiech, potem mama pocałowała Olivera. Chwilę później usłyszałem pukanie do mojego pokoju — nie do drzwi balkonowych, to wejście miało pozostać na trwałe zamknięte.

— Chcesz porozmawiać?

Leżałem już w łóżku. Miał na sobie sweter, jakby szykował się do wyjścia na spacer. Usiadł na skraju łóżka z zakłopotaną miną, jaką ja musiałem mieć za pierwszym razem, kiedy ten pokój był jego pokojem.

— Być może na wiosnę się ożenię — powiedział.

Osłupiałem.

— Nigdy mi o tym nie mówiłeś!

— To się ciągnie z przerwami od ponad dwóch lat.

— Cudowna wiadomość! — stwierdziłem.

Kiedy dwie osoby biorą ślub, to zawsze jest cudowna wiadomość, małżeństwo to coś wspaniałego, i promienny uśmiech na mojej twarzy był w miarę szczery, nawet jeżeli chwilę później przyszło mi do głowy, że nowina ta raczej nie wróży dobrze moim relacjom z Oliverem.

Zapytał, czy mam coś przeciwko temu.

— Nie bądź głupi — odparłem. Długie milczenie.

— Wejdziesz do łóżka? — spytałem.

Spojrzał na mnie ostrożnie.

— Na chwilę. Ale nie chcę nic robić.

Zabrzmiało to jak uaktualniona, wygładzona wersja „Później, może". Czyli do tego już doszliśmy? Miałem mu odpłacić tą samą monetą, ale się powstrzymałem. Położył się obok mnie na kocu, nie zdejmując swetra. Zdjął tylko buty.

— Jak myślisz, jak długo to potrwa? — zapytał ironicznie.

— Mam nadzieję, że niedługo.

Pocałował mnie w usta, ale nie tak, jak po Pasquinie, kiedy mocno mnie przycisnął do muru Santa Maria dell'Anima. Natychmiast rozpoznałem ten smak. Nie uświadamiałem sobie, jak bardzo go lubiłem ani od jak dawna za nim tęskniłem. Kolejna pozycja na liście rzeczy, których będzie mi brakowało, zanim na dobre stracę Olivera. Zacząłem zdejmować z siebie pościel.

— Nie mogę — powiedział.

— Ja mogę — odparłem.

— Ale ja nie mogę.

Musiałem mieć sztylety w oczach, bo Oliver nagle zdał sobie sprawę, jaki jestem wściekły.

— Niczego bardziej nie pragnę, niż cię rozebrać i co najmniej przytulić, ale nie mogę.

Objąłem ramionami jego głowę.

— To może byłoby lepiej, gdybyś wyjechał. Oni wiedzą o nas.

— Domyśliłem się.

— Po czym poznałeś?

— Po tym, jak twój ojciec się wyrażał. Szczęściarz z ciebie. Mój ojciec oddałby mnie do poprawczaka.

Spojrzałem na niego: chciałem jeszcze jednego pocałunku.

Mogłem, powinienem go przytulić.

Następnego ranka i przez resztę dnia atmosfera była oficjalna i chłodna.

W ciągu tego tygodnia wyklarowała się jedna drobna rzecz. Siedzieliśmy po obiedzie w salonie i piliśmy kawę, kiedy mój ojciec wyjął dużą brązową kopertę z sześcioma aplikacjami, do których załączone były zdjęcia paszportowe. Kandydaci na następne lato. Ojciec chciał poznać opinię Olivera, a potem puścił teczki wkoło, żeby mogła je obejrzeć moja matka, ja i inny profesor, który wpadł na obiad ze swoją żoną, również koleżanką z uczelni, która rok wcześniej przyszła do nas z tym samym celu. „Mój następca", powiedział Oliver, wybierając jedną z aplikacji i podając sąsiadowi. Ojciec odruchowo zerknął w moją stronę, ale tylko na ułamek sekundy.

Dokładnie to samo wydarzyło się rok wcześniej. Pavel, następca Maynarda, przyjechał na święta w odwiedziny i po przejrzeniu dokumentów gorąco poparł kandydata z Chicago, swojego dobrego znajomego. Pavel i wszyscy inni nie byli szczególnie zachwyceni młodym asystentem, który na uniwersytecie Columbia prowadził zajęcia z presokratyków. Oglądałem jego zdjęcie dłużej niż potrzeba i z ulgą stwierdziłem, że nic nie czuję.

Kiedy patrzę na to z obecnej perspektywy, jestem absolutnie przekonany, że to wszystko zaczęło się w tym właśnie pokoju podczas przerwy świątecznej.

— Czy ja zostałem wybrany w ten sam sposób? — zapytał z tą nieporadną naiwnością, którą moja matka uważała za rozbrajającą.

— To ja chciałem, żebyś to był ty — powiedziałem Oliverowi wieczorem, pomagając mu zanieść rzeczy do samochodu, zanim Manfredi odwiózł go nad stację. — Ja zadbałem o to, żeby wybrali ciebie.

Tego wieczoru pogrzebałem w szafie mojego ojca i znalazłem teczkę z zeszłorocznymi aplikantami. Poszukałem jego zdjęcia. Koszula — wydęta — rozpięta pod szyją, długie włosy, mina gwiazdy filmowej, której paparazzo zrobił zdjęcie wbrew jej woli. Nic dziwnego, że nie potrafiłem się wtedy od niej oderwać. Niestety nie mogłem sobie przypomnieć, co czułem tego popołudnia dokładnie rok temu — pewnie przypływ pożądania, a następnie antidotum na pożądanie, czyli strach. Prawdziwy

Oliver, każdy kolejny Oliver, który codziennie nosił kąpielówki w innym kolorze, Oliver, który leżał nagi w łóżku, albo ten, który opierał się o parapet w naszym rzymskim hotelu — wszyscy przesłaniali mi niespokojny i rozedrgany obraz, który sobie nakreśliłem po zobaczeniu tej fotografii.

Obejrzałem twarze innych aplikantów. Ten nie jest taki zły, pomyślałem. Zacząłem się zastanawiać, jaki obrót przybrałoby moje życie, gdyby zjawił się ktoś inny. Nie pojechałbym do Rzymu, ale mógłbym pojechać gdzie indziej. Nic nie wiedziałbym na temat San Clemente, ale mógłbym odkryć co innego, o czym nigdy się nie dowiem. Nie zmieniłbym się, nie byłbym człowiekiem, którym jesteś dzisiaj, stałbym się kimś innym.

Kim dzisiaj jest ten ktoś inny? Jest szczęśliwszy? Chętnie wskoczyłbym w jego życie na parę godzin, na parę dni, i sam się przekonał — nie tylko dla sprawdzenia, czy to inne życie jest lepsze albo dla zmierzenia, jak bardzo jego i moje życie oddaliły się od siebie z powodu Olivera, ale również w celu rozważenia, co by powiedział mojemu drugiemu „ja", gdybym kiedyś złożył mu krótką wizytę. Czy polubiłbym go, czy on polubiłby mnie, czy któryś z nas by zrozumiał, dlaczego ten drugi stał się tym, kim teraz jest, czy któryś z nas byłby zaskoczony informacją, że obaj spotkaliśmy takiego czy innego Olivera, mężczyznę albo kobietę oraz że niezależnie od tego, kto ubiegłego lata do nas przyjechał, najprawdopodobniej nadal jesteśmy tymi samymi osobami?

O moim losie przesądziła mama, która nie znosiła Pavla i zmusiłaby ojca do odrzucenia dowolnej osoby zarekomendowanej przez niego. Owszem, jesteśmy dyskretnymi Żydami, powiedziała, ale Pavel to antysemita, a ja nigdy więcej nie wpuszczę do domu antysemity.

Pamiętałem tę rozmowę, to samo było wypisane na jego fotografii. On też wygląda na Żyda, pomyślałem.

Potem zrobiłem coś, co sobie zaplanowałem na ten wieczór: udawałem, że nie wiem, kto to jest Oliver. Cofnąłem się o rok. Są święta i Pavel dalej próbuje nas przekonać, żebyśmy przyjęli jego znajomego. Lato jeszcze się nie wydarzyło. Oliver prawdopodobnie przyjedzie taksówką. Zaniosę do domu jego bagaż, pokażę mu pokój, zabiorę go schodami na plażę, a potem, jeśli starczy czasu, pokażę mu posiadłość aż po starą stację kolejową i powiem coś na temat Cyganów mieszkających w porzuconych wagonach kolejowych z insygniami dynastii sabaudzkiej. Po paru tygodniach, jeśli będziemy mieli czas, może pojedziemy na rowerach do B. i napijemy się czegoś w jednej z kawiarni. Pokażę mu księgarnię. Potem pokażę mu plener Moneta. To wszystko jeszcze się nie wydarzyło.

Dowiedzieliśmy się o jego ślubie. Wysłaliśmy prezenty i napisałem przy okazji kilka słów. Lato przyszło i poszło. Często mnie kusiło, żeby opowiedzieć mu o jego „następcy" i powymyślać najróżniejsze historie o moim nowym sąsiedzie przez balkon. Nic jednak nie napisałem. Przez cały następny rok wysłałem tylko jeden list, z informacją, że Vimini umarła. Podróżował po Azji, toteż zanim dotarła do nas odpowiedź, jego reakcja na śmierć Vimini nie złagodziła bólu otwartej rany, tylko rozdrapała tę, która samoczynnie się zagoiła. Napisanie do niego o Vimini było jak przejście przez ostatnią kładkę między nami, zwłaszcza kiedy stało się już oczywiste, że nigdy nie będziemy wspominali o tym, co niegdyś między nami było. Pisząc do niego, chciałem mu przy okazji przekazać, na jakiej uczelni studiuję w Stanach, na wypadek gdyby ojciec, który aktywnie korespondował ze wszystkimi rezydentami, jeszcze go o tym nie poinformował. Paradoksalnie, Oliver odpisał na mój adres włoski — kolejna przyczyna opóźnienia.

Potem przyszły puste lata. Gdybym miał wymienić wszystkie osoby, z którymi spałem i podzielić je na dwie kategorie — przed Oliverem i po Oliverze — to największym darem, którym mógłbym otrzymać od życia, byłoby przesunięcie linii podziału do przodu w czasie. Wiele osób pomogło mi podzielić życie na Przed X i Po X, wiele osób przyniosło mi radość i smutek, wiele osób skierowało moje życie na błędne tory, a inni nie wywarli na nie żadnego wpływu, toteż Oliver, który tak długo stanowił punkt zwrotny mojego życia, w końcu dorobił się następców, którzy albo go przyćmili, albo zredukowali do roli wczesnego kamienia milowego, mało istotnego rozwidlenia, niewielkiego, ognistego Merkurego mijanego podczas podróży w stronę Plutona i dalej. Kto by pomyślał, mogłem powiedzieć: kiedyś byłem z Oliverem i jeszcze nie poznałem tego a tego, a przecież życie bez tego a tego jest nie do pomyślenia.

Dziewięć lat po jego ostatnim liście rodzice zadzwonili do mnie do Stanów.

— Nie zgadniesz, kto się u nas zatrzymał na dwa dni, w twoim dawnym pokoju, i teraz stoi tuż koło mnie.

Oczywiście od razu się domyśliłem, ale się do tego nie przyznałem.

— Sam fakt, że nie chcesz powiedzieć, że już to wiesz, jest bardzo wymowny — ironizował ojciec, zanim się ze mną pożegnał.

Moi rodzice przez chwilę dyskutowali o tym, kto ma przekazać Oliverowi swoją słuchawkę. W końcu jego głos: „Elio". Słyszałem rodziców i jakieś dziecięce głosy. Nikt nie umiał w ten sposób wypowiedzieć mojego imienia. „Elio", powtórzyłem, żeby się zameldować, ale również zainicjować naszą dawną grę i pokazać, że niczego nie zapomniałem. „Tu Oliver". Czyli zapomniał.

— Pokazali mi zdjęcia, nic się nie zmieniłeś — ocenił i opowiedział mi o swoich dwóch chłopcach, którzy bawili się teraz w salonie z moją matką, osiem i sześć lat, powinienem poznać jego żonę, nie mam pojęcia, jaki on jest szczęśliwy, że przyjechał do mojego domu.

To najpiękniejsze miejsce na świecie, powiedziałem, obłudnie sugerując, że jest szczęśliwy ze względu na samo miejsce.

Nie zrozumiesz, jaki jestem szczęśliwy, że tu przyjechałem. Głos mu się załamał. Oddał słuchawkę mojej matce, która odezwała się do niego czule, zanim podjęła rozmowę ze mną. „*Ma s'è tutto commosso*, kompletnie się rozkleił", powiedziała w końcu do mnie. „Szkoda, że mnie z wami nie ma", odparłem, sam również głęboko poruszony kimś, o kim już prawie zupełnie przestałem myśleć. Czas nas wpędza w sentymentalizm. Być może koniec końców to czas jest sprawcą naszych cierpień.

Cztery lata później, będąc przejazdem w mieście, w którym wykładał, zrobiłem coś nietypowego: postanowiłem się pokazać. Wysłuchałem jego popołudniowego wykładu, a kiedy pakował książki i wkładał luźne kartki do teczki, podszedłem do niego. Nie zamierzałem kazać mu zgadywać, kim jestem, ale nie zamierzałem również ułatwiać mu zadania.

Jakiś student chciał zadać mu pytanie, więc czekałem na swoją kolej. Student w końcu sobie poszedł.

— Raczej mnie pan sobie nie przypomina — zacząłem, a on zmrużył oczy i próbował mnie umiejscowić.

Nagle zrobił się daleki, jakby ogarnął go strach, że spotkaliśmy się w miejscu, o którym nie ma ochoty pamiętać. Nieufna, ironiczna, pytająca mina, zakłopotany, krzywy uśmiech, jakby planował coś w stylu „Chyba mnie pan z kimś pomylił". A potem: „Wielki boże — Elio!". Broda go zmyliła, wyjaśnił. Uściskał mnie, a potem kilka razy poklepał po futrzastym policzku, jakbym był jeszcze młodszy niż tamtego odległego lata. Uścisnął mnie w taki sposób, na jaki nie potrafił się zdobyć tego wieczoru, kiedy przyszedł do mojego pokoju, aby mnie poinformować, że się żeni.

— Ile to już lat?

— Piętnaście. Policzyłem wczoraj wieczorem, kiedy tutaj jechałem. A tak naprawdę nie musiałem liczyć, bo cały czas wiedziałem.

— Masz rację, piętnaście. Nie do wiary. Chodź ze mną teraz na drinka albo przyjdź wieczorem na kolację, musisz poznać moją żonę, moich chłopców. Proszę, proszę, proszę.

— Bardzo miło z twojej strony…

— Muszę coś zanieść do swojego pokoju, a potem ruszamy. Na parking idzie się piękną alejką.

— Nie pozwoliłeś mi dokończyć. Bardzo miło z twojej strony, ale nie mogę.

„Nie mogę” nie znaczyło, że nie mam czasu, tylko że nie potrafię się na to zdobyć.

Patrzył na mnie, nadal chowając papiery do skórzanej torby.

— Nigdy mi nie wybaczyłeś, prawda?

— Nie było nic do wybaczenia. Jeśli już, to jestem ci za wszystko wdzięczny. Pamiętam tylko dobre rzeczy.

Słyszałem, jak ludzie tak mówią na filmach, zdawali się w to wierzyć.

— W takim razie o co chodzi? — spytał.

Weszliśmy do świetlicy, gdzie jeden z tych długich, jesiennych zachodów słońca na Wschodnim Wybrzeżu rzucał świetlistopomarańczowe cienie na okoliczne wzgórza.

Jak mam mu to wyjaśnić – albo sobie – dlaczego nie mogę iść do jego domu i poznać jego rodziny, chociaż tak bardzo tego pragnę? Żona Olivera. Synowie Olivera. Zwierzęta Olivera. Gabinet, biurko, książki, świat, życie Olivera. Czego oczekiwałem? Uścisku, podania ręki, zdawkowego: „Cześć, stary, kopę lat", a potem nieuchronnego: „Później"?

Sama myśl o tym, że miałbym poznać jego rodzinę, wpędzała mnie w panikę – zbyt realne, zbyt nagłe, zbyt bezpośrednie, za mało przećwiczone. Przez lata trzymałem go w zaplombowanej przeszłości, mojego zaprzeszłego kochanka, przechowywałem go w zamrażalniku, trzymałem razem ze wspomnieniami i kulkami na mole jak trofeum myśliwskie, gawędzące z duchem wszystkich moich wieczorów. Od czasu do czasu go odkurzałem i odstawiałem z powrotem na kominek. Nie należał już do świata ani życia. Wizyta u niego postawiłaby mi przed oczami nie tylko fakt, jak bardzo się od siebie oddaliliśmy, ale również jak wiele straciłem – potrafiłem myśleć o tej utracie abstrakcyjnie, ale zabolałoby, gdybym spojrzał jej w twarz, tak jak nostalgiczne wspomnienie potrafi boleć na długo po tym, jak przestaliśmy myśleć o utraconych rzeczach, a może nawet nigdy nie dbaliśmy o nie.

A może zazdrościłem mu rodziny, życia, które sobie zbudował, wszystkiego, w czym nie miałem udziału i o czym nic nie wiedziałem? Rzeczy, za którymi tęsknił, które kochał, które stracił, co go zdruzgotało, ale ich obecności w jego życiu nie byłem świadkiem i nie miałem o nich zielonego pojęcia. Nie było mnie przy tym, jak je zdobył, nie było mnie przy tym, jak się z nimi rozstał. A może to wszystko było znacznie prostsze? Przyjechałem sprawdzić, czy coś czuję, czy coś we mnie jeszcze żyje. Szkopuł w tym, że nie chciałem nic czuć.

Kiedy o nim wspominałem przez te wszystkie lata, myślałem albo o B., albo o wspólnych dniach w Rzymie, przede wszystkim o dwóch scenach: balkon z towarzyszącymi mu rozterkami i via Santa Maria dell'Anima, gdzie przycisnął mnie do starego muru, całował mnie i pozwolił mi opleść jego nogę moją nogą. Podczas każdego pobytu w Rzymie wracam w to miejsce. Wciąż jest dla mnie żywe, wciąż pobrzmiewa czymś całkowicie obecnym, tak jakby serce ukradzione z opowiadania Poego nadal pulsowało pod pradawnym brukiem, aby mi przypomnieć, że tam nareszcie napotkałem życie, które było dla mnie odpowiednie, ale go nie miałem. Nie potrafiłem go sobie wyobrazić w Nowej Anglii. Przez jakiś czas tam mieszkałem i dzieliło mnie od niego niecałe sto kilometrów, ale nadal przedstawiałem go sobie, że utknął gdzieś we Włoszech, nierealny i widmowy. Wszystkie miejsca, w których mieszkał, również sprawiały wrażenie martwych i jak tylko próbowałem je sobie wyobrazić, one również odpływały, nie mniej nierealne i widmowe. Teraz się okazało, że miasta Nowej Anglii jak najbardziej żyją, podobnie jak sam Oliver. Mógłbym bez problemu się na niego rzucić wiele lat temu — żonatego czy nie — gdyby nie fakt, że wbrew pozorom to ja żyłem nierealnym i widmowym życiem.

A może przyjechałem tutaj z bardziej egoistyczną myślą? Może liczyłem na to, że zastanę go samotnego, czekającego na mnie, tęskniącego za tym, żebym zabrał go z powrotem do B.? Tak, obaj jesteśmy podłączeni do tego samego respiratora i czekamy na moment, kiedy nareszcie się spotkamy i znowu staniemy pod pomnikiem ofiar znad Piawy.

W końcu z siebie wydusiłem:

— Prawda jest taka, że nie mam pewności, czy potrafię nic nie czuć. A wolałabym nic nie czuć, kiedy poznam twoją rodzinę. — Dramatyczna pauza. — Może to nigdy nie zgasło.

Mówiłem prawdę, czy też ta napięta i delikatna chwila skłaniała mnie do mówienia rzeczy, do których nigdy całkowicie się nie przyznawałem wobec siebie samego i wciąż nie mogłem dać głowy, że są zgodne z rzeczywistością? — To chyba nigdy nie zgasło — powtórzyłem.

— Aha.

Słowo to doskonale podsumowywało moje wątpliwości i lęki. Ale może zawierało też w podtekście pytanie, co jest takiego bulwersującego w fakcie, że po tylu latach nadal go chcę.

— Aha — powtórzyłem, jakbym odnosił się do neurotycznych bolączek i trosk jakiejś przeczulonej strony trzeciej, przypadkiem tożsamej ze mną.

— Aha, czyli dlatego nie możesz przyjść do mnie na drinka?

— Aha, czyli dlatego nie mogę przyjść do ciebie na drinka.

— Co za osioł!

Zupełnie zapomniałem o tym słowie.

W swoim pokoju przedstawił mnie paru kolegom i ze zdumieniem stwierdziłem, że ze wszystkimi szczegółami zna moją drogę zawodową. Wiedział wszystko, był na bieżąco nawet z kompletnie nieważnymi drobiazgami. Część posiadanych informacji mógł uzyskać tylko za pośrednictwem internetu. Wzruszyło mnie to. Założyłem, że zupełnie o mnie zapomniał.

— Chcę ci coś pokazać — powiedział. W jego pokoju stała duża skórzana sofa. Sofa Olivera, pomyślałem. Czyli tutaj siedzi i czyta. Na podłodze i na sofie leżały różne papiery, nie licząc miejsca w rogu, pod lampą z alabastru. Przypomniałem sobie kartki na podłodze jego pokoju w B.

— Poznajesz? — spytał. Na ścianie wisiała oprawiona w ramki pocztówka z plenerem Moneta.

— Kiedyś była moja, ale teraz masz ją już dłużej niż ja. — Kiedyś należeliśmy do siebie nawzajem, ale potem mieszkaliśmy tak daleko od siebie, że należeliśmy do innych. Prawo do mieszkania w naszych sercach rościli sobie teraz dzicy lokatorzy. — Ta pocztówka ma długą historię.

— Wiem. Kiedy ją oddałem do oprawienia w nową ramkę, zobaczyłem tekst na odwrocie. Często myślałem o tym Maynardzie. „Pomyśl o mnie kiedyś".

— To twój poprzednik — droczyłem się z nim. — Nie, nic z tych rzeczy. Komu ją przekażesz?

— Kiedyś pomyślałem, że byłoby pięknie, gdyby któryś z moich synów osobiście ją przywiózł, kiedy przyjedzie jako rezydent. Na odwrocie jest już mój tekst — ale nie wolno ci go zobaczyć. — Szybko zmienił temat. — Zatrzymałeś się w mieście?

Włożył już płaszcz przeciwdeszczowy.

— Tak, na jedną noc. Jutro przed południem jestem umówiony z paroma osobami z uniwersytetu, a potem spadam.

Spojrzał na mnie. Wiedziałem, że myśli o tym wieczorze podczas przerwy świątecznej i wie, że ja o tym wiem.

— Czyli jestem rozgrzeszony.

Zacisnął usta w ramach milczących przeprosin.

— Chodźmy na drinka do mojego hotelu.

Poczułem, że jest zestresowany.

— Mówiłem o drinku, nie o bzykaniu.

Autentycznie poczerwieniał. Dalej był obłędnie przystojny, włosy gęste, ani grama nadliczbowego tłuszczu (powiedział, że nadal biega każdego ranka), skóra wciąż taka gładka jak wtedy. Kilka plam od słońca na dłoniach, to wszystko. Plamy od słońca, pomyślałem i nie chciało się to ode mnie odczepić.

— Co to jest? — zapytałem, pokazałem na jego dłoń i dotknąłem jej.

— Mam to na całym ciele. Plamy od słońca. — Serce mi pękało na ten widok. Chciałem scałować każdą z nich. — Za dużo słońca w cielęcych latach. Poza tym człowiek się starzeje. Za trzy lata mój syn będzie miał tyle lat, co ty wtedy — powiedziałbym nawet, że jest bliższy osoby, którą byłeś, kiedy byliśmy razem, niż ty teraz. Przedziwne, co?

„Kiedy byliśmy razem..." Więc tak to nazywasz, pomyślałem.

W barze starego nowoangielskiego hotelu znaleźliśmy spokojne miejsce z widokiem na rzekę i duży ogród kwiatowy w pełni rozkwitu. Zamówiliśmy dwa martini — dżin Sapphire, sprecyzował Oliver — i usiedliśmy blisko siebie w kabinie w kształcie podkowy, jak dwaj mężowie, którzy zmuszeni są siedzieć niewygodnie ściśnięci, kiedy ich żony przebywają w toalecie.

— Za kolejne osiem lat ja będę miał czterdzieści siedem, a ty czterdzieści. Jeszcze pięć i ja będę miał pięćdziesiąt dwa, a ty czterdzieści pięć. Przyjdziesz wtedy na kolację?

— Tak, obiecuję.

— Innymi słowy, przyjdziesz dopiero wtedy, kiedy będziesz już za stary, żeby cię to ruszało. Kiedy moje dzieci odejdą z domu. Albo kiedy zostanę dziadkiem. Widzę to tak: tego wieczoru usiądziemy razem i napijemy się mocnej okowity, takiej jak grappa, którą twój ojciec czasami częstował nas wieczorem. I będziemy rozmawiali o dwóch młodych mężczyznach, którzy przez kilka tygodni byli bardzo szczęśliwi, a potem przez resztę życia zamaczali waciki w tej misce szczęścia, bojąc się, że je zużyją i nie mając odwagi wypić więcej niż naparstek w rytualne rocznice.

Przecież to, co prawie się nie wydarzyło, nadal przyzywa, chciałem mu powiedzieć. Ci dwaj nie mogą tego unieważnić, wykreślić, usunąć z życiorysu ani przeżyć inaczej — to jest na stałe przyklejone jak widok robaczków świętojańskich na lipcowym polu pod wieczór, widok, który nie przestaje mówić: „Zamiast tego, co masz, mogłeś mieć to". Cofanie się jest błędne. Zmierzanie do przodu jest błędne. Odwracanie wzroku jest błędne. Próba naprawienia tego, co błędne, również jest błędna.

Milczenie.

— Jezu, jak nam wszyscy zazdrościli przy stole tego pierwszego wieczoru w Rzymie — powiedział. — Gapili się na nas, młodzi, starzy, mężczyźni, kobiety, każda osoba przy tym stole, bo byliśmy tacy szczęśliwi.

— Wiedzieli dużo, dużo więcej niż my sami.

— Tego wieczoru, kiedy będziemy już starzy, porozmawiamy o tych dwóch młodych mężczyznach jak o osobach spotkanych w pociągu, zupełnie obcych ludziach, których podziwiamy i chcemy im pomóc. Nazwiemy to zazdrością, bo gdybyśmy nazywali to żalem, pękłyby nam serca.

Znowu milczenie.

— Chyba jeszcze nie jestem gotowy na rozmawianie o nich jak o obcych ludziach — stwierdziłem.

— Nie wiem, czy cię to uspokoi, ale moim zdaniem żaden z nas nigdy nie będzie na to gotowy.

— Napijemy się jeszcze po jednym?

Skapitulował przed wygłoszeniem wątłego protestu, że musi wracać do domu.

Odbębniliśmy zwyczajowe wstępy, jego życie, moje życie, co on robi, co ja robię, dobre rzeczy, złe rzeczy. Jego cele, moje cele. Unikaliśmy tematu moich rodziców. Założyłem, że on wie. Nie pytając, potwierdził moje podejrzenie.

Godzina.

— Twój najlepszy moment? — przerwał mi w pewnej chwili.

Krótko się zastanowiłem.

— Najdokładniej przypominam sobie pierwszy wieczór — może dlatego, że zachowywałem się tak nieporadnie. Ale także Rzym. Jest takie miejsce przy via Santa Maria dell'Anima, które odwiedzam podczas każdego pobytu w Rzymie. Patrzę na nie i zaraz wszystko mi się przypomina. Parę minut wcześniej zwymiotowałem i w drodze powrotnej do baru pocałowałeś mnie. Mijali nas ludzie, ale mnie to nie obchodziło, ciebie też. Ten pocałunek jest wyryty w mojej pamięci. To wszystko, co mam od ciebie. Nie licząc koszuli. — Pamiętał. — A twój najlepszy moment?

— Też Rzym. Wspólne śpiewanie do świtu na Piazza Navona.

Zupełnie o tym zapomniałem. Tej nocy śpiewaliśmy nie tylko neapolitańską balladę. Grupa młodych Holendrów wyjęła gitary i śpiewali piosenki Beatlesów, wszyscy ludzie wokół fontanny się przyłączyli, i my też. Nawet Dante znowu się pojawił i też śpiewał swoją koślawą angielszczyzną.

— Śpiewali nam serenady, czy sobie to wyimaginowałem?

Spojrzał na mnie zaskoczony.

— Nie nam, tylko tobie, ale ty byłeś pijany w trupa. W końcu pożyczyłeś od kogoś gitarę i zacząłeś grać *Lascia ch'io pianga*, a potem, ni stąd, ni zowąd, zacząłeś śpiewać. Wszyscy się gapili. Wszystkie ćpuny świata z cielęcymi oczami słuchały Händla. Jedna z Holenderek straciła dla ciebie głowę. Chciałeś ją zabrać do hotelu, a ona była zainteresowana. Co za noc. Skończyło się na tym, że siedzieliśmy na pustym tarasie zamkniętej kawiarni niedaleko *piazza*, ty, ja i dziewczyna, i oglądaliśmy wschód słońca. — Spojrzał na mnie. — Cieszę się, że przyjechałeś.

— Ja też się cieszę.

— Mogę cię o coś zapytać?

Dlaczego jestem taki zdenerwowany?

— Wal.

— Zacząłbyś jeszcze raz, gdybyś mógł?

— Czemu pytasz?

— Bo tak. Odpowiedz.

— Czy zacząłbym jeszcze raz, gdybym mógł? W każdej chwili. Ale wypiłem dwa martini i zaraz zamówię trzecie.

Uśmiechnął się. Przyszła kolej na mnie, żeby zadać to samo pytanie, ale nie chciałem go stresować. To był mój ulubiony Oliver: ten, który myślał dokładnie tak samo, jak ja.

— Widzieć ciebie tutaj to jak wybudzić się po dwudziestu latach ze śpiączki — powiedział. — Rozglądasz się wokół siebie i stwierdzasz, że żona cię porzuciła, a dzieci, których dzieciństwo zupełnie cię ominęło, są dorosłymi ludźmi, część z nich się ożeniła albo powychodziła za mąż. Twoi rodzice zmarli, nie masz znajomych, a ta maleńka twarz wgapiona w ciebie przez gogle należy do twojego wnuka, którego tu przyprowadzono, żeby powitał dziadziusia po jego długim śnie. Twoja twarz w lustrze jest taka biała jak twarz Ripa Van Winkle'a. W tej historii jest jeden haczyk: nadal jesteś dwadzieścia lat młodszy od tych, którzy się wokół ciebie zebrali. Nie zapytałeś mnie o to, ale wiem, że chciałeś, więc odpowiadam: jak w teorii Einsteina, po piętnastu latach w jednej sekundzie mogę mieć dwadzieścia cztery lata, jestem dwudziestoczterolatkiem. I gdyby przesunąć tę przypowieść o kilka lat do przodu, po wybudzeniu byłbym młodszy od mojego starszego syna.

— Co to wszystko mówi o twoim życiu?

— Że część — tylko część — tego życia była śpiączką, ale ja wolę to nazywać równoległym życiem. To lepiej brzmi.

Problem w tym, że większość z nas ma więcej niż dwa równoległe życia.

Może podziałał tak na mnie alkohol, a może prawda, w każdym razie poczułem, że to jest moment, kiedy muszę to powiedzieć.

— Jesteś jedyną osobą, z którą chciałbym się pożegnać przed śmiercią, bo inaczej to wszystko, co nazywam swoim życiem, nie miałoby sensu. Gdybym usłyszał, że umarłeś, życie tej osoby, która teraz z tobą rozmawia, przestałoby istnieć. Co przypuszczalnie znaczy, że gdzieś w środku nadal robię sobie nadzieje. Czasami nawiedza mnie ten straszny obraz, że budzę się w naszym domu w B., patrzę na morze i słyszę wiadomość od fal: „Zmarł w nocy". Tak wiele straciliśmy. To była śpiączka. Jutro wrócę do mojej śpiączki, ty do swojej. Przepraszam, nie chciałem cię urazić — jestem pewien, że twoje życie nie jest śpiączką.

— Nie, równoległym życiem.

Wszystkie smutki mojego życia zlepiły się w tym momencie w jedną wielką grudę. Musiałem to w sobie zwalczyć. Jeśli Oliver tego nie zauważył, to zapewne dlatego, że sam nie był na to uodporniony.

Nie wiem, co mi strzeliło do głowy, ale spytałem go, czy czytał powieść Thomasa Hardy'ego *The Well — Beloved*, o mężczyźnie zakochującym się w kobiecie, która wiele lat po odejściu od niego umiera. Mężczyzna odwiedza jej dom i spotyka jej córkę, w której się zakochuje. Ją również traci, a po wielu latach spotyka z kolei jej córkę i dochodzi do kolejnego romansu.

— Czy coś takiego wygasa samoistnie, czy wymaga wielu pokoleń, żeby się jakoś się ułożyć?

— Nie chciałbym mojego syna w twoim łóżku, tak jak nie chciałbym twojego syna — gdybyś go kiedyś miał — w łóżku mojego syna.

Roześmialiśmy się.

— Co z naszymi ojcami?

Uśmiechnął się po chwili zastanowienia. Dwaj profesorowie, ten sam college, ten sam uniwersytet, ten sam wiek.

— Jest to jakaś myśl — odparł w końcu.

— Jednego na pewno bym nie chciał: dostać od twojego syna listu ze złą wiadomością: „Przy okazji załączam oprawioną w ramki pocztówkę, o której zwrócenie Panu poprosił mnie ojciec". Nie chciałbym też musieć mu odpisywać w tym stylu: „Proszę przyjechać, kiedy Pan zechce, Pana ojciec na pewno by chciał, żeby Pan nocował w jego pokoju". Obiecaj mi, że tak się nie stanie.

— Obiecuję.

— Co napisałeś na odwrocie pocztówki?

— To miała być niespodzianka.

— Jestem za stary na niespodzianki. Poza tym niespodzianki zawsze mają jakiś ostry kolec, który może zranić.

Nie chcę zostać zraniony — w każdym razie nie przez ciebie. Powiedz mi.

— Tylko dwa słowa.

— Niech zgadnę: „Jeśli nie później, to kiedy?".

— Dwa słowa, powiedziałem. Poza tym to byłoby okrutne.

Zastanowiłem się chwilę.

— Poddaję się.

— *Cor cordium*, serce serc. Nigdy nikomu nie powiedziałem czegoś prawdziwszego.

Zrobiłem wielkie oczy.

Całe szczęście, że znajdowaliśmy się w miejscu publicznym.

— Pora iść...

Sięgnął po płaszcz przeciwdeszczowy, który leżał obok niego, i zaczął zbierać się do wyjścia.

Zamierzałem odprowadzić go na zewnątrz, a potem patrzeć, aż niknie mi z oczu. Czekało nas pożegnanie. Spadła na mnie brutalna rzeczywistość: za chwilę część mojego życia zostanie mi bezpowrotnie odebrana.

— Mógłbym odprowadzić cię do samochodu — zaproponowałem.

— Mógłbyś przyjść na kolację.

— Mógłbym.

Na zewnątrz szybko zmierzchało. Lubiłem spokój i ciszę prowincji, gasnącą czerwoną poświatę, ciemniejący widok na rzekę. Kraina Olivera, pomyślałam. Cętki świateł z drugiego brzegu kładły się na wodzie, co skojarzyło mi się z *Gwiaździstą nocą nad Rodanem* van Gogha. Typowa jesień, typowy początek roku szkolnego, typowe babie lato i jak zawsze tuż przed zmrokiem o tej porze roku — zalegająca w powietrzu mieszanka niedokończonej letniej błogości, niedokończonego zadania domowego oraz iluzji kolejnych letnich miesięcy, która zanika z chwilą, kiedy słońce schowa się za horyzontem.

Próbowałem sobie wyobrazić jego szczęśliwą rodzinę, chłopcy odrabiają zadanie albo wracają z zajęć pozalekcyjnych nadąsani, rozdrażnieni, tupią zabłoconymi butami, wszystkie możliwe stereotypy przemykały mi przez głowę. „To jest człowiek, w którego domu mieszkałem, kiedy byłem we Włoszech", powie Oliver, co zostanie skwitowane opryskliwymi burknięciami dwóch nastolatków, którzy mają gdzieś człowieka z Włoch i dom we Włoszech, ale przeżyliby szok, gdyby usłyszeli: „Aha, przy okazji, ten człowiek był wtedy mniej więcej w waszym wieku i każdego ranka pracowicie transkrybował *Siedem Ostatnich Słów Chrystusa na Krzyżu*, a w nocy zakradał się do mojego pokoju i pieprzyliśmy się do upadłego. Więc podajcie mu ręce i bądźcie mili".

Potem pomyślałem o jeździe powrotnej późną nocą wzdłuż oświetlonej przez gwiazdy rzeki do tego podupadającego, starego nowoangielskiego hotelu na nabrzeżu i miałem nadzieję, że będzie to nam obu przypominało zatokę w B., gwieździste noce van Gogha, noc, w którą przyszedłem do niego na skałę i pocałowałam go w szyję czy ostatnią noc, kiedy szliśmy razem nadbrzeżną drogą, czując przez skórę, że skończył nam się zapas cudów na ostatnią chwilę, które opóźniłyby jego wyjazd. Wyobraziłem sobie, że siedzę w jego samochodzie i zadaję sobie pytanie: kto wie, czy ja bym chciał, czy on by chciał, może przesądziłby o tym ostatni kieliszek w barze, wiedziałem, że przez całą kolację obaj będziemy się martwili o to samo, mieli nadzieję, że to się wydarzy, modlili się, aby się nie wydarzyło, może przesądzi o tym ostatni kieliszek... Wyczytywałem to z jego twarzy, kiedy sobie wyobraziłem, jak odwraca wzrok podczas odkorkowywania butelki wina albo zmieniania muzyki, ponieważ on też miał wychwycić te kłębiące się w mojej głowie myśli i zasygnalizować mi, że zmaga się dokładnie z tym samym, ponieważ kiedy będzie nalewał wino swojej żonie, mnie, sobie, w końcu sobie uświadomimy, że on jest bardziej mną, niż ja kiedykolwiek byłem, ponieważ kiedy on stawał się mną, a ja nim w łóżku przed wielu laty, był i miał na zawsze pozostać — na długo po tym, jak każde rozwidlenie drogi życiowej zrobiło swoje — moim bratem, moim przyjacielem, moim ojcem, moim synem, moim mężem, moim kochankiem, mną. W tych letnich tygodniach, w których los rzucił nas w to samo miejsce, nasze życia prawie się nie stykały, ale przedostaliśmy się na drugi brzeg, na którym czas się zatrzymuje, a niebo sięga do ziemi i daje nam naszą porcję tego, co z racji samego urodzenia otrzymujemy od Boga. Patrzyliśmy w inną stronę. Rozmawialiśmy o wszystkim, tylko nie o tym. Ale zawsze wiedzieliśmy, a obecne milczenie jeszcze dobitniej to potwierdzało. Znaleźliśmy gwiazdy, ty i ja. Można je dostać tylko raz.

Ostatniego lata nareszcie przyjechał. To była wizyta na jedną noc, w drodze z Rzymu do Menton. Taksówka wjechała w szpaler drzew i zatrzymała się mniej więcej w tym samym miejscu co dwadzieścia lat wcześniej. Wyskoczył z laptopem, ogromnym workiem marynarskim i dużym pudełkiem owiniętym w papier ozdobny.

— Dla twojej matki — wyjaśnił, widząc, że patrzę na prezent.

— Lepiej powiedz jej od razu, co jest w środku, bo wszystkich podejrzewa — powiedziałem, kiedy pomogłem mu postawić rzeczy na podłodze w holu.

Zrozumiał. Zasmuciło go to.

— Dawny pokój? — spytałem.

— Dawny pokój — potwierdził, chociaż uzgodniliśmy to już wcześniej mejlowo.

— Mówisz i masz.

Nie paliłem się do tego, żeby iść razem z nim na górę i z ulgą zobaczyłem, że Manfredi i Mafalda wybiegają z kuchni, żeby się z nim przywitać. Radosne uściski i cmoknięcia częściowo rozładowały we mnie zakłopotanie, które zgodnie z przewidywaniami ogarnęło mnie natychmiast po przybyciu Olivera. Chciałem, żeby te gorączkowe powitania trwały jak najdłużej.

Wszystko byłoby lepsze, niż siedzieć twarzą w twarz nad kawą i musieć w końcu wypowiedzieć nieuniknione dwa słowa: dwadzieścia lat...

Zamiast tego zostawimy rzeczy Olivera w przedpokoju, licząc na to, że Manfredi zabierze je na górę, podczas gdy Oliver i ja urządzimy sobie szybką wycieczkę wokół domu. „Na pewno chcesz wszystko zobaczyć", powiem, mając na myśli ogród, balustradę i widok na morze. Obejdziemy basen i wrócimy do salonu ze starym fortepianem koło szklanych drzwi, a potem do przedpokoju, gdzie stwierdzimy, że istotnie rzeczy zostały zaniesione na górę. Gdzieś w środku będę chciał, aby sobie uświadomił, że nic się nie zmieniło od jego ostatniego pobytu tutaj, że „peryferia raju" dalej istnieją, że krzywa furtka prowadząca na plażę nadal skrzypi, że świat jest dokładnie taki, jakim go zostawił, tylko bez Vimini, Anchise i mojego ojca. Taki zamierzałem wykonać powitalny gest. Z drugiej strony chciałem również, aby poczuł, że nie ma sensu próbować nadrabiać straconego czasu — za dużo podróżowaliśmy i za dużo przeżyliśmy bez siebie, żeby istniał między nami prawdziwy wspólny grunt. A może chciałem, aby poczuł ukłucie straty i zasmucił się. W końcu, może kompromisowo, uznałem, że najłatwiej będzie pokazać, że niczego nie zapomniałem. Zabiorę go na pustą część posiadłości, tak samo spaloną słońcem i jałową jak dwadzieścia lat wcześniej. Jeszcze nie skończyłem mu tego proponować, kiedy powiedział:

— Już tam byłem.

Chciał mi w ten sposób zakomunikować, że on też nie zapomniał.

— To może wolałbyś szybką wizytę w banku?

Parsknął śmiechem.

— Założę się, że nie zlikwidowali mi konta.

— Jeśli starczy nam czasu i jeśli masz ochotę, zabiorę cię na dzwonnicę. Nigdy tam nie byłeś, prawda?

— Widok, za który warto umrzeć?

Odwzajemniłem uśmiech. Pamiętał, jak ją nazywamy.

Na patio z widokiem na bezkres błękitu stałem i patrzyłem, jak Oliver opiera się o balustradę.

Mieliśmy pod sobą skałę, na której siadał wieczorami i na której spędzał całe popołudnia z Vimini.

— Miałaby dzisiaj trzydzieści lat — powiedział.

— Wiem.

— Pisała do mnie codziennie. Dosłownie każdego dnia. — Wpatrywał się w ich wspólne miejsce. Pamiętałem, jak zbiegali na plażę, trzymając się za ręce. — Któregoś dnia przestała pisać i od razu wiedziałem. Zachowałem wszystkie jej listy. — Spojrzałem na niego smutno. — Twoje też — dodał natychmiast, aby mnie uspokoić, chociaż bez wielkiej emfazy, bo nie wiedział, czy mam ochotę to usłyszeć.

Przyszła kolej na mnie.

— Ja też zachowałem twoje. I coś jeszcze. Być może ci to pokażę. Później.

Nie pamiętał wydętej koszuli, czy też był zbyt skromny, zbyt ostrożny, aby pokazać, że dokładnie wie, o czym mówię? Nadal patrzył w dal.

Trafił na idealny dzień. Ani jednej chmurki, ani jednej zmarszczki, ani jednego powiewu wiatru.

— Zapomniałem, jak bardzo kochałem to miejsce. Ale dokładnie tak je zapamiętałem. W południe to jest raj.

Pozwoliłem mu mówić. Dobrze było patrzeć, jak jego oczy błąkają się po horyzoncie. Może on też chciał uniknąć kontaktu wzrokowego.

— A Anchise?

— Odebrał go nam nowotwór. Biedny człowiek. Zawsze myślałem, że jest strasznie stary, a nie miał nawet pięćdziesięciu lat.

— On też wszystko to kochał. Szczepienie drzew owocowych, ogród warzywny...

— Zmarł w pokoju mojego dziadka.

Znowu milczenie. W moim dawnym pokoju, chciałem dodać, ale zmieniłem zdanie.

— Cieszysz się, że wróciłeś?

Zrozumiał sens mojego pytania wcześniej ode mnie.

— A ty się cieszysz, że wróciłem? — odparł.

Spojrzałem na niego — rozbrojony, ale bez poczucia zagrożenia. Jak ludzie, którzy łatwo się czerwienią, ale się tego nie wstydzą, wiedziałem, że byłoby głupio tłumić w sobie to uczucie i pozwoliłem mu się ponieść.

— Przecież wiesz, że się cieszę. Może bardziej niż powinienem.

— Ja też.

Wszystko jasne.

— Chodź, pokażę ci, gdzie pochowaliśmy część prochów mojego ojca.

Tylnymi schodami zeszliśmy do ogrodu, tam gdzie stał dawniej stół śniadaniowy.

— To było ulubione miejsce mojego ojca. Nazywam je jego miejscem ułudnym. Moje miejsce było tam, jeśli sobie przypominasz.

Wskazałem miejsce, gdzie stał kiedyś mój stół nad basenem.

— A ja mam swoje? — spytał, uśmiechając się półgębkiem.

— Zawsze będziesz miał swoje miejsce.

Chciałem mu powiedzieć, że basen, ogród, dom, kort tenisowy, wszystko, nawet morze, są i zawsze będą jego. Pokazałem jednak na okna balkonowe jego pokoju. Twoje oczy ciągle tam są, chciałem powiedzieć, przylepione do firanek, wyglądają z mojego pokoju, w którym dzisiaj nikt nie mieszka. Kiedy wiatr wydyma firanki, ja patrzę z dołu albo z balkonu i łapię się na myśli, że tam jesteś, patrzysz ze swojego świata do mojego i mówisz, tak jak to zrobiłeś tego wieczoru, kiedy znalazłem cię na skale: „Jestem tutaj szczęśliwy". Przebywasz tysiące kilometrów stąd, ale jak tylko spojrzę w to okno, myślę o kąpielówkach, o włożonej w biegu koszuli, i nagle stoisz oparty ramionami o balustradę i zapalasz pierwszego porannego papierosa — dwadzieścia lat temu. Dopóki ten dom będzie stał, dopóty to będzie twoje miejsce ułudne — i moje również, chciałem powiedzieć.

Przez kilka chwil staliśmy tam, gdzie rozmawiałem kiedyś z ojcem o Oliverze. Teraz on i ja rozmawialiśmy o moim ojcu. Jutro wrócę myślami do tego momentu i pozwolę ich duchom wałęsać się o szarej godzinie.

— On życzyłby sobie czegoś takiego, zwłaszcza w tak cudowny letni dzień.

— Też tak sądzę. Gdzie jest reszta jego prochów?

— W różnych miejscach. W Hudsonie, w Morzu Egejskim, w Morzu Martwym. Ale kiedy chcę z nim pobyć, przychodzę tutaj. — Milczał. Nie było nic do powiedzenia. — Chodź, zabiorę cię na San Giacomo, zanim zmienisz zdanie — powiedziałem w końcu. — Jeszcze zdążymy przed obiadem. Pamiętasz drogę?

— Pamiętam drogę.

— Pamiętam drogę — powtórzyłem po nim.

Spojrzał na mnie z uśmiechem. Ucieszyło mnie to. Może dlatego, że wiedziałem, że się ze mną droczy.

Dwadzieścia lat temu było wczoraj, wczoraj było dzisiaj rano, a dzisiaj rano zdawało się oddalone o lata świetlne.

— Jestem taki jak ty — powiedział. — Wszystko pamiętam.

Zatrzymałem się na chwilę. Skoro wszystko pamiętasz, chciałem powiedzieć, i skoro naprawdę jesteś taki jak ja, to zanim jutro odjedziesz albo kiedy będziesz gotowy zamknąć drzwi taksówki, pożegnawszy się już ze wszystkimi, i nie pozostanie w tym życiu już nic do powiedzenia, odwróć się do mnie ten jeden raz, choćby żartem albo tak, jakby coś ci się w ostatniej chwili przypomniało — coś, co kiedyś znaczyłoby dla mnie wszystko — i tak jak wtedy popatrz mi oczy, wytrzymaj moje spojrzenie i nazwij mnie swoim imieniem.